The New Yorker Stories

紐約客故事集 I

一輛老式雷鳥

安・比蒂（Ann Beattie）——著　　　周瑋——譯

目錄

柏拉圖之戀 5
異想天開 18
狼的夢 46
侏儒之家 67
蛇的鞋子 84
佛蒙特 99
下坡路 128
萬達家 138

科羅拉多 165
草坪酒會 197
祕密和驚奇 220
週末 238
星期二晚上 261
換檔 273
遙遠的音樂 290
一輛老式雷鳥 306

柏拉圖之戀

艾倫得知她被聘為高中音樂老師的時候，心想，這並不表明她就得和其他同事打扮得一樣。她要把頭髮整齊地別到耳後，而不是像個女中學生那樣披散著。之前她去面試時見到一些老師，他們都像是她想盡量躲開的那一類人——購物中心裡的郊區居民。輕快隨意，時尚雜誌會這麼形容，至少在她還在讀時尚雜誌的那個年代會這麼形容。那時她住在切維蔡斯[1]，長髮隨意披著，就像高中畢業照上的樣子。「你那張可愛的小臉，」她母親過去常說，「都被頭髮遮住了。」她的畢業照還陳列在父母家中，旁邊是一張她的周歲生日照。

現在艾倫是什麼形象都不重要。學生們在背後笑她。他們在背後笑所有老師。他們不喜歡我，艾倫想，而她也不願意去學校。她強迫自己去，因為她需要這份工作。她努

1 切維蔡斯（Chevy Chase），馬里蘭州的一個縣，是美國著名的高級社區。

力工作，為的是能離開她的律師丈夫，還有那棟即將還清貸款的房子。她在喬治城大學頑強地讀了兩年夜校，晚飯後不洗盤子就出門，總盼著能吵上一架。她丈夫把盤子放進洗碗機——他沒有吵。最後她都準備出門了，只好自己發起戰爭。她告訴他，還有一種更好的人生。「就是在高中教書？」他問。不過最終他還是幫她找了住處，一所更舊的房子，在佛羅里達大道的小巷裡，粗糙的木地板必須鋪地毯，牆也要貼新壁紙，但她從未去貼。他沒給她找什麼麻煩，相反的，他讓她覺得自己可笑。因為他，她才說出教高中是更好的人生這種蠢話。但是離開他以後，她開始大量閱讀報紙雜誌，讀到的激進報紙雜誌越來越多。她離開他幾個月後，跟他在原來的家共進晚餐，用餐時她陳述了幾個重要的觀點，但未給出觀點來源。他聽得很用心，蹺起二郎腿，認真點頭——他跟自己客戶在一起時的派頭。晚上唯一一次她覺得他要發怒，是她說自己和一個男人同住——一個學生，比她小十二歲。他臉上掠過一絲奇怪的表情。現在回想起來，她意識到他一定真的很困惑。她馬上告訴他是柏拉圖式的關係。

艾倫說的是真話。那個男的，山姆，在喬治華盛頓大學讀大三。他本來和艾倫的姊姊姊夫同住，後來兩個男人之間有些摩擦。她姊姊肯定料到會這樣。她姊夫擅長運動，是橄欖球迷，睡覺時不穿睡衣，只穿一件「紅皮隊」[2]的T恤。他們家的壁爐上還放著一顆比利•克爾麥[3]簽名的橄欖球。山姆並不柔弱，但別人能馬上察覺到他性格一貫溫和。

他有棕色長髮和棕色眼睛——沒什麼有別於人的外貌特徵，除了他的安靜。她姊姊說明情況，艾倫邀請他搬過來，可以幫她分擔一點房租。另外，雖然並不想讓丈夫知道這，她發現自己有點害怕夜裡獨自一人。

當山姆在九月搬進來時，她幾乎同情起她姊夫。山姆並不可惡，但他古怪。不管願不願意，她都無法不注意他。他太安靜了，她總能意識到他在場；他從不出門，於是她覺得有義務請他喝咖啡或吃晚飯，雖然他幾乎每次都拒絕。他也有些怪癖。她丈夫也有些怪癖，他經常在晚上擦公事包的金屬扣環，擦得光亮無比，然後得意地打開、合上，之後再擦一會兒，把指紋擦掉。可他又會把髒衣服扔在沙發上，沙發上罩著他親自挑選的法國白色麻紗。

山姆的古怪不太一樣。他曾在夜裡起床檢查某種噪音的來源，而艾倫躺在自己房間裡，突然意識到他在黑暗中走遍整間房子，一盞燈也沒開。他終於在她房門外宣告：不過是老鼠，語氣那樣平淡，她聽後甚至沒為這消息煩心。他在自己房內放了幾箱啤酒，

---

2 紅皮隊（Washington Redskins），即華盛頓紅皮隊，是全美橄欖球大聯盟歷史上的老牌勁旅之一。

3 比利・克爾麥（Billy Kilmer，1939—），在全美橄欖球大聯盟中擔任四分位，曾效力舊金山市四十九人隊、紐奧爾良聖徒隊和華盛頓紅皮隊。

買的比喝的還多——多到大多數人很長時間都喝不完這麼多。他真要喝的時候，會從箱子裡取出一瓶，放到冰箱裡等它變涼後再喝。如果他還要喝，會再去拿一瓶，放進冰箱，等一個小時，然後喝掉。有一天晚上，山姆問她要不要來瓶啤酒，出於禮貌她說好。他進入他房間，拿出一瓶放進冰箱。「一會兒就涼了。」他平靜地說。然後他坐在她對面的一把椅子上，喝著啤酒讀雜誌。她覺得自己有義務在客廳裡待到啤酒冷卻。

一天晚上她丈夫來這跟她談離婚的事——或者只是這麼一說。山姆也在，還請他喝啤酒。「一會兒就涼了。」他說著把啤酒放進冰箱。山姆沒有離開客廳，他沉默的在場讓她丈夫一籌莫展。山姆表現得好像他們是客人，而他是房子的主人。他並不獨裁——事實上，他通常不說話，除非有人跟他說——但是他比他們自在多了，那天晚上他請抽菸和喝啤酒，像是特地為了讓他們放鬆似的。她丈夫一發現山姆計畫將來打算當律師，似乎便對他產生興趣。她喜歡山姆，因為她確信比起丈夫，他的行為尚能容忍。那晚還挺愉快。山姆從他房裡拿來腰果下酒。他們談論政治。她和丈夫告訴山姆他們要離婚了，山姆點點頭。離婚手續結束前，她丈夫叫她一起再吃頓晚飯，也請了山姆。山姆來了。他們度過了愉快的一晚。

因為山姆，這個家的事情變得順利。耶誕節的時候，他們成了好朋友。有時她回想起剛結婚的日子，還記得當時感到多麼幻滅。她丈夫晚上把襪子扔在臥室地板上，早上又把睡衣留在浴室地板上。山姆有時也這樣，她打掃他房間的時候發現衣服——通常是襪子和襯衫——散落在地。她注意到他睡覺不穿睡衣。她想，年紀大了，就不太會為小事煩惱。

艾倫為山姆打掃房間，因為她知道他在刻苦學習，準備考法學院；他沒有時間講究。她本不打算再一次跟在男人後頭收拾，但這一回有所不同。山姆非常感激她打掃房間。她第一次打掃的時候，他隔天買了花送她，後來又謝了她好幾次，說她不必如此。是這樣沒錯——她知道她不必如此。但是每次他一感謝，她就更積極。過了一陣子，除了掃地，她還打蠟；她用穩潔清潔窗戶，撿地板上吸塵器留下的落絮。山姆即使很忙，也會為她做些貼心的事。生日那天他送她一件藍色浴袍，是個驚喜。她情緒低落的時候，他鼓勵她，說每個學生都會喜歡有她這麼漂亮的老師。他說她漂亮，她很受用。她開始把頭髮的顏色染淺一點。

他幫她重組學校課程。他樂感很好，似乎也喜歡音樂。邀請學生父母出席的聖誕音樂會前夕，他建議在〈哈利路亞合唱〉之後唱鄧斯塔布林[4]的〈致聖馬利亞〉。耶誕節

4 鄧斯塔布林（John Dunstable，1385 — 1453），英國作曲家，通曉天文學及數學，其作品發展了和聲音樂。

目大獲成功。山姆也去了，坐在第三排正中，大聲鼓掌。他相信她能做任何事。音樂會後，報紙上登了一張她指揮合唱團的照片。她穿一條山姆說特別適合她的長裙。山姆剪下那張照片，挾在自己的鏡子旁。每次她擦鏡子的時候，都會小心地取下它，再插回原處。

漸漸地，山姆開始每次放六罐啤酒在冰箱，而不是一罐。他倆週末晚上一起熬夜、聊天。他穿著她送的睡衣；她穿著他送的藍浴袍。他告訴她臉旁邊有些頭髮更好看，她應該把頭髮放下。她不同意，說自己年齡太大。「你幾歲？」他問，她說她三十二了。她後來弄了新髮型，她為他買了一件保暖的背心。他打開紙盒時笑了，說顏色太亮了。不，她堅持著——他穿亮一點的顏色好看，反正主導色是海軍藍。他有件毛背心穿了好久，她不得不提醒他需要拿去乾洗。有一天早上她把自己的衣服送去乾洗的時候，也捎上那件毛背心。

後來他倆幾乎每個晚上都聊到很晚。她早上起床，睡眠不足，用一根手指按摩眼睛下方浮腫的黑眼圈。她問他課業進展如何，擔心他不夠用功。他告訴她一切都好。「我得分遙遙領先呢。」他說。但是她知道有些事不對勁。她主動提出邀請他的教授來吃晚飯——那個會幫他寫推薦信的教授——但是山姆拒絕了。一點也不麻煩，她告訴他。不，他說不想強人所難。她又說一遍她願意，他說算了吧，他對法學院沒興趣了。那天他們熬夜熬得更晚。第二天她指揮少年合唱團，〈無法成真的夢想〉[5]還沒唱幾句就打起了呵欠。全班都笑了，她因為沒睡好而對他們生氣。那天晚上，她告訴山姆她為自己差點發火而難為情，他安慰她說沒關係。他倆喝了幾罐啤酒，她希望山姆去他的房間再拿半打啤酒，可是他沒有。「我不大開心。」山姆對她說。她說他太用功了，他擺手表示沒有。那麼也許是教科書有問題，或者他的老師們沒將熱情傳達給學生。他搖搖頭。他告訴她自己已經幾個星期沒有讀一本書了。她苦惱了起來。難道他不想做律師了？他不想幫助別人了？他提醒她，她訂閱的大部分報紙雜誌都指出這個國家已經一團糟，沒人能改善它。他說，他們說的沒錯。沒用的。最重要的是知道什麼時候應該放棄。

艾倫那一晚煩躁不安，只睡了一會兒。早上出門的時候，她看到他的房門關著。他甚至不再費力做出自己還去上學的假象。她得做點什麼幫他，他應該繼續讀書，為什麼現在放棄？艾倫那一天很難集中精神，學生們做的每件事都讓她心煩，甚至跟往常一樣要求唱流行歌曲也讓她煩。但她還是控制自己；跟他們喊叫是不對的。她讓少年合唱團裡一個在學鋼琴、名叫愛麗森的女孩替她彈鋼琴。而她則坐在琴凳上，目光掠過那一片

5 〈無法成真的夢想〉（*The Impossible Dream*）是百老匯音樂劇《夢幻騎士》的主題曲，這部音樂劇改編自《唐吉訶德》。

模糊的面孔，毫無熱情地加入〈斯旺尼河〉[6]的合唱。教書變得毫無意義了。讓她丈夫替老房子裡的淺色地毯吸塵吧；讓其他人來教這些學生吧。她知道〈斯旺尼河〉是首無足輕重的可笑歌曲，她和學生一樣迫切盼望三點鐘趕緊到來。鈴聲終於響起，她馬上離開。她去一家熟食店買糕點，選了櫻桃餡餅和巧克力手指泡芙。她計畫晚上吃一頓美食，然後和山姆討論他的問題。她會態度堅決，一定要讓他重新在乎學業。但是她回到家裡，發現山姆不在。一直等到十點他才回家，她已經吃過了。他進門的時候，她鬆了一口氣。

「我在你丈夫那。」他說。這是在開玩笑嗎？

「不是。你上課的時候他來電，想問你一些事。然後我們說起法學院，他很失望我決定不上了。他叫我到他家。」

他被說服繼續考法學院嗎？

「沒有。但你丈夫是個好人。他主動提出幫我寫推薦信。」

「那就接受啊！」她說。

「不了，不值得這麼麻煩。這麼多年的學習都沒有意義，跟一些廢物競爭，有什麼意思？」

還有什麼更好的事可以做呢？

「周遊全國。」

「周遊全國？」她重複著。

「買一輛摩托車，騎到西海岸，那裡暖和。我討厭這兒的冷。」

她沒什麼可說的了。她覺得自己像個剛聽到兒子說想當服裝設計的母親。他就不能做點正經事嗎？他不能當個建築師嗎？可是她不能跟他說這些。如果他真要去西部，最起碼買一輛汽車不行嗎？他告訴她一定得是一輛摩托車，這樣一路往西，可以感覺到車的把手漸漸變暖。她去廚房拿糕點。走回客廳時她把恆溫器調高了兩度。他們倆喝了咖啡，吃了巧克力手指泡芙和小餡餅。這算是慶祝；讓他去做自己決定的事吧。她說週末會陪他去買摩托車。

他在星期一離開。他就這麼走了。他把所有的東西都留在自己房裡。幾天以後，她意識到應該現實一點，把他的東西收到閣樓，用那間房間為書房。但她還是繼續打掃那個房間，只不過不是每天。有時候她覺得孤單，就走進去，看著他書架上所有的書。有的時候她晚上突然來了精神，把房子徹底清潔一遍，好像準備迎接他的歸來。一天晚上

---

6 〈斯旺尼河〉（*Swanee River*）又名〈故鄉的親人〉（*Old Folks at Home*），詞曲作者史帝芬・福斯特（Stephen Forster，1826 — 1864）是十九世紀美國最重要的流行歌曲作家。此曲是一首家喻戶曉的老歌。

她打掃完，在冰箱裡放了幾瓶啤酒，這樣等她下課回來時就夠涼了。她不再發脾氣，但是課程設計再也沒有創意。愛麗森的鋼琴演奏帶領少年合唱團穿過這個世界，悲哀而又疲憊，度過冬天，進入春天。

一天晚上，她丈夫（現在是她的前夫了）來電。他還在設法追蹤他母親放置珠寶的保險箱。那裡面有不少古董，幾顆鑽石和一些翡翠。他母親年事已高，他不想打攪她，或是讓她想到死亡。他不好意思地跟她說自己找不到使用說明書，她說她去找一找，然後回電。他又問能不能過來跟她一起找，她說沒問題。那晚他過來了，她請他喝啤酒。他們一起查看她的檔案，但一無所獲。「那張說明書肯定在什麼地方。」他說，語氣滿是職業的自信。「肯定在某個地方。」她了無希望地指著幾個房間；不在浴室，廚房，或客廳裡，肯定也不在山姆的房裡。他問起山姆情況，她說最近沒有他的消息。每一天她都盼望著有他的隻言片語，但是沒有。她沒講起這些——只是說沒消息。她喝了幾罐啤酒，每天晚上都要喝。他們一起坐在客廳裡喝啤酒。她問他要不要吃點東西，去做了三明治。他說要離開，這樣早上她才能按時起床。她暗示屋裡的房間。他留下了，睡在她床上。

早上，艾倫打電話到學校，說她感冒了。「大家都生病了。」接線員告訴她，「天氣變化。」她和丈夫開車出去，在一家講究的餐廳吃午飯。午飯後他們去了他家，繼續找說明書。他們沒找到。他為她做了晚飯，她晚上在他那裡過夜。第二天早上，他開車上班，順便載她去學校。

少年合唱團裡的一個女孩在課後來找她。女孩害羞地說她也會彈鋼琴。她何時可以幫合唱團鋼琴伴奏呢？愛麗森彈得很好，女孩飛快地加上這句。她不想讓愛麗森不彈，不過什麼時候她也能試試呢？她擅長讀譜，也會彈一些古典作品，吉伯特與沙利文[7]，還有很多流行歌曲。她提到其中一些。艾倫注視著女孩離開，她臉色緋紅，因為跟老師說話而緊張，也因為被允許下節課演奏鋼琴而自豪。她身材高䠷，棕色頭髮剪得太短了；她的眼鏡鏡片是菱形的，看起來更像是她母親戴的。艾倫想著山姆是不是有女朋友了。如果那個女孩有棕色的長髮，坐在摩托車上長髮會被風吹亂嗎？山姆要是知道她如何安撫那位新鋼琴師，假裝對那個女孩的才華深感興趣，謝謝她主動申請，他應該會以她為榮的。第二天下午，她又想起山姆。他要是知道棕色頭髮女孩也選擇彈〈斯旺尼河〉，一定會覺得滑稽。

她丈夫下班後來她家，一起吃晚飯。她收到山姆的一張明信片，拿給他看——是一張聖莫尼卡高速公路的照片，汽車堵塞。短信說：「紅色汽車和黃色汽車之間的那個小

7 吉伯特與沙利文（Gilbert & Sullivan）指英國維多利亞時代幽默劇作家威廉・S・吉伯特（William S.Gilbert，1836 — 1911）與作曲家亞瑟・沙利文（Arthur Sullivan，1842 — 1900）。他們合作創作了十四部喜劇歌劇。

點就是我，時速110。愛你的，山姆。」汽車之間並沒有什麼小點，汽車本身也不過是圖上的小點，但是艾倫還是看了，笑了。

隔週又來了一張明信片——一個臉色陰沉的印第安人——是寄給她丈夫的。山姆感謝她丈夫在他走前跟他聊了聊。他的結語是一個提議：「來西部吧，這裡暖和又美麗。你不試試怎麼知道？平安，山姆。」

那個星期晚些時候，他們正在去買菜的路上，一對騎著摩托車的男女不知從哪裡冒出來，在他們車前突然轉向，開得飛快。

「狗娘養的瘋子！」她丈夫罵了句，踩下剎車。

摩托車上的女孩回頭看，也許是要確定他們真的安全。女孩在微笑。其實女孩離艾倫太遠，看不清其表情，但她還是確信看到她在微笑。

「狗娘養的瘋子。」她丈夫說。艾倫閉上眼，憶起和山姆在摩托車店裡看車。

「我要那種不費力氣就能騎到一百的。」山姆跟推銷員說。

「這些都能輕鬆開到一百。」推銷員說著，衝他們微笑。

「那就這輛吧。」山姆說，他輕叩著身邊一輛車的把手。

他大部分車款是用現金支付。她很久沒跟他收房租了，所以他有大筆現金。不足的他開支票補足。推銷員數著鈔票，很吃驚。

「有飄帶嗎？」山姆問。

「飄帶？」

「不是這麼稱呼嗎？小孩繫在自行車上的那種？」推銷員笑了：「我們不賣。你可能得去自行車店看看。」

「我應該會去的。」山姆說，「我得跟上潮流。」

艾倫看著丈夫。我為什麼對他毫無同情？她問自己。她很生氣。她本應該問問山姆，為什麼有時她對丈夫有這種感覺。他一定會在深夜交談的時候，耐心且全面地向她解釋。明信片上一直沒有寄信人地址。有一天他會捎來位址，她還可以再問他。她可以告訴他那個新的女生，本可以彈一首自己喜歡的曲子，最後還是選了〈斯旺尼河〉。坐在車上，她閉著眼，笑了。在他們前方——現在是數英里之外了——摩托車上的那個女孩也笑了。

（一九七四年四月八日）

異想天開

塞拉斯害怕吸塵器。牠站在那裡，從臥室門口望出去，朝吸塵器咆哮。有小孩子在旁邊的時候，牠也會咆哮。這條狗害怕他們，而他們又因為牠咆哮而怕牠。牠的咆哮總是惹來麻煩；沒人認為牠有權咆哮。這條狗還害怕很多歌曲。新失落之城的流浪者[1]的〈烏鴉告訴我的小故事〉讓牠頸毛直豎，鮑勃・狄倫的〈絕對第四街〉讓牠露出牙齒，垂下尾巴。有時牠安靜時也一直露出牙齒。要是讓狗遂了心意，所有小孩都會消失，而很多音樂家的曲子將成絕響。要是讓狗遂了心意，牠會在黑暗的巷子裡咬住狄倫的腿。也許他們——麥克和狗——可以出門，去錄音室或音樂廳，只要是狄倫演出的地方，然後等他出來，塞拉斯就能撲上去咬他。就是這一類的想法（他的工頭稱之為「異想天開」）讓麥克丟了工作。

他之前在康乃狄克州阿什福德的一家家具廠上班。有時他的車床正在翻攪碾磨，他就會大笑。每個人都知道他在笑，可是沒人對此做什麼。休息的時候他在工廠後面的停車場抽大麻。快換班時，他常常得硬憋著那神經質的大笑。有天晚上，工頭講了一個小傻瓜笑話，太好笑了，麥克差點笑翻在地。自那以後，在那裡工作的幾個人順路經過時也會講笑話，每一次他都笑得幾乎反胃。那裡所有跟他講話的人都讓他開懷，如果他們說個笑話，甚至只是說起有個「好玩的笑話」，他馬上大笑起來。他每天抽大麻抽到受不了為止。他戴一個髮網——曾有個女人的長髮被捲進機器，頭被拖到離刀刃只有零點幾英寸的位置，自那以後每個人都得戴髮網——有一半時間他下班後忘了摘下髮網，早上醒來的時候發現還戴著。他覺得這挺滑稽；他可能是某個人的老婆，髮網下有粉紅色捲髮夾，嘴角叼著一根菸。

他曾經是某個人的丈夫，但是和老婆分居了。他也離開他的女兒，但是她和他老婆長得太像了，他把她們想成同一人。後來，他有時混亂到跟老婆說話時像嬰兒牙牙學語，卻跟四歲半的女兒抱怨人生。老婆寫信給他祖母提到他這種表現，老太太寄來一百美元，跟他說「去買個心理醫生」，像是心理醫生是一堆襯衫。他用錢買了一隻拿著肥皂，可浮在浴缸裡的粉紅色塑膠兔子給女兒。兔子有藍色眉毛，藍色鼻子，還有一種驚訝的表情，大概是因為它的肚子成了一塊肥皂。他為她買了這隻兔子，他並不小氣，剩下的錢

1　新失落之城的流浪者（New Lost City Rambler），美國一九五八年民謠復興運動中成立於紐約的一支樂隊。

還買了芳提娜起司[2]給老婆，買了大麻給自己。他們的家庭聚會很愉快——女兒和兔子鼻子對鼻子，老婆吃起司，他抽大麻。老婆說是他抽菸害死了她的紅線豹紋葛鬱金。「你怎麼能一直抽這種能害死植物的東西？」她總是問。實際上他很高興看到那棵植物死掉。一棵詭異的植物，看起來葉脈裡好像流著血。不過它不是被菸害死的，而是被他的朋友卡洛斯應他的請求用咒語咒死的。六天之內它就死了，葉子尖端先變成褐色，白天幾乎也不展開，很快就落下來，在花盆邊緣耷拉著，直到完全變成褐色。

植物死了，老婆走了，好在麥克還有他的狗和祖母，從祖母那裡總能指望得到鼓勵的話語、郵購的美味，還有錢。現在只有他和狗了，他大部分時間都花在塞拉斯身上，比從前任何時候都更盡心照顧牠。他給塞拉斯吃牛奶骨頭，這樣能清潔牙齒。他總是正向思考，可是一不留神又抽起大麻，聽著〈烏鴉告訴我的小故事〉，而塞拉斯聽著這首歌，齜出乾淨的白牙。

麥克住的房子是他朋友普魯登絲和理查的，他們去了馬尼拉。麥克也不用付房租——只需要付暖氣費和電費。他從不開燈，所以沒多少電費。他抽大麻的晚上就把暖氣調低到華氏五十五度。他按步就班——先抽一個小時，把暖氣從七十度調到六十五度；再抽一個小時，然後調到五十五度。他發現普魯登絲對針灸感興趣，她的一本書裡有幅圖片，是一個男人因痛苦而扭曲的臉，背上有一根長而細的尖針。不對，這是他想像出來的吧，麥克並不看那些四處散放的書。他細細翻看普魯登絲和理查的五斗櫃抽屜。理查穿三十二碼的居可衣[3]緊身短褲，普魯登絲有一條藍色小髮帶。麥克甚至還開封了冰箱裡一些食物。魚，他想解凍以後再吃，可是後來忘了。午飯他通常吃兩罐金寶[4]素食蔬菜湯，晚飯吃四條核桃棒。要是他一覺醒來能趕上吃早餐，就抽大麻。

一天晚上，電話響了。塞拉斯同往常一樣先跑過去，可是牠無法接。可憐的老塞拉斯。麥克把牠放到門外，然後再接電話。他注意到雷叫著跑過來了，雷是一條雌性德國牧羊犬，名字是隔壁鄰居家的小孩起的。塞拉斯想騎到雷身上。

「理查嗎？」電話裡那個聲音問。

「是呀。你好。」麥克說。

「是理查嗎？」

「是的。」

「聽起來不像你呀，理查。」

2　芳提娜起司（Fontina Cheese）是一種義大利果仁味羊奶起司。

3　居可衣（Jockey）是一種平價內衣品牌。

4　金寶（Campbell）罐頭是美國超市中最常見的罐頭湯品牌。

「你聽起來也怪怪的。有什麼事？」

「什麼？理查，你今晚聽起來真的很糟。」

「你心情不好還是怎麼的？」麥克反擊。

「哎，如果我們有幾個月沒說話的話我可能會對此吃驚。我打電話來，你卻喃喃自語。」

「是線路問題。」

「理查，聽起來真的不像你。」

「我是理查他媽，忘了說了。」

「你幹嘛這麼衝？理查，你沒事吧？」

「我當然沒事了。」

「好吧，太詭異了。我打電話來是想知道普魯登絲對加州有什麼打算。」

「她打算去。」麥克說。

「你開玩笑的吧！」

「不是。」

「呃，我猜我打的不是時候。明天我再打給你好嗎？」

「好。」麥克說，「再見。」

普魯登絲留下精確的指示，教麥克如何照顧她的植物。麥克已經記得相當熟了，但有的時候他只是在上面潑點水。有些植物要保持濕度適中，有些要很濕潤，有些每隔兩天澆水——這到底有什麼關係？有幾棵已經死了，但是有幾棵長了新葉。麥克有時覺得內疚。他守在植物旁邊，心想要是把一棵應該濕度適中的植物淋得過頭該怎麼辦。除了替植物澆水，他也試著做別的事，他們會感激他的。他幫普魯登絲的大鐵煎鍋上油，再放到爐子上。有一回塞拉斯在外面沾了滿身牛糞，回來在地毯上打滾，麥克非常仔細地清理了地毯。也是那一天，他發現櫥櫃裡有一些粉筆，就在地板上畫了跳房子的方格，還跳了一會兒。有時他往塞拉斯身上噴點普魯登絲的 Réplique[5]香水，想故意惹惱塞拉斯。塞拉斯是那種有同志靠近牠就會生氣的狗。麥克覺得這條狗像是流落異鄉的人，他意識到他和這條狗落入很多俗氣的場景——狗蜷曲在男人身邊，男人坐在壁爐旁；狗從男人手裡吃東西，吃完以後舔腳。普魯登絲剛開始猶豫是否該讓這隻大狗待在房子裡，不過塞拉斯還是充分利用了另一個固定橋段，蜷伏在她腳邊，在地毯上輕彈尾巴，從而贏得了她的心。

5 Réplique 是經典香水品牌拉斐爾（Raphael）的一款。

「理查在哪？」山姆問。

「理查和普魯登絲去馬尼拉了。」

「馬尼拉？那你是誰？」

「我被炒了，現在幫他們看房子。」

「被炒了——」

「是的。我無所謂，誰想一輩子對著一個機器，提心吊膽怕被它弄傷呢？」

「你原來在哪裡工作？」

「工廠。」

山姆沒有別的話可說了。他就是打電話來的那個人，想知道麥克在電話裡為什麼要假冒理查，不過他對麥克似乎有點好感，他明白那是個玩笑。

「我們那天在電話裡聊得真夠好笑的。」他說，「至少我很高興聽到她現在不在加州。」

「那地方不賴。」麥克說。

「她在加州有個丈夫。她和理查在一起更好。」

「明白了。」

「你在這做什麼？」山姆問，「在防備有無竊賊嗎？」
「替花澆水這一類的事。」
「你上次在電話裡真的騙到我了。」
「是呀，沒多少人打電話來。」
「你那邊有酒嗎？」山姆問。
「我把他們的酒都喝光了。」
「想出去喝杯啤酒嗎？」山姆問。
「好啊。」
山姆和麥克去一個麥克知道的酒吧，叫「快樂傑克家」。那是個奇怪的地方，自動點唱機上正播放〈熱浪〉，還有泰咪・溫妮特[6]的〈不可救藥〉。
「我可不介意在泰咪・溫妮特的甜蜜懷抱裡過一晚上，即使她是個紅脖子[7]。」山姆說。
酒吧女招待把他們的空啤酒杯放到託盤上，然後走開。
「她腿很粗。」麥克說。

6 泰咪・溫妮特（Tammy Wynette，1942 — 1998），美國鄉村音樂歌手和作詞者，有鄉村音樂第一夫人之稱。
7 紅脖子指美國南部貧苦農民，尤指其中觀念保守者。

「不過她的手臂好看，柔軟，」山姆說，「像泰咪・溫妮特。」

他們聊天的時候，泰咪正在唱關於愛情和酒吧的歌。

「你是做什麼的？」麥克問山姆。

「我在賣鞋。」

「聽起來不太好玩。」

「你沒問我玩什麼。你問的是我的工作。」

「那你玩些什麼？」麥克問。

「聽泰咪・溫妮特的唱片。」山姆說。

「你老想著泰咪・溫妮特啊。」

「我跟一個長得像泰咪・溫妮特的女孩談過戀愛。」山姆說，「她穿一件好看的低胸襯衣，有白色縐褶，還有黑色高跟鞋。」

麥克的手抹過嘴邊。

「她手臂上有細細的汗毛。你知道我的意思吧，不是汗毛很多那種。」山姆說。

「不好意思我離開一下。」麥克說。

在廁所裡，麥克希望快樂傑克別在酒吧喝醉。他醉酒的時候喜歡到廁所去跟人打架。

有一回一個顧客的臉被快樂傑克狠揍了一拳，那以後他的合夥人總是跟顧客解釋說他瘋了。今天廁所裡除了洗手池旁有個老傢伙外，沒有別人，可是那人沒在洗手，而是站在那盯著鏡子看，然後深深地嘆了一口氣。

麥克回到他們那桌。「我們回去吧？」他對著山姆說。

「他們有泰咪・溫妮特的唱片嗎？」

「不知道。也許有吧。」麥克說。

「那好。」山姆說。

「你為什麼會想賣鞋呢？」麥克在車裡問他。

「你沒病吧？」山姆說，「我並不想賣鞋。」

麥克打電話給他老婆──一個錯誤。瑪麗安在托兒所很不開心，那孩子不想去，想在家看電視。既然麥克沒事做，他老婆說，也許可以在她上班的時候待在家裡，遂了瑪麗安的心願，因為很明顯，她的不適應是因麥克離開她們母女而造成的，他明明知道那孩子最愛他。

「你只是想讓我搬回去，」麥克說，「你還喜歡我。」

「我一點也不喜歡你。我從來沒想過聯繫你，但是既然你打電話來，就得聽我說。」

「我只是打來問好，然後你就這麼開始了。」

「那好，麥克，你為什麼打電話？」

「我覺得孤單。」

「明白了，你拋妻棄女，然後因為孤單，你就打電話。」

「塞拉斯跑了。」

「我自然希望牠能回來，因為牠對你非常重要。」

「是的。」麥克說，「我真的很愛那隻狗。」

「那瑪麗安呢？」

「我不知道。我也想關心，可是你剛才說的我都沒什麼感覺。」

「你是參加了敏感訓練團[8]，還是類似的？」

「沒有。」

「那好，你掛電話前能考慮一下這個情況，給點建議嗎？我留她在托兒所，她就鬧，我只好撂下工作去接她。」

「我要是有輛車，就可以去接她。」

「這不太實際，是不是？你沒有車。」

「要不是你爸給了你一輛，你也不會有。」

「這有點離題了。」

「我就是有車也不會開。我和機器打夠交道了。」
「麥克，我今晚真的不想再跟你說了。」
「你能做的一件事是給她吃鈣片。那是天然的鎮靜劑。」
「好吧，多謝你的建議。希望沒太讓你受累。」
「你很愛諷刺我。我聽到的都是諷刺，你怎麼指望我善解人意？」
「我真的沒指望。」
「你說話像打人那麼重。」
「你嗨翻了嗎，麥克？」
「沒，我只是孤單，在這坐著。」
「你住哪？」
「住在一棟房子裡。」
「你怎麼住得起？你祖母的嗎？」
「我不想說我住的情況。能換個話題嗎？」
「我們還是不說了吧，行嗎，麥克？」

8　敏感訓練團是一種人際關係訓練，目的是使受訓人提高自己對他人言行及處境的敏感度。

「沒問題，」麥克說，「晚安，寶貝。」

山姆和卡洛斯來看麥克。卡洛斯的父親在橋港市[9]有家塑膠工廠。卡洛斯十五秒就能捲好一根大麻菸，在麥克的思維模式中這令人敬佩。但是卡洛斯有時也很煩人，現在他正在告訴麥克，麥克可以在他父親的工廠謀份差事。

「別再說工廠了，卡洛斯。」麥克說，「要是每個人都停止工作，機器也會停止的。」

「我看不出有什麼不好的，」卡洛斯說，「你操作機器幾個小時，然後拿錢走人。」

「我要是跟我祖母要錢，她會寄來的。」

「可是她會一直寄錢嗎？」山姆問。

「你以為我會問她嗎？」

「我打賭你不會介意在南方的何處幹活，那兒有長得像泰咪・溫妮特的女人。」

「北方，南方——有什麼不一樣？」

「你說『有什麼不一樣』是什麼意思？南方的女人一定長得像泰咪・溫妮特，北方的女人就像磨坊老鼠。」

卡洛斯的大麻總是非常有勁，麥克喜歡。卡洛斯聲稱他給大麻下了咒，讓它勁道更強。

「你怎麼不對你爸的機器下咒？」麥克說。

「為什麼？」卡洛斯問。

「你怎麼不把所有的機器都變成泰咪・溫妮特？」山姆問，「每個人早上都會醒來，然後會有一百個泰咪・溫妮特。」

山姆意識到他抽的太多了。下一步，他在想，就是戒菸。

「你做什麼的？」卡洛斯問山姆。

「我賣鞋。」山姆注意到他回答得很清醒，「那之前我在安迪亞克[10]主修數學。」

「對那個工廠下一個咒吧，卡洛斯。」麥克說。

卡洛斯嘆了口氣。每個人都抽著他給的大麻，卻不理會他在說什麼，然後他們總想叫他對東西下咒。

「要是我對你下個咒怎麼樣？」卡洛斯問。

「我已經被詛咒了。」麥克說，「我祖母在她的信裡就是這麼說的——說我對親人是福氣，自己卻倒楣背運。」

9 橋港市（Bridgeport）是康乃狄克州最大的城市。

10 安迪亞克（Antioch），學校名。

「把我變成喬治‧瓊斯[11]吧。」山姆說。

卡洛斯一邊捲大麻菸一邊盯著他們看。他不是在對他們下咒，但是他在考慮。他堅信他對教父的腸癌負有責任。但他並不是真的魔法師。他希望自己的詛咒可靠、完美，就像一台機器。

麥克的祖母送了他一份禮物——五磅去殼的核桃。包裹裡還有一本小冊子，上面寫著「盡顯南方健康優良品質」。這是一天半以來他吃的第一種東西，所以吃了很多。他覺得一下子吃太多了，就抽了點大麻來平復情緒。然後他又吃了一些核桃，聽阿爾比諾尼[12]的音樂。他從擱在沙發下面的一袋大麻裡撿出一顆種子，把它埋在普魯登絲的一個花盆裡。他得記著讓卡洛斯對種子說幾句話；卡洛斯說他不能祈福只不過是謙虛。他在大麻裡摸索，又找出一顆種子，把它栽在另一個花盆裡。它們永遠不會生長，他悲哀地想。阿爾比諾尼總是讓他情緒低落，他關了音響。但是沒有音樂也讓他沮喪。他查看唱片，決定找一張，可是很難決定。他又點上他的菸斗。最後，他終於決定了——不是決定聽哪張唱片，而是吃什麼東西，核桃果仁餅乾。他沒有核桃果仁餅乾，但他沿著馬路走到商店就能買一些。他數了數零錢，八十分硬幣，加上他在普魯登絲的內衣抽屜裡發現的二十五分硬幣，有這些錢他能買五塊核桃果仁餅乾。他感覺好多了，想到自己可以吃到核桃果仁餅乾，於是放鬆下來，點上菸斗。他所有衣服都是髒的，所以他開始穿理查留下的衣服。今天他穿著一件對他來說有點太緊的黑襯衫，前胸有一隻鑲嵌著萊茵石的孔雀。他看著自己閃閃發亮的前胸，打起瞌睡。醒來的時候他決定去找塞拉斯。他沒有脫掉襯衫，在腋下噴了體香劑，然後拿著菸斗走出去。大錯特錯。如果員警叫他停車問話，發現他帶著……他又走回家，把菸斗放在桌上，再出門。他想到塞拉斯不見了，非常難過。他也知道穿著一件孔雀圖案的襯衫在城裡邊哭邊找狗不是個好主意，但是無法克制自己。他看到一個老婦人在遛狗。

「你好，小狗。」他說，停下來撫摸牠。

「牠是女的。」老婦人說。老婦人化了不可思議的濃妝；她的眼圈是藍色的——眼睛下方是明豔的藍色，上方也是。

「你好，小姑娘。」他邊說邊撫摸小狗。

「她十三歲了。」老婦人說，「獸醫說她活不到十四。」

麥克想到了塞拉斯，牠四歲。

11 喬治・瓊斯（George Jones，1931-2013），美國著名鄉村歌手，泰咪・溫妮特的先生。

12 阿爾比諾尼（Tomaso Albinoni，1671 — 1751），義大利巴羅克作曲家。

「他說得對，我知道。」老婦人說。

麥克拐個彎往回走，看到塞拉斯就在前院。塞拉斯衝上來，在他身邊上竄下跳，不停吠叫，轉著圈跑。「你去哪了？」麥克問狗。塞拉斯以叫聲作答。「你好呀，塞拉斯。你到底去哪了？」麥克問。塞拉斯在地上扭動身體，喘著氣。麥克蹲下去拍他，塞拉斯衝上來，用爪子抓鑲嵌萊茵石的襯衫，線被抓破了，萊茵石散落在草坪上。

到了屋裡，塞拉斯嗅著地毯，在房間裡跑出跑進。「你這條老狗。」麥克說。他餵給塞拉斯一顆核桃。塞拉斯喘著氣在他腳下蜷起身體。麥克從沙發下面拖出那袋大麻，在菸斗裡塞了一大團。「塞拉斯老夥計。」麥克說著點上菸斗。他越抽越快樂，在快樂達到頂峰的時候睡著了。他一直睡到被塞拉斯的叫聲喚醒。門口有人。他老婆站在那裡。

「你好，艾莎。」他說。塞拉斯在吠叫，她不可能沒聽到。麥克把叫個不停的狗帶到臥室，關上門。他走回大門。艾莎已經進了屋，把門帶上了。

「你好，艾莎。」他說。

「你好。我是來找你的。」

「你什麼意思？」

「我能進屋嗎？這是你的房子嗎？不可能是你的房子。你從哪找到這麼多家具？」

「有兩個朋友出國了，我住在這。」

「你闖進別人的家？」
「我在幫我的朋友看家。」
「你怎麼了？你看起來糟透了。」
「我不太乾淨。我忘了洗澡。」
「我不是這個意思。我是說你的臉。你怎麼回事？」
「你是怎麼找到我的？」
「卡洛斯。」
「卡洛斯不會說的。」
「他說了，麥克。但咱們回家再吵吧。我是來找你，想叫你回家，你得分擔對瑪麗安的責任。」
「我不想回家。」
「這我不管。你要是不回家，我們就搬來這。」
「塞拉斯會咬你。」
「我知道那條狗不喜歡我，但牠肯定不會咬死我。」
「我需要幫這些人看家。」
「你可以過來查看。」

「我不想跟你回去。」

「你看起來身體不好，麥克。你生病了嗎？」

「我不跟你走，艾莎。」

「好吧，那我們還會回來。」

「你要我回去幹嘛？」

「幫我照顧孩子。她快把我弄瘋了。帶上狗走吧。」

麥克把狗帶出臥室。他拿了那袋大麻和菸斗，還有剩下的核桃，跟著艾莎走到門口。

「核桃？」艾莎問。

「我祖母寄給我的。」

「可真夠好的。你氣色不對，麥克。你有工作嗎？」

「沒有，我沒有工作。」

「你知道卡洛斯能幫你找份工作。」

「我不要去任何工廠幹活了。」

「我不是讓你馬上去上班。我只是想讓你白天在家照顧瑪麗安。」

「我不想跟她待在一起。」

「那麼，你可以假裝願意，她是你女兒。」

「我知道，但我對這沒什麼感覺。」

「我意識到了。」

「也許她不是我的。」麥克說。

「你開還是我開？」艾莎問。

艾莎開車。她打開收音機。

「如果你不愛我，為什麼想讓我回去？」麥克問。

「你為什麼老在說愛？我跟你解釋過了，我沒辦法再一個人照顧小孩了。」

「你要我回去是因為你愛我。瑪麗安對你來說不是什麼問題。」

「我不管你怎麼想，只要你人在就行。」

「你知道我還可以再離開的。」

「你七年中只不過出走了兩次。」

「下一次，我不會再跟卡洛斯聯繫。」

「卡洛斯是想幫忙。」

「卡洛斯真壞。他到處對東西下咒。」

「他可是你的朋友，不是我的。」

「那他為什麼說？」

「是我問他你在哪。」

「我差點就要搞到一個酒吧女招待了。」麥克說。

「我不知道我怎麼能愛你。」艾莎說。

「我們去哪，爸爸？」

「去澆花。」

「花在哪？」

「離這不遠。」

「媽媽在哪？」

「去剪髮。她告訴你了。」

「她為什麼要剪髮？」

「我搞不懂她。我不明白你媽媽。」

艾莎跟一個朋友去弄頭髮了。麥克現在有車。他厭倦了和瑪麗安白天關在家裡看電視，所以打算去普魯登絲和理查家，雖然他昨天才去澆過水。塞拉斯和他們在一起，在後座。麥克從後視鏡裡鍾愛地看著牠。

「我們去哪？」

「我們剛上路。盡量享受一下吧。」

瑪麗安一定聽到艾莎跟他說不要開車；她看起來不是很享受。

「現在幾點了？」瑪麗安問。

「三點。」

「是學校放學的時候。」

「那又怎麼樣？」麥克問。

他不該跟她發脾氣，她只是想找點話說。既然所有談話都只不過是一堆廢話，他不應該阻止她。他伸手去拍拍她的膝蓋，她並沒有如他所願地微笑。她有點像她媽媽。

「你也要剪髮嗎？」她問。

「爸爸不用，因為他沒想要找工作。」

瑪麗安向窗外望去。

「你的曾祖母寄給爸爸的錢夠他生活，爸爸不想工作。」

「媽媽有工作。」瑪麗安說。他老婆是書籍裝幀學徒。

「你也不一定要剪髮。」他說。

「我想要。」

他又伸手過去拍她膝蓋。「你不想留長髮嗎，像爸爸這樣？」

「想。」
「那你剛才說你想剪。」
瑪麗安向窗外望去。
「你透過窗戶能看到那些花嗎？」麥克說，把車停在屋子前。
當他打開門時，非常驚訝地看到理查在屋裡。
「理查！你怎麼回來了？」
「我坐飛機坐得噁心，不想說話，老兄。坐吧，這是誰？」
「你和普魯登絲玩得好嗎？」
「普魯登絲還在馬尼拉。她不願回來。我在馬尼拉待夠了，你知道吧？但是我不知道坐飛機回來是否值得。回來的這趟飛機實在糟透了。這是誰？」
「我女兒，瑪麗安。我現在回我老婆那裡了。我一直來這澆花。」
「天哪，我難受死了。」理查說，「你知不知道為什麼下飛機後都半天了還覺得噁心嗎？」
「我想澆花。」瑪麗安說。
「去吧，甜心。」理查說，「天哪——那些該死的花。馬尼拉就是個叢林，你知道嗎？那就是她想要的。她想待在叢林裡。我不知道，我難受得無法思考。」

「我能幫你做些什麼？」

「還有咖啡嗎？」

「我都喝光了，也喝完你所有的酒。」

「沒關係。」理查說，「普魯登絲估計你幹得比這還糟。她想你會把家具賣了，或是把房子燒了。她瘋了，待在那個雨林裡。」

「他的女朋友在馬尼拉。」麥克對女兒說，「那地方很遠。」

瑪麗安走開去聞一片蔓綠絨的葉子。

麥克正在看一部肥皂劇。一個女人對另一個女人哭訴，說她的膽囊切除的時候，湯姆是她的大夫，而那個愛著湯姆的護士，四處散布流言，然後……

瑪麗安和一個朋友正在把一茶壺的水倒進小塑膠杯裡。她們優雅地小口抿著。

「爸爸，」瑪麗安說，「你能給我們真的茶嗎？」

「你媽媽會生我氣。」

「她不在。」

「你們會告訴她。」

「不，我們不會。」

「那好。如果你們保證不喝，我就給。」

麥克進了廚房。女孩們高興得尖叫，電視裡的女人神經質地哭泣著。「斯坦醫生一退休，湯姆就是外科主任的候選人，可是麗塔說他……」

電話響了。

「喂？」麥克問。

「哎，」卡洛斯說，「還在生氣？」

「你好，卡洛斯。」麥克說。

「還生我氣？」卡洛斯問。

「沒有。」

「你最近在幹什麼？」

「什麼也沒幹。」

「我猜也是。對工作有興趣嗎？」

「沒有。」

「你是說你只想天天坐在那？」

「這會兒我正在辦茶會。」

「行啊，」卡洛斯說，「想出來喝杯啤酒嗎？我下班以後可以過來。」

「我無所謂。」麥克說。

「你聽起來很不開心。」

「你為什麼不下一個咒讓事情好轉呢？」麥克說，「水開了。一會兒見。」

「你不是真的在喝茶吧，嗯？」

「是的。」麥克說，「再見。」

他把水拿進客廳，倒進瑪麗安的茶壺。

「別燙到自己，」他說，「不然咱們都完蛋了。」

「茶包在哪裡，爸爸？」

「哦，對。」他從廚房拿了一個茶包，放進壺裡。「你們年紀小，應該運用想像力。」

他說，「不過這就是。」

「我們還要一些點心配茶，爸爸。」

「那你就不會吃晚飯了。」

「會的，我會吃。」

他去廚房拿了一袋 m&m 巧克力。「別吃太多啊。」他說。

「我一定得離開這地方，」電視上的女人說，「你知道我現在得走了，因為湯姆依賴麗塔。」

瑪麗安小心地替兩個小杯子倒滿茶。

「我們能喝嗎，能不能，爸爸？」

「我猜可以吧。只要喝了不難受。」

麥克看著他女兒和朋友享受著這個茶會。他走進浴室，把菸斗從窗台上取下，關上門，打開窗，點燃菸斗。他坐在浴室地板上，雙腿交疊，聽電視裡的女人哭泣。他注意到瑪麗安的兔子，它抬起眉毛驚訝地看著他。茶會還在進行，背景是一個女人尖叫的聲音，而他坐在浴室裡抽大麻，這還真可笑。「我還能幹什麼？」他低聲對兔子說。他嫉妒那只兔子──它把肥皂抓在胸前的樣子。當他聽到艾莎進屋，他走出浴室，來到玄關，用雙臂繞住她，心裡想著那兔子和肥皂。米克・傑格[13]對他唱著，「我們曾經緊握的夢想都化為輕煙……」

「艾莎，」他說，「你有什麼夢想？」

「就是你的毒品販子死掉。」她說。

「他不會的。他才二十歲。」

「也許卡洛斯會對他下咒。卡洛斯殺死了他的教父，你知道。」

「嚴肅點。再說一個真正的夢想。」麥克說。

「我說過了。」

麥克鬆開她，走進客廳。他朝窗外望去，看到卡洛斯的車停在小路上。他走出門，坐進卡洛斯的車。他呆呆地盯著大街。

「不想打招呼是吧？」卡洛斯說。

麥克搖搖頭。

「見鬼，」卡洛斯說，「我不知道我幹嘛總是主動來找你。」

麥克的情緒有傳染性。卡洛斯憤怒地發動汽車，轟鳴而去，他詛咒了草坪邊上的一棵黃楊。

（一九七四年十月二十一日）

13 米克・傑格（Mick Jagger，1943 —）是滾石樂隊的主唱。

狼的夢

辛西婭十七歲時嫁給了艾威爾・WG彼得森，那兩個首字母代表「威廉・戈登」；他的家人叫他威廉，她父母叫他WG（好讓他明白他們覺得首字母很做作），辛西婭叫他皮特，他部隊那些哥們兒就這麼叫他。如今辛西婭和艾威爾・WG彼得森已經離婚九年了，他過去的稱呼也成了與他有關的記憶裡一件平淡的小事。她不恨他。除了名字，她幾乎不大記得他。過耶誕節，他寄卡片給她，署名「皮特」，但只是離婚後的幾年如此，然後就不寄了。她第二個丈夫叫林肯・迪萬，她二十八歲時嫁給他。她二十九歲半的時候，兩人離婚了。沒有聖誕卡。現在她要和查理・派恩赫斯特結婚了。她家人討厭查理——或者也可能只是反感第三樁婚姻——但她煩惱的是查理的名字跟皮特和林肯們都在腦子裡混作一團。艾威爾・WG彼得森，林肯・迪萬，查理・派恩赫斯特，她想個不停，好像需要記住這些名字似的。高中時的英語老師曾讓她背誦那些毫無道理的詩歌，你完全無法記住詩歌的下一句是什麼。她整個高中階段拿的都是D[1]，畢業以後又不喜歡自己的工作，所以皮特向她求婚的時候她很高興，即使嫁給他意味著遠離親友搬到部隊駐地。她喜歡那地方。她父母說過她對任何事都不滿意，所以後來她對駐地生活毫無怨言讓他們驚訝不已。她認識那裡所有的妻子，大家成立了一個減肥俱樂部，她輕了二十磅，體重減到和剛上高中時一樣。她還為當地電台工作，錄製故事和詩歌——她一直不知道為什麼要錄製那些——後來發現如果只是閱讀而不需要思考的話，她並不討厭文學。皮特有空總和哥們兒廝混，他倆其實沒有多少時間相處。他責怪她減肥是為了吸引「一個卡其布情人」，「有了一個你還不夠嗎？」他問。可是在一起的時候，他也不想愛撫她；他會在另一間空臥室裡舉槓鈴。辛西婭喜歡有兩間臥室，整棟房子她都喜歡。那是一棟聯排木屋，樓下缺了百葉窗，但是裡面的空間比她父母的房子還大。他們搬進去的時候，所有的隨軍妻子說的話都一樣——那間臥室不會空太久。但是它一直空著，只放了槓鈴和皮特掛在天花板上的健身吊架。在駐地的生活還是很愉快的，有時她挺懷念。

和林肯生活時，辛西婭住在俄亥俄州哥倫布市的一所公寓裡。「這倒挺好，你住的離我們有半個美國那麼遠，」她爸爸寫信說，「因為你媽媽肯定不想見那個黑人，他聲

1　美國教育體制最常用的A、B、C、D、F分值系統，A最高分，F不及格。D代表剛剛及格。

稱自己的父親是什麼徹羅皮族印第安人[2]。」她從未見過林肯的父母，所以自己也不太清楚印第安人的問題。林肯一位一直想做她情人的朋友跟她說，林肯‧迪萬甚至不是真名——這個名字是他編的，二十一歲的時候合法改名。「就像相信聖誕老人，」這個朋友說，「世上本沒有林肯‧迪萬。」

查理跟皮特和林肯都不一樣。那兩個人對她都不怎麼關心，查理卻很體貼。這些年來她第一次結婚時減掉的二十磅又回來了，在此基礎上還多了二十五磅。她想在嫁給查理之前恢復身材，雖然他現在就想結婚。「你現在這樣就行，」查理說，「成衣也可以改尺寸。」查理是個裁縫師。他不算真正的裁縫，但他哥哥有個成衣店，有時他會在週末去那改改衣服，賺點外快。有一次他倆都喝得微醺，辛西婭和查理起誓，每人告訴對方一個深藏的祕密。辛西婭告訴查理她流過一次產，就在她嫁給皮特以前。查理頗為吃驚。「估計因為這個你變得這麼胖，」他說，「動物去勢以後牠們也這樣。」她不明白他在說什麼，也不想問。她自己差點都把這事忘了。查理的祕密是他知道怎麼操作縫紉機。他覺得那是「女人的活計」。辛西婭心想這有點離譜；她告訴他如此重要的經歷，他只是說自己會操作縫紉機。

「我們不住公寓，」查理說，「我們要住一棟房子。」還有，「你不用爬樓梯，我們要找一棟錯層式住宅。」還有，「也不會是那種日益衰敗的社區，我們的社區會越來越好。」還有，「你用不著減肥。現在就嫁給我不好嗎？我們買棟房子，一起開始新生活。」

可是她不願意。她要先減掉二十磅，再攢一筆錢，夠她買件漂亮的婚紗。她已經開始化妝，留長髮，美容院的老闆就是這麼建議的，這樣婚禮那天她會有垂到雙肩的長鬈髮。她一直在讀《新娘》雜誌，長鬈髮在她看來最美。查理很討厭那種雜誌，他認為是雜誌唆使她減掉二十磅——雜誌要為他的等待負責。

她做噩夢了。一個常做的噩夢是她和查理站在聖壇前，她穿著一件美麗的長裙，可是裙子還不夠長，所有的人都能看到她站在一台磅秤上。磅秤的指數是多少？她從夢中驚醒，凝視著一片黑暗，然後下床，走進廚房。

這個夜晚，她拿薯片去蘸切達起司的時侯，重讀母親的來信，「你不是個壞女孩，所以我不明白你為什麼會結三次婚。你父親不把黑人那次包括在內，但是我會，所以是三次。結婚次數太多了，辛西婭。你是個好孩子，現在也該知道是時候回家安頓下來，和我們一起生活。我們願意照顧你，連你父親也是。我們要警告你，別再犯下可怕的錯誤。」沒有問候，沒有署名。信可能是母親也睡不著覺的時候匆匆寫成。辛西婭本想寫

2 徹羅皮族印第安人，原文為 Cherappy Indian，是辛西婭父親將徹羅基族印第安人（Cherokee Indian）的名稱記錯了。

封回信，但她覺得不論寫什麼都不能讓母親信服。如果她覺得父母能夠相信她和查理交往是正確的決定，她就會帶他回家見父母了。可是她父母喜歡健談的人，或者能把他們逗笑的那種人（用她父親的話說就是「打破沉悶」），而查理並不健談。查理非常嚴肅，而且他都四十歲了，還從來沒結過婚。她父母會想要知道原因。總之你無法取悅他們，他們厭惡離過婚的人，卻又對單身漢心生疑慮。因此她從不跟查理提見她父母的事，他終於自己提出來了。辛西婭編了一些藉口，卻都被查理看穿。他想這都是因為他向她坦白自己會縫紉。而真正的原因是——她並不以他為榮——這才是她推遲婚期，又不願把他介紹給父母的理由。「不，」她說，「不，查理。不，不，不。」因為她說了太多次不，自己都相信了。「那定一個婚禮的日子吧，」他跟她說，「你總得說個時間。」她答應下次見面的時候確定日子，可是她腦子一片混亂，因為母親寫的那封短信，因為她整晚失眠，還因為她夜裡吃東西，剛減下去的體重又回來了，這讓她情緒低迷。

既然她睡不著覺，又只剩幾片薯片，不如吃光。她決定像那一晚她和查理說祕密那樣來跟自己坦白。她問自己為什麼結婚，部分原因是她不喜歡自己的工作。她是個打字員——是打字工作者[3]，其他女孩總拿這個詞來糾正她，而且她已經三十二歲了，如果不趕緊結婚，可能就找不到什麼人了。她和查理會有一棟房子，她能擁有一個花園，還有，雖然他們還沒討論過，不過應該就是她生了孩子的話就不用工作了。如果她想要小孩，現在年齡已經有點偏大。算了，問再多問題都毫無意義。她頭疼，吃得又太多，覺得有點噁心，不管她怎麼想，她知道自己還是會嫁給查理。

辛西婭和查理將於二月十日結婚。她就是這麼跟查理說的，因為她想不到好日子，又必須確定一個；她也是這樣告訴老闆格里爾先生，她問他那段時間能不能請假一星期。

「我們想在二月十日結婚，還有，要是可以的話，我想在之後那一週請假。」

「讓我看看日曆。」

「你說什麼？」

「請坐吧，放鬆點，辛西婭。你那星期可以請假，如果不是——」

「格里爾先生，我可以改婚禮日子。」

「我沒說需要改。請坐，讓我——」

「謝謝你。我站著好了。」

「辛西婭，那一週沒問題。」

3 打字工作者，原文為 typist，破折號前的「打字員」原文為 typer，本來在英語中這兩個詞意思相同，可以互換，但在這裡被刻意區別開來，言下之意是 typist 要比 typer 聽起來更高級一點，所以辛西婭才會被其他人糾正。

「謝謝你。」

「你要是喜歡站著，不如陪我去街角吃個熱狗？」他對辛西婭說。

她吃了一驚。和老闆共進午餐！她能感到自己的臉頰在發燙。她腦海中閃過一個瘋狂的念頭，辛西婭・格里爾。這名字馬上就跟彼得森、迪萬，還有派恩赫斯特混作一團了。

在熱狗攤旁，他們肩並肩站著，吃著熱狗和炸薯條。

「我知道這不關我的事，」格里爾先生對她說，「不過你看起來不像個興高采烈的準新娘。我是說，你看起來挺興奮的，但……」

辛西婭繼續吃。

「沒事吧？」他問，「我說和我無關是表示禮貌。」

「嗯，沒關係。是的，我非常高興。我婚後會回來上班的，如果這是你關心的問題。」

格里爾先生瞪著她。她說錯什麼話了。

「我還不確定我們度不度蜜月。我們打算買棟房子。」

「哦？在看房子了？」

「還沒，我們會去看的。」

「跟你聊天真不容易。」格里爾先生說。

「我知道。我腦子比較遲鈍。打字時我出很多錯。」

跟他說打字真是個錯誤。不過他沒有接續這個話題。

「二月休假挺好的。」他愉快地說。

「我選二月是因為我在節食，到那時我的體重就減輕了。」

「是嗎？我老婆也總是節食。她現在按照一個新食譜每週只吃十四個西柚。」

「那是西柚食譜。」

格里爾先生笑了起來。

「我說什麼可笑的了嗎？」

她看到格里爾先生有些尷尬。讓他尷尬可是個錯誤。

「我睡不夠八小時腦子就不靈光，何況我現在差得遠呢。還有我在節食，總是覺得餓。」

「你還餓嗎？要不再來一份熱狗？」

「好啊。」她說。

他又點了一份熱狗，她吃的時候，他接著繼續說。

「有時候我覺得最好別管什麼減肥，」他說，「如果那麼多人都是胖子，肯定有些原因。」

「可是我會越來越胖的。」
「那又怎麼樣？」他說，「真的變胖又怎麼樣？你未婚夫喜歡苗條女人嗎？」
「他不在乎我減不減肥。他可能以後也不會在乎。」
「那你就找對人了。放開懷吃吧。」
她吃完熱狗以後，他又為她點了一份。
「全世界都是吃的，可她一個星期只吃十四顆西柚。」
「你為什麼不跟她說不要節食了，格里爾先生？」
「她不聽我的。她讀那些雜誌，我也沒辦法。」
「查理也討厭那些雜誌。為什麼男人討厭雜誌？」
「不是所有雜誌我都討厭。《新聞週刊》我就不討厭。」

她告訴查理，老闆帶她去吃午飯。他一開始覺得挺好的，後來卻顯得失望。也許他是因為自己的老闆沒帶他吃午飯而失望。
「你們說什麼了？」查理問。
「說我。他說我可以胖些——沒有關係。」
「他還說什麼了？」

「說他老婆的西柚食譜。」

「你話不多呀。沒什麼事吧？」

「他說不要跟你結婚。」

「他什麼意思？」

「他說回家吃吧，多吃點使勁吃但就是不要結婚。有個女同事說，她結婚以前他也跟她說了一堆同樣的話。」

「這傢伙想幹嘛？他沒有權力這麼說。」

「那個女同事也離婚了。」

「你想跟我說什麼？」查理說。

「沒什麼。我只是在跟你說午飯的事，是你問起的。」

「算了，我聽不懂這些。我想知道你到底什麼意思。」

辛西婭自己也不明白。她開始覺得睏，想馬上就能躺下。她的第二任丈夫林肯，覺得她什麼也理解不了。他在襯衫裡戴了一串印第安串珠項鍊。婚禮那天晚上睡覺前，他把串珠摘下來，舉在她面前搖晃，說，「這是什麼？」他對她說，你的腦子裡面就是這樣。她意識到自己被侮辱了。可是他又為什麼娶她？她無法理解林肯。現在，就像查理一樣，她也無法理解格里爾先生的意思。「記憶，」她聽到她的英語老師在說，「每個人都有記憶。」辛西婭開始回憶往事，我曾嫁給皮特和林肯，我又要嫁給查理。今天我跟格里爾先生吃了午飯。格里爾太太吃西柚。

「哎，你在笑什麼？」查理問，「是你和格里爾之間的私人玩笑還是什麼？」

辛西婭在報紙上讀到一則廣告。「請致電危機中心，」廣告詞這樣寫，「我們在意。」她覺得危機中心這個主意不錯，但是她沒有遭遇危機，只是睡不著。不過這主意真的不錯。要是我現在有危機，我該怎麼辦？她心想。她得回覆母親的便條。今天又寄來一張便條，她母親現在想見查理了，「上帝為證，我多想讓你明白，可是我也許沒說清楚，就是我們真的很歡迎你回家。你可以不做你正在做的這件蠢事。你父親覺得，如果你在這一任丈夫和下一任之間從來不花點時間思考，你永遠也不會找到真正的幸福。我知道愛情會讓我們犯傻，可是你父親讓我告訴你，他覺得你並不真愛這個人，連愛情的理由都沒有就結婚，實在滑稽，沒有什麼比這更糟的了。你可能不想聽我說這些，那麼我就長話短說，如果你想一個人回來，我們再高興不過。如果你想帶這個新的男人一起，我們也會去車站迎接。在你真的結婚之前至少讓我們看看這個男人。你父親說當初要是他見了林肯，後面的事就不會發生。」

辛西婭拿出一張紙。她沒有在信的開頭就寫下母親的名字，而是寫，「如果你還在那個高中，我想讓你知道我很高興能離開那裡，離開你。我已經忘了所有那些你讓我們背誦的毫無意義的詩歌。你誠摯的，辛西婭•奈特。」在另一張紙上她寫，「你還愛我嗎？你還想見到我嗎？」她拿出第三張紙，在上面畫了兩條平行的分隔號，在兩條分隔號下端用一根橫線將其相連——那是皮特的健身吊架。「猿人。」她用印刷體寫。她把第一封信裝進信封，收件人寫她的高中老師。第二封寫給林肯。另一封給皮特，由他父母轉交。她不知道林肯的地址，又把那張紙撕了，扔掉，然後她哭了起來。為什麼哭？一起工作的一個女孩說是因為他們身處這個時代。那個女孩為喬治•麥高文[4]競選效力，不僅如此，她還寫反對信給尼克森。辛西婭從盒子裡又抽出一張紙，給尼克森總統寫起信來，「我辦公室裡有些女孩不願寫信給你，因為她們說那會被當成神經病，她們的名字會上黑名單。我不在乎上黑名單。你就是神經病。你把物價搞得這麼高，我都吃不起牛排了。」辛西婭不知道還要跟總統說點什麼。她就寫，「替我告訴你老婆她有張石頭臉。」她在信封上寫下地址，貼上郵票，上床睡覺前把這些信放到信箱裡。她開始覺得這是尼克森的錯——所有這些都怪他，管它是什麼意思。她還在哭泣。尼克森，你這該死的，她心想。你這該死的。

4 喬治•麥高文（George McGovern，1922 — 2012），美國前眾議員，參議員，他曾在一九七二年的總統競選中敗給尼克森。

這一陣子，她一直沒跟查理睡覺。他來她家的時候，她解開他的襯衫，用手摩挲他的胸膛，上上下下地摩挲，然後解開他的皮帶。她又寫了幾封信。一封寫給慧儷輕體的珍・尼德齊[5]。「要是你吃個沒完，又胖了該怎麼辦？」她寫道，「那你所有錢都沒了！你不能在公眾場合露面，不然大家都會看到！我願你越來越胖，然後去死。」第二封信（實際上是幅圖片）給查理——畫了一顆心，把「辛西婭」的名字寫在裡面。這不對。她又畫了一顆心，把「查理」寫在裡面。最後一封信是給她和皮特結婚那時認識的一個女人。「親愛的桑迪，」她寫道，「抱歉這麼久都沒有寫信。我二月十日要結婚了。我想我曾告訴你，林肯和我已經離婚了。我真希望你能在我身邊，鼓勵我在婚禮前好好減肥！願你全家萬事如意。小孩現在一定會走路了吧？我這裡一切都好。嗯，先寫到這吧。愛你的，辛西婭。」

他倆坐上火車，在婚禮前去看望她的父母。現在是一月底。查理灑了一些啤酒在夾克上，為了洗掉痕跡，已經去了兩趟洗手間，雖然她告訴他第一趟就要徹底洗乾淨。他的夾克口袋裡有一條折好的領帶。一條紅色領帶，上面有白色小狗圖案，是她買給他的。她最近總是買禮物給他。有時她存心跟他過不去，事後又想補救關係。這段時間她開始吃安眠藥，現在她休息得充分，神經也不總是那麼緊張了。就是這個原因——缺乏睡眠。

甚至在吃午飯的時候她也服半顆安眠藥，這樣白天會比較鎮定。

「親愛的，你想去餐車嗎？我們可以在那喝一杯。」查理問她。

辛西婭不想讓查理知道自己在吃安眠藥，於是她一有機會就把手伸進包裡，從藥瓶裡晃出一整片，然後趁他不注意的時候一口吞下。這會兒她又昏昏沉沉的了。

「我想過一會兒再去。」她說，給他一個微笑。

他走過走道的時候，她望著他的背影。那背影可以是任何一個人。只是火車上的某個男人而已。車廂門在他身後關上了。一個坐在走道另一側的年輕人捕捉到她的眼神，他留著長髮。

「要看報紙嗎？」他說。

他主動給她看報紙。她覺得自己的臉紅了，還是接過報紙，怕冒犯了他。有些人不介意冒犯他這種模樣的人，她自以為是地想，可是你總得對人有禮貌。

「你們倆到哪兒下車？」他問。

「喬治亞州的帕沃。」

---

5 慧儷輕體（Weight Watchers）是美國一家知名的健康減肥諮詢機構。而珍・尼德齊（Jean Nidetch，1923—）則是慧儷輕體的創始人。她本是紐約布魯克林區一個嗜吃餅乾的超重主婦，後來跟其他幾個也需減肥的友人創辦了這家機構，以互助班的形式監督個人減肥過程。

「要去喬治亞州吃桃子？」他問。
她呆呆地盯著他看。
「我開玩笑，」他說，「我祖父母就在喬治亞州。」
「他們成天吃桃子嗎？」她問。
他大笑。她不知道自己哪裡說的有趣。
「哈，老天爺，是，他們天天吃。」他講這句時拖著濁重的尾音。
她一張張翻著報紙。有一幅關於尼克森總統的漫畫。總統靠在一面牆上，正被一個員警搜身。他坦白了各種罪狀。
「很棒吧？」男子微笑著說，向走道這一側斜靠過來。
「我寫了一封信給尼克森，」辛西婭淡淡地說，「我不知道他們會拿我怎樣。我信上什麼都說了。」
「是嗎？哇，你寫信給尼克森？」
「你也寫過嗎？」
「哦，當然，我經常寫，還發電報呢。不過要看他真的被人堵到牆角，還得等些時侯吧。」
辛西婭繼續翻看報紙。有整版的唱片廣告，都是她從未聽說過的人，她從來不會去聽的歌手。歌手們都長得像這個年輕男子。

「你是個音樂家嗎？」她問。

「我？哦，有時吧。我彈電子琴。以前我會彈鋼琴，現在不太彈了。」

「沒有時間？」她說。

「是的，太多干擾了。」

他從上衣裡掏出一個扁酒壺，「你要是不想走那麼遠去找朋友，就跟我喝一杯吧。」

辛西婭接過酒壺，動作很快，以免被人看到。酒壺一到手中，除了喝下兩口，她不知道自己還有什麼選擇。

「你從哪來？」他問。

「水牛城。」

「看到彗星了嗎？」他問。

「沒有，你呢？」

「也沒有，」他說，「有時我想根本就沒有彗星，可能是謠言惑眾。」

「如果尼克森說有彗星，那我們就可以確定其實沒有。」她說。

她聽到自己說話的聲音覺得陌生。那個男人在笑。他似乎喜歡談論尼克森。

「沒錯，」他說，「說得漂亮。總統發布公告說彗星將會出現，我們就可以放下心來，知道我們肯定不會錯過任何事。」

她聽不懂他說的話，就又喝了一口酒。這樣她就沒有什麼表情。

「我也喝一口。」他說，酒壺又回到他手裡。

看樣子查理還要在餐車裡待上一會兒，於是這個名字叫彼得的男人湊過來，坐到她旁邊。

「我第一個丈夫叫皮特，」她說，「他加入軍隊。他不知道自己在做什麼。」

男人點點頭，承認存在某種聯繫。

他點頭了。她一定是說對了。

彼得告訴她他是去探望祖父，祖父中風了，正在恢復。「他無法講話。他們認為他會講的，但現在還不行。」

「我怕老，怕得要死。」辛西婭說。

「是呀，」彼得說，「不過你還離得遠呢。」

「可有時候我也不在乎發生什麼，我壓根不在乎會發生什麼。」

他緩緩地點頭。「很多時候發生的事情我們都無能為力。」他說。

他拿起一本他一直在翻的書。書名是《了解夢境的意義》。

「你讀過這種書嗎？」他問。

「沒有。寫得好嗎？」

「你知道它寫什麼的，對吧？一本解夢書。」

「我做過一個夢，」她說，「夢到穿著婚紗站在聖壇前，可是我沒有站在地板上，卻站在一台磅秤上。」

他笑出聲來，搖了搖頭。「這本書裡沒什麼奇怪的東西。都是佛洛伊德那套常見的說辭。」

「是什麼意思呢？」她問。

「哦——比如你夢見牙齒掉落，這意味著閹割。就那一套。」

「那你知道我的夢有什麼意思嗎？」她問。

「我對自己讀到的都半信半疑。」他說著，手指敲敲膝蓋。他知道他還沒有回答她的問題。「也許磅秤的意思是你在衡量各種可能性。」

「是什麼可能性？」

「你看，你穿著婚紗，對吧？你可能是在衡量這有沒有可能。」

「那我該怎麼辦？」她說。

他笑了。「我也不是先知。我們查查你的星座吧。你是什麼座？」

「處女座。」

「處女座，」他說，「那就有點道理了。處女座非常仔細。他們對你說到的那種夢會很緊張。」

彼得照著書念，「對朋友要慷慨，但是小心不要被人利用。意外所獲也許不如你期望的那麼有意義。愛過的人會帶來麻煩。從長計議。」

他聳聳肩。他把酒壺遞給她。太含糊了。她不是很明白。她看到林肯又在晃串珠了，但這次不是她的問題——是星座運勢的問題。內容不夠明確。

「那個跟我一起的男人想和我結婚，」她向皮特坦言，「我該怎麼辦？」

他搖搖頭，望著窗外。「別問我。」他說，有點緊張。

「你還有其他書嗎？」

「沒了，」他說，「就這個。」

他們沉默地坐著。

「你可以去找看手相的，」過了一會兒他說，「他們會告訴你發生了什麼事。」

「看手相的？真的？」

「這個嘛，我也不清楚。如果你信一半……」

「你不相信這些？」

「我嘛，都是看著玩的，不過我基本上只關心我喜歡的內容，然後忘掉我不喜歡的。

星座運勢說我昨天應該推遲旅行，但我沒有。」

「你為什麼不相信這些？」辛西婭問。

「哦，我覺得大部分說法還沒有我們自己知道得清楚。」

「那我們來用它做個遊戲。」她說，「我來問問題，你回答。」

彼得笑了。「好。」他說。他拿起她放在大腿上的手盯著看。

他把手翻過去，查看另一面，皺起眉頭。

「我該嫁給查理嗎？」她低聲說。

「我看到……」他開口，「我看到一個男人。我看到一個男人……在餐車裡。」

彼得專注地盯著她的手掌，然後用手指輕撫她的手。「也許。」他觸到她的指尖時深沉地說。

他被自己的表演逗得捧腹大笑。前排座位的一個女人不知道他在笑什麼，往後面瞅了瞅。她看到的是一個嬉皮一邊握著一個胖女人的手，一邊拿酒壺喝酒。

「柯勒律治，」彼得說，「你知道吧——那個詩人？他呢，他說我們並不是，比如說吧，先夢到狼再覺得害怕。他說我們是先覺得害怕，所以才會夢到狼。」

辛西婭明白了一些，但很快又糊塗了。都是因為吃了安眠藥和酒喝多了。事實上，查理回來的時候，辛西婭靠在彼得的肩上睡著了。查理發火了——或者說像查理這麼一個安靜的人所謂的發火。查理也喝醉了，所以他還比較緩和，沒有真的大怒。最終他悶悶不樂地坐到走道對面。那天很晚的時候，火車減速進站，喬治亞州就快到了，他只是望著窗外發呆，好像什麼也沒注意到。彼得幫辛西婭把行李拿下來。火車到站了，查理還是坐著，望著窗外鐵軌邊上閃爍著的幾盞燈。辛西婭沒有看他一眼，沒有想事情會怎麼樣，她沿著走道出去了。她最後一個下車。火車駛離前她最後一個下車，查理還在車上。

她的父母注視著火車開過鐵軌，他們那模樣像是來自上個世紀的訪客，對這樣一種機器感到驚奇。當然，他們期待會見到查理，但現在只有辛西婭。他們沒準備做出愉快的反應，三個人注視著火車消失，沉默得不大自然。

那天夜裡，辛西婭躺在自己小時候睡過的床上，無法入眠。她還是起來了，坐在廚房飯桌旁邊。我到底想要什麼呢？她問自己。她將雙手覆在臉上，以便集中精神。廚房很冷，她與其說餓，不如說是空虛。我不是腦子空虛，她想要衝林肯大喊，是在胃裡——胃裡的什麼地方。她閉上雙眼，腦海裡出現一個畫面——是一座高聳的白色山峰。她並不在山上，也根本不在畫中。她睜開眼，看到飯桌光亮的表面。她閉上眼，又看到了白雪覆頂的山峰——高大，雪白，沒有一棵樹，只是山——冷得讓她發顫。

（一九七四年十一月十一日）

侏儒之家

「你快樂嗎？」麥克唐納問，「你要是覺得快樂，我就不管你了。」

麥克唐納坐在一把灰色小椅子上，椅子的花紋是色調更灰的樹葉。他正和站在一把藍色椅子上的哥哥說話。麥克唐納的哥哥身高四呎六點一五吋（一百三十七公分），他站到椅子上的時候就能俯視麥克唐納。麥克唐納二十八歲。他哥哥詹姆斯三十八歲。他們倆中間還有個兄弟，叫克萊，克萊在巴拿馬死於一種罕見的疾病。還有一個姊姊，叫愛咪，愛咪飛到巴拿馬去陪伴將死的弟弟。一個月後，在同一家醫院，她死於同一種疾病。全家沒有一個人參加葬禮。今天，麥克唐納在母親的要求下來探望哥哥，看看他是否快樂。詹姆斯當然不快樂，可是站在椅子上讓他感覺好了一點，麥克唐納悄悄塞在他小手裡的二十美元也有同樣的效果。

「為什麼你要住在一個侏儒之家？」

「因為這裡有一個巨人。」

「那這巨人肯定沮喪得要命。」

「他還挺快樂的。」

「你呢？」

「我和巨人一樣快樂。」

「你每天都幹些什麼？」

「就是花光家裡的錢吧。」

「我可不是來這責備你的。我是想看看能幫上什麼忙。」

「又是她派你來的，對吧？」

「嗯。」

「到午飯時間了吧？」

「嗯。」

「吃了嗎？我房裡有些糖果棒。」

「謝了。我不餓。」

「這地方讓你沒胃口？」

「我是有點緊張。你喜歡住在這嗎？」

「我比巨人更喜歡。他輕了二十五磅（約十一公斤）。可不能讓人知道——官方資料是十五磅（約六公斤）——但我無意中聽到醫生說的。他輕了二十五磅。」

「吃得不好嗎？」

「是啊。不然他怎麼能掉二十五磅？」

「咱們不談巨人，可以嗎？我想捎幾句話回去讓媽放心。」

「你就告訴她我跟她一樣快樂。」

「可你知道她並不快樂。」

「她也知道我不快樂呀。她幹嘛老派你來？」

「她擔心你，想叫你回家裡。她也想自己來……」

「我知道。但是她看到這些怪人就緊張。」

「我得說是因為她不太出門。不過她讓我來了，看你要不要再考慮一下。」

「我不打算回家，麥克唐納。」

「好吧，那有什麼想讓家裡帶給你的？」

「這兒可以養寵物。我想要一隻鸚鵡。」

「一隻鳥？真的想要？」

「是啊。要一隻綠鸚鵡。」

「我從沒見過綠色的。」

「寵物店可以按你的要求染成各種顏色。」

「那樣對牠們有害嗎?」

「你是想讓我高興還是鸚鵡?」

「怎麼樣?」麥克唐納的妻子問。

「那地方就是個動物園,唉,比動物園還糟。它就是它本來的樣子——一個侏儒之家。」

「他開心嗎?」

「不知道,我並沒有得到確定的回答。他說有個巨人快餓死了,他比那個巨人開心,還是說他和巨人一樣開心,我記不清了。咱們的苦艾酒喝光了嗎?」

「沒囉。我忘了去酒行,對不起。」

「沒關係。估計一杯酒也沒那麼大威力。」

「也許有呢,我要是記得去買就好了。」

「我還是打個電話給我媽,把這事搞定吧。」

「你口袋裡是什麼?」

「是糖果棒,詹姆斯給我的。我犧牲了午餐時間去看他,他過意不去。」

「你哥哥其實是挺好的人。」
「是。他是個侏儒。」
「你什麼意思?」
「我是說我基本上只把他當成侏儒。我這一輩子都得照顧他。」
「是你媽一直在照顧他,直到他搬出去住。」
「是啊,現在他好像找到能代替她的人了。聽我說這個之前你也許該喝一杯。」
「快說吧。」
「他有個小情人,他愛上一個住在侏儒之家的女人。他向我介紹了她。三呎十一吋(約一一八公分),站在那對著我的膝蓋微笑。」
「能交到朋友多好呀。」
「不算朋友,是未婚妻。他聲稱一旦存夠了錢,就娶這個侏儒女人。」
「真的嗎?」
「難道沒有送外賣的酒行嗎?我記得曾在社區裡看過流動販酒車。」

他母親住在紐菲爾德街一棟屋頂挑高的老房子裡,那個街區漸漸快被波多黎各人接管了。她的電話已占線快兩小時,麥克唐納擔心她可能也已被波多黎各人接管。他開車到母親家，敲門。開門的是個波多黎各女人，艾斯波斯托太太。

「我母親還好吧？」他問。

「是的，她挺好的。」

「我能進來嗎？」

「哦，不好意思，請進。」

她站到一邊——卻也沒什麼用，因為她實在太胖了，玄關裡還是沒多少空間。艾斯波斯托太太穿著一條看起來像熱帶叢林的裙子，細長條紋的綠草四處蔓延，裙擺附近是褐色樹墩，胸部周圍閃耀著大紅色。

「你打電話給誰？」他問他母親。

「是卡洛塔在跟她哥哥講電話，問能不能過去住。她丈夫又把她趕出來了。」

艾斯波斯托太太聽到自己的丈夫被提及，難過地搓著雙手。

「說了兩個小時？」麥克唐納覺得她挺可憐，和藹地問她，「結果怎樣？」

「他不願意。」艾斯波斯托太太回答。

「我說她可以住在這裡，可她丈夫聽聞後大怒，說他不想讓她住那麼近，中間才隔了兩家。」

「我估計他不是這個意思，」麥克唐納說，「他可能只是又喝醉了。」

「他參加了互助戒酒協會。」艾斯波斯托太太說，「有兩個星期他都沒喝，每一次聚會他都去，結果有天晚上他回到家，跟我說要我滾。」

麥克唐納坐了下來，點頭，神經有些緊張。他坐的那把椅子對面有一把兒童椅，是拿來當腳凳。那是詹姆斯和母親一起生活時用過的椅子。他母親還留著他用過的東西——一把小小的兒童吊椅，客廳裡齊膝高的鏡子。

「你見到詹姆斯了嗎？」他母親問。

「嗯，他說他過得很快樂。」

「我知道他沒這麼說。要是你也靠不住，我只能自己去了。你知道我見過他以後要哭好幾天。」

「他說他很快樂，還說他覺得是你不快樂。」

「我當然不快樂了。他從來不打電話。」

「他喜歡他住的地方。他現在可以跟別人聊天。」

「是侏儒，不是一般人。」他母親說，「他躲起來不想接觸真實的世界。」

「他住家裡的時候除了你沒別人可以說話。他現在還有份臨時工作，寄發帳單，他也喜歡這差事。」

「就是用郵件把煩惱寄給別人。」他母親說。

「你最近怎麼樣？」他問母親。

「正像詹姆斯說的，我不開心。」

「那我能做點什麼？」麥克唐納問。

「明天去看他，叫他回家。」

「他不會離開的，他愛上那裡的一個人了。」

「誰？他說他愛上誰了？不會也是個社會福利工作者吧？」

「一個女人。我見過她，看起來不錯。」

「她叫什麼名字？」

「我記不清了。」

「有多高？」

「比詹姆斯矮一點。」

「比詹姆斯還矮？」

「嗯，矮一點點。」

「她圖他什麼？」

「他說他們在戀愛。」

「我聽見了。我是問她圖他什麼。」

「我不知道，我真的不知道。那瓶是雪利酒嗎？你能……」

「我去幫你倒。」艾斯波斯托太太說。

「哎，誰知道人和人之間到底圖的是什麼，」他母親說，「真正的愛情最後還不是一場空。我愛你父親，可我們卻生出一個侏儒。」

「你不該責怪自己。」麥克唐納說。他從艾斯波斯托太太手裡接過一杯雪利酒。

「不該？我只好撫養一個侏儒，照顧他三十八年，現在我老了，他卻拋下我。這我該怪誰？」

「詹姆斯，」麥克唐納說，「他不是有意忤逆你。」

「我該去怪你父親，」他媽媽好像沒聽見他說的，「可是他死了。他的早死我又該責怪誰？上帝？」

他母親不相信上帝。她三十八年以來都不相信上帝。

「我只能擁有侏儒。我想要孫子孫女，可是你不願意生，你怕生出侏儒來。克萊已經死了，我的愛咪也死了。卡洛塔，你也給我倒杯雪利酒來。」

五點時麥克唐納打電話給妻子。「親愛的，」他說，「我被這個會議絆住了，七點才能結束。我本該早點打電話給你。」

「沒關係。」她說，「你吃飯了嗎？」

「沒有。我還在開會。」

「那等你回來我們再吃。」

「我還是買個三明治應付一下吧，好嗎？」

「好。我買到鸚鵡了。」

「很好，謝謝。」

「鸚鵡很討厭。送走牠我就謝天謝地了。」

「一隻鸚鵡有什麼討厭的？」

「不知道。寵物店的人還給了一個小摩天輪和一個鈴鐺，上面掛著一串種子。」

「是嗎？免費？」

「當然了。你以為我會買那種垃圾嗎？」

「不知道他為什麼免費贈送。」

「哎，誰知道。我今天買了琴酒和苦艾酒。」

「好，」他說，「那先這樣，回頭見。」

麥克唐納解下領帶塞進口袋。每週至少一次，他會光顧位於城市另一端的一個老酒吧，同時告訴妻子他會議纏身，然後把領帶塞進口袋。每週一次，他妻子會說搞不懂他怎麼能把領帶弄得皺巴巴的。他脫掉皮鞋，換上運動鞋，從辦公桌後方的大衣掛鉤上取下一件咖啡色燈芯絨的舊夾克。他的祕書還在辦公室裡，通常她五點前就走了，但是每次他穿成這樣吊兒郎當地離開時，她似乎總在那裡等著說晚安。

「你一定好奇我要幹嘛，對不對？」麥克唐納對他的祕書說。

她微笑了。她叫貝蒂，起碼有三十出頭。麥克唐納只知道他的祕書兩件事，她很愛微笑，以及她的名字叫貝蒂。

「想一起去找點樂子嗎？」他說。

「你去哪？」

「我知道你好奇。」他說。

貝蒂微笑了。

「想來嗎？」他說，「想看看底層生活嗎？」

「好。」她說。

他們出去，上他的車，是輛紅色豐田。他把夾克掛在車廂後面，又把皮鞋擱在後座上。

「我們要去觀賞一個日本女人用小雕像打人。」他說。

貝蒂微笑了。「我們到底去哪？」她問。

「你一定知道生意人基本上都很墮落。」麥克唐納說，「難道你不是在猜我下班時間盡幹些詭異的勾當？」

「我沒這麼想。」

「你多大？」他問。

「三十。」她答。

「你三十歲了，還沒變得憤世嫉俗？」

「那你多大？」她問。

「二十八。」麥克唐納回答。

「等你到了三十，你就會時時樂觀。」貝蒂說。

「什麼讓你這麼樂觀？」他問。

「只是開個玩笑。事實上我要是不吃兩種藥，就不可能每天早晚對著你微笑。你記得有天我在桌旁睡著了嗎？之前一天我剛做了墮胎手術。」

麥克唐納感覺胃部不適——他自己也不介意來幾種藥片，好擺脫這種感覺。貝蒂點了一根菸，菸味也無法讓他的胃舒服。不過在貝蒂說話以前，他已經一整天不大舒服了。也許他得了胃癌，也許是他不想再面對詹姆斯。在儀錶盤雜物匣裡放著一罐藥膏，是艾斯波斯托太太給他母親的，他母親讓他帶給詹姆斯。艾斯波斯托太太的一個親戚在她的要求下寄給她的。藥膏是波多黎各的一個醫生所製，據說定期用它按摩腳踵，人就能長高。他想到藥膏放在雜物匣裡，心裡不安，就像他妻子對家裡有隻鸚鵡和小摩天輪感到不安一樣。家。妻子。貝蒂。

他們把車停在一家酒吧前，窗戶裡的藍色霓虹燈招牌寫著：「理想咖啡館」。上方還有一個更大的霓虹招牌，寫著「舒力茲」[1]。他和貝蒂坐在靠裡面的小間。他點了一大杯啤酒和雙份炸蝦。自動唱機裡泰咪・溫妮特正唱著〈D-I-V-O-R-C-E〉。

「這地方是不是很差勁？」他說，「不過炸蝦好吃極了。」

貝蒂微笑了。

「你要是不想笑，就不要笑。」他說。

「那我所有的藥片就白吃了。」

「萬事終成空。」他說。

「你要是沒喝酒，可以吃一片這種藥，」貝蒂說，「然後你就不會那麼想了。」

「你看這期《時尚先生》[2]了嗎？」詹姆斯問。

1 舒力茲（Schlitz），美國啤酒品牌，曾是全球最大的啤酒廠商。

2 《時尚先生》（*Esquire*），美國男性時尚雜誌，創立於一九三三年，刊登過小說家海明威、費茲傑羅、瑞蒙・卡佛和楚門・柯波帝等的作品。

「沒。」麥克唐納說，「怎麼了？」

「等一下。」詹姆斯說。

麥克唐納等著。一個侏儒走進房間，往他的椅子下面看。麥克唐納抬起雙腳。

「打攪了。」侏儒說。他轉動手推車離開房間。

「他以前在馬戲團，」詹姆斯回來了，說，「現在他帶我們做運動。」

麥克唐納讀起那本《時尚先生》。在奧克蘭希爾頓酒店有一個侏儒大會，《時尚先生》雜誌去拍了一些照片。兩個男侏儒帶領一個歡喜的女侏儒穿過通道。一支侏儒棒球隊。一張集體照。一個名叫賴瑞（麥克唐納並沒有翻到照片背面去辨認他是哪一個）的人說，「我生下來以後還沒這麼快樂過。」麥克唐納又翻了一頁。有一篇寫丹尼爾•艾爾斯伯格[3]的文章。

「囉。」麥克唐納說。

「《時尚先生》怎麼不知道我們侏儒之家呢？」詹姆斯問，「他們可以來這裡的。」

「聽我說，」麥克唐納說，「媽叫我拿這個給你。我不想無禮，但是她要我保證一定會拿給你。你知道她很擔心你。」

「什麼東西？」詹姆斯問。

麥克唐納把艾斯波斯托太太用英語寫了使用說明的那張紙遞給他。

「拿回去。」詹姆斯說。

「不行。那我只能告訴她你不要。」

「告訴她好了。」

「不行。她很痛苦。我知道這很離譜，可是為了她你就留著吧。」

詹姆斯轉身把罐子扔出去。鮮黃色液體順著牆流下來。

「也告訴她不要再派你來了。」詹姆斯說。麥克唐納心想，如果詹姆斯跟他一樣高，他就動手揍他，而不是只說說話。

「你來揍我啊，」麥克唐納吼道，「站在椅子上打我的臉啊。」

詹姆斯沒有回頭。麥克唐納離開的時候，走廊上的一個侏儒對他說，「有時諷刺諷刺他也好。」

麥克唐納和妻子、母親，還有艾斯波斯托太太站在一群侏儒和一個巨人中間，等待婚禮開始。詹姆斯和新娘將在教堂外的草坪上成婚。他們現在還跟牧師一起待在裡面。

3 丹尼爾・艾爾斯伯格（Daniel Ellsberg，1931—），美國前軍事分析家。他受雇於蘭德公司時，曾因公開《五角大樓檔》（國防部研究美國政府對越政策的一份最高機密報告）而引發全國爭議。

他母親已經開始哭泣，「我希望我從來沒嫁你父親。」她借艾斯波斯托太太的手絹擦眼淚。艾斯波斯托又穿上那條叢林裙子了。在來的路上她告訴麥克唐納的妻子，她被丈夫鎖在屋外，只有這一條裙子。「還好這條很漂亮。」他妻子說。艾斯波斯托太太羞澀地否認，說並不是很好看。

牧師、詹姆斯和新娘走出教堂，來到草坪上。牧師是個嬉皮，或者嬉皮那一類的人，高個子，臉很白，細長金髮，穿黑色摩托騎士靴。「朋友們，」牧師說，「在這兩位新人的幸福婚姻之際，我們要將這籠中之鳥放出，牠象徵著婚姻的嶄新自由，還有靈魂的飛升。」

牧師手裡拿著鳥籠，裡面裝著一隻鸚鵡。

「麥克唐納，」他妻子悄悄說，「是那隻鸚鵡。寵物是不能放歸野外的。」

他母親對這一切都不以為然。也許她的眼淚有一部分是反對，不完全是對他父親的恨意。

鳥兒解放了，牠搖搖擺擺地飛上一棵樹，消失在春天的新葉中。侏儒們鼓掌歡呼。牧師將雙臂環繞自己，轉起圈來。幾秒後結婚典禮開始，只過了幾分鐘就結束了。詹姆斯親吻新娘，侏儒們圍繞在他們身邊。麥克唐納想起有次露營，在樹林裡掉了一塊好時巧克力，還沒等他繫好鞋帶，巧克力已滿是螞蟻。他和妻子走上前去，後面跟著母親和艾斯波斯托太太。麥克唐納看到新娘正燦爛地微笑著——一個任何藥片也製造不出來的微笑——陽光灑在她頭上，髮絲閃閃發亮。她看起來很小，容光煥發。她如此美麗，麥克唐納想跪下去親吻她，長跪不起。

（一九七五年一月二十日）

蛇的鞋子

小女孩坐在她叔叔山姆的兩腿中間。她的父母，愛麗絲和理查，坐在旁邊。他們離婚了，愛麗絲又再婚了，她抱著一個十個月大的嬰兒。山姆一直希望大家重聚一下，於是現在他們就坐在一塊平坦的大石頭上，距離池塘不遠。

「看。」小女孩說。

他們轉頭看見一條很小的蛇，從岸邊兩塊石頭間的裂縫中爬出來。

「沒事。」理查說。

「是條蛇。」愛麗絲說，「你得小心牠們。千萬別碰。」

「抱歉。」理查說，「一定要小心一切。」

這是小女孩想要聽到的話，因為她不喜歡蛇的樣子。

「你知道蛇能幹什麼嗎？」山姆問她。

「幹什麼？」她說。

「牠們能把尾巴塞進嘴裡，彎成一個圈。」

「為什麼要這樣？」她問。

「這樣牠們可以輕鬆地滾下山坡。」

「為什麼牠們不走呢？」

「牠們沒有腳。看到了嗎？」山姆說。

蛇很安靜；牠一定覺察到他們的存在。

「現在跟她講真話吧。」愛麗絲對山姆說。

小女孩看著她叔叔。

「牠們有腳，但是夏天的時候腳就脫落了。」山姆說，「要是你在林子裡看到小小的鞋子，那就是蛇身上的。」

「跟她講真話。」愛麗絲又說了一遍。

「想像比現實更好。」山姆對小女孩說。

小女孩拍拍嬰兒。她喜歡石頭上坐著的所有人。每個人都很高興，但是幾個大人在心底都覺得重聚有點怪異。愛麗絲的丈夫去德國照料他生病的父親，山姆得知以後，就打電話給他哥哥理查。理查覺得他們三個重聚不是好主意。第二天山姆又打電話，理查告訴他不必再問了。但是那天晚上山姆又打去的時候，理查說，行啊，管他呢。

他們坐在石頭上，看著池塘。晌午時分有個守林人經過，他讓小女孩用自己的望遠鏡看樹上的烏鴉。她印象深刻，現在她說想要一隻烏鴉。

「我有個關於烏鴉的好故事。」山姆說，「我知道牠們的名字是怎麼來的。你看，牠們從前是麻雀，後來惹惱了國王，於是國王下令讓一個僕人去殺掉牠們。僕人不想殺光所有麻雀，所以他到了野外，看著烏鴉祈禱：『長大吧，長大吧。』神奇的是牠們真的變大了。國王永遠不能殺害像烏鴉這樣又大又威武的東西，所以國王、鳥和僕人都很快樂。」

「可是為什麼牠們叫烏鴉？」小女孩說。

「這個嘛，」山姆說，「很久很久以前，一個語言歷史學家聽到這個故事，但是他聽錯了，以為僕人說的是『烏鴉』，而不是『長大』[1]。」

「跟她講真話。」愛麗絲說。

「這是真的。」山姆說，「我們有很多詞意思都被改變了。」

「是真的嗎？」小女孩問她父親。

「別問我。」他說。

當初理查和愛麗絲訂婚的時候，山姆試圖讓理查改變心意。他告訴他那樣就被套牢了；他說要不是理查在空軍服役期間習慣了嚴格管制，絕不會考慮二十四歲就結婚。他堅信這是個錯誤決定，甚至在訂婚晚會上（到處是裝著心形薄荷糖的心形盒子，包著心形圖案的彩紙，給每個人拿回家）纏著愛麗絲，叫她解除婚約。一開始，愛麗絲覺得很滑稽。「你把我說得像條惡狗。」她對山姆說。「這事不會成的。」山姆說，「別這麼做。」他給她看手中握著的小小愛心。「你看這些該死的東西。」他說。

「那不是我的主意，是你媽媽的。」愛麗絲說。她走開了，山姆看著她離開。她穿著一條鑲黃色流蘇花邊的米色裙子。她的鞋子閃閃發光。她非常漂亮。他希望她不要嫁給哥哥，一個一生都被呼來喝去的傢伙——先是他們的母親，然後是空軍（「當你飛上藍天的時候想想我。」母親有一次這麼寫信給理查。老天！）——現在又要被一個老婆看管。

那個夏天，理查和愛麗絲結婚了，他們邀請山姆共度週末。愛麗絲挺好，不計前嫌。她對丈夫也不怨恨——他把扶手椅燒了一個洞，還頂著暴風雨去湖裡開帆船，主帆破得無法修了。她是一個非常耐心的女人。山姆發現自己喜歡她。他喜歡她擔憂理查冒著風雨下湖划船的樣子。那以後山姆每個暑假都跟他們共度一段日子，每個感恩節都去他們

1 原文中，長大（grow）和烏鴉（crow）押韻。

家。兩年前，就在山姆確信一切完美無缺的時候，理查告訴他，他們在辦離婚。第二天早餐後，山姆單獨和愛麗絲在一起，他問起原因。

「他用壞了所有家具。」她說，「他開那條船時像個瘋子。今年他把船弄沉了三次。我最近在跟別人交往。」

「跟誰交往？」

「你不認識的人。」

「我好奇，愛麗絲。我只是想知道他的名字。」

「漢斯。」

「漢斯。他是德國人嗎？」

「是的。」

「你愛上這個德國人了嗎？」

「我不打算談這些。你為什麼來跟我說話？你怎麼不去同情一下你哥？」

「他知道這個德國人嗎？」

「他的名字叫漢斯。」

「這是一個德國名字。」山姆說，然後出門去找理查，安慰他。

理查蹲在女兒的花園旁邊。他的女兒坐在對面的草地上，跟她的花兒說話。

「你沒去煩愛麗絲吧，嗯？」理查說。

「理查，她在跟一個該死的德國人好。」山姆說。

「那又有什麼關係？」

「你說什麼？」小女孩問。

這使兩人都沉默下來。他們呆呆地看著豔麗的橘色花朵。

「你還愛她嗎？」山姆喝完第二杯酒後問道。

他們在一條木板路上的一家酒吧。關於德國人的談話結束以後，理查叫山姆出去兜風。他們開了三十四英里來到這家酒吧，兩人沒有來過，也不喜歡。不過山姆右邊的吧檯凳子上坐著兩個金髮的變裝癖，他們之間的對話讓他著迷。他想問理查是否知道他們不是真正的女人，卻又不知怎麼引入這個話題，他轉而說起愛麗絲。

「我不知道。」理查德說，「我想你是對的。空軍，母親，婚姻——」

「他們不是真正的女人。」山姆說。

「什麼？」

山姆以為理查在盯著那兩個他一直留心的人。他弄錯了；理查只是在掃視吧檯。

「坐在凳子上的兩個金髮的。他們是男的。」

理查研究著他們。「你確定？」他說。
「我當然確定了。我住在紐約，你知道的。」
「也許我會去跟你一起住。我能去嗎？」
「你以前總說寧死也不住紐約。」
「哦，你是在叫我去死，還是說我可以搬去跟你住？」
「要是你願意。」山姆說。他聳聳肩，「你知道我那裡只有一張床。」
「我去過你的公寓，山姆。」
「我只是提醒你一下。你好像腦子不太清楚。」
「你說得對。」理查說，「一個混蛋德國人。」
酒吧女侍取走他們的空杯子，看著他們。
「這位先生的老婆愛上別人了。」山姆對她說。
「我無意中聽到了。」她說。
「你怎麼看？」山姆問她。
「也許德國男人沒有美國男人那麼可怕。」她說，「要續杯嗎？」
理查搬去跟山姆一起住後，開始把動物往家裡帶。他帶回一條狗、一隻挨過冬天的貓、一隻藍色鸚鵡，鸚鵡關在一個很小的籠子裡，理查無法說服寵物店主換籠子。鳥在公寓裡飛來飛去，貓為之抓狂。後來貓終於不見了，山姆鬆了一口氣。有一次山姆在廚房裡看到一隻老鼠，想當然地以為又是理查的寵物，直到他意識到家裡沒有牠的籠子。理查回家的時候說老鼠不是他的。山姆找來滅鼠人，但他不肯進屋噴藥，因為狗朝他狂吠。山姆把這事告訴哥哥，想讓他為自己的不負責任慚愧。可是理查又帶回一隻貓。他說貓能抓老鼠，但是還要等些時候——牠還是小貓。理查用湯匙餵牠貓食。

理查的女兒來看他，所有動物她都喜歡——大狗讓她刷毛，貓伏在她腿上睡覺。她跟著那隻鳥從這個房間到那個房間，和牠說話，還把手放在地上，逗引牠落在手背上。耶誕節，她送了她爸爸一隻兔子。那是一隻白色的肥兔子，有隻耳朵是褐色的。要是山姆和理查都不在家，沒人照看牠，就把牠跟貓狗隔開；牠被關在床頭櫃上的一個籠子裡。山姆說愛麗絲做過的唯一一件壞事就是買了這隻兔子給女兒，讓她送給理查作聖誕禮物。後來兔子發高燒死了。為兔子治病花了山姆一百六十美元，理查沒有工作，什麼錢都付不了。山姆有一本欠帳本，他在上面記著：「兔子死亡——付獸醫一百六十美元」。理查找到工作的時候，他查看了欠帳本。

「你就不能只寫數字？」他問山姆，「幹嘛提醒我兔子的事？」他心情沮喪，導致找到新工作的第二天就沒早起去上班。「簡直沒人性。」他對山姆說，「兔子死亡——

付獸醫一百六十美元——真是恐怖。可憐的兔子。你真他媽混蛋！」他無法控制自己。

幾個星期後，山姆和理查的母親去世了。愛麗絲寫信給山姆，說她非常難過。愛麗絲從沒喜歡過他們的母親，但是那個女人讓她著迷。她永遠忘不了她為訂婚舞會買了一百二十五塊錢的紙燈籠。過了這麼多年，她還在琢磨這件事。「你覺得舞會過後那些燈籠會放哪？」她在弔唁信裡寫道。那是封奇怪的信，讓人覺得愛麗絲不太開心。山姆甚至原諒了她送兔子的事。他寫了一封長信給她，說大家應該重聚一下。他知道郊外有家汽車旅館，也許能在那裡待上整個週末。她回信說聽起來是個好主意。唯一讓她鬱悶的是他的信是祕書打的，在她給山姆的信裡，她幾次提到他可以手寫。山姆注意到愛麗絲和理查好像都語無倫次，也許他們會再在一起。

現在他們住在同一家汽車旅館，在不同的房間裡。愛麗絲和她女兒、小嬰兒住一間，理查和山姆的房間位在廊道。小女孩和不同的人一起過夜。山姆買了兩磅牛奶糖，她就說她要睡在他那裡。第二夜，愛麗絲的兒子腸絞痛，山姆從窗子看出去，看到理查抱著嬰兒在游泳池邊走來走去。山姆知道愛麗絲睡著了，因為她入睡以後小女孩就離開媽媽的房間，來這找他。

「你想帶我去嘉年華嗎？」她問。

她穿著一件睡裙，上面有藍色小熊圖案，它們頭朝下朝裙邊的方向墜落。

「嘉年華已經結束了。」山姆說，「你知道現在已經很晚了。」

「哪裡還有營業的嗎？」

「甜甜圈店可能還開著，那裡開通宵。我看你想去那裡吧？」

「我就愛甜甜圈。」她說。

她坐在山姆的肩膀上去了甜甜圈店，身上裹著他的雨衣。他一直在想，十年前我絕對無法相信我正在幹的事。可是現在他相信了；他的肩膀上有確實的重量，他的胸前晃蕩著兩條腿。

第二天下午，他們游完泳，裹著浴巾，又坐在石頭上。遠處有兩個嬉皮和一條愛爾蘭雪達犬，都戴了花頭巾，從湖中的島划船往岸邊來。

「我要是有條狗就好了。」小女孩說。

「那只會讓你在不得不離開牠的時候難過。」她父親說。

「我不會離開牠的。」

「你只是個孩子，被人牽著走。」她父親說，「你想過今天會來這嗎？」

「說得好奇怪。」愛麗絲說。

「是個好想法。」山姆說，「我總是對的。」

「你並不總是對的。」小女孩說。

「我什麼時候錯過？」

「你編故事。」她說。

「你叔叔有想像力。」山姆更正她的說法。

「再講一個給我聽吧。」她對他說。

「我現在想不起來。」

「講那個蛇的鞋子。」

「你知道你叔叔講蛇是開玩笑的。」愛麗絲說。

「我知道。」她說。然後她對山姆說：「你能再講一個嗎？」

「我不跟不相信我故事的人講。」山姆說。

「拜託！」她說。

山姆看著她。她的膝蓋瘦骨伶仃，頭髮是金棕色，不像她母親的那樣在陽光下閃亮。她長得不會有她媽媽好看。他把手輕輕放在她頭頂上。

雲彩在空中迅速流動，有時流雲飄過去，他們可以看到月亮，圓滿而模糊。烏鴉在樹冠上一聲不響。一條魚在石頭不遠處躍起，有人說：「看。」每個人都轉過頭，但為時已晚，不過還能看到牠落下的地方有波紋一圈圈漾開。

「你為什麼要嫁給漢斯？」理查問。

「我都不知道為什麼會嫁給你和他。」愛麗絲說。

「他不在的時候你跟他說你要去哪嗎？」理查問。

「說去看我姊姊。」

「你姊姊怎麼樣？」他問。

她笑了。「我猜還好吧。」

「有什麼可笑的？」理查問。

「咱們的對話。」她說。

山姆扶著姪女從石頭上下來。「我們去散步吧。」他對她說，「我有個長長的故事，可是他們會不耐煩的。」

小女孩的膝蓋骨很突出，山姆為她感到難過。他把她舉到自己的肩上坐著，手罩住她的膝蓋，這樣就不用看它們了。

「是什麼故事？」她說。

「有一次，」山姆說，「我寫了一本關於你媽媽的書。」

「是寫什麼的？」小女孩問。

「寫一個小女孩遇到各種各樣有趣的動物——一隻兔子總是給她看牠的懷錶，兔子非常沮喪，因為牠遲到了——」

「我知道那本書。」她說，「不是你寫的。」

「是我寫的。但我當時很害羞，不想承認是我寫的，所以我用了另一個名字。」

「你並不害羞。」小女孩說。

山姆繼續走，碰到低垂的樹枝就低頭躲閃。

「你認為還有蛇嗎？」她問。

「就算有，也是無害的。牠們不會傷害你。」

「牠們會藏在樹叢裡嗎？」

「蛇不會來碰你的。」山姆說，「我說到哪了？」

「你剛才說到《愛麗絲夢遊仙境》。」

「你覺得我那本書寫得好嗎？」山姆說。

「你這傻瓜。」她說。

到了晚上，外面冷得讓他們希望身上裹了不止兩條浴巾，小女孩坐在她爸爸的兩腿中間。一分鐘以前，他說她很冷，該回去了，可是她說不冷，還努力止住冷顫。愛麗絲的兒子睡著了，閉著眼睛。石頭前面的水上有小團的黑蟲聚集。這是他們在這裡的最後一晚。

「我們要去哪？」理查說。

「要不要去海鮮餐館？旅館老闆說他能幫忙找個人看孩子。」

理查搖搖頭。

「不去？」愛麗絲失望地說。

「不，去那挺好的。」理查說，「我正在從存在的角度想問題。」

「那是什麼意思？」小女孩說。

「那是你爸爸造的一個詞。」山姆說。

「別逗她了。」愛麗絲說。

「我希望我能再用那個人的眼鏡看東西。」小女孩說。

「這裡。」山姆說，他的拇指和食指圍成一個圈。「從這看。」

她湊過去從山姆的手指中抬頭看那些樹。

「清楚多了，是吧？」山姆說。

「是的。」她說。她喜歡這個遊戲。

「讓我看看。」理查說，身子前傾，從他弟弟的手指間看出去。

「還有我。」愛麗絲說。她從理查身前湊過去，透過那個圈使勁看。她把身子湊過去的時候，理查吻了她的後頸。

（一九七五年三月三日）

佛蒙特

諾爾在我們的客廳裡搖著頭。我，然後是大衛，跟他提議來一杯酒。他拒絕了，可是他已經喝了三杯水。在這種情況下，我還好奇他什麼時候會起身上廁所也未免荒唐。可我就是好奇。我情願看他活動活動，他那麼僵硬，我都忘了同情他，忘了他還是個活人。「這不是我想要的。」他在大衛開始表示同情的時候這麼說。真可笑，竟在這種時候問他到底想要什麼。我不記得大衛怎麼會端來水杯。

諾爾的老婆蘇珊告訴他，她在和約翰•斯蒂勒曼約會。我們住在一樓，諾爾和蘇珊住在二樓，約翰住十一樓。有點意思，十一樓的約翰把二樓的蘇珊搞到手。約翰提議他們只需重新組合——蘇珊搬到樓上十一樓，搬進約翰的老婆剛剛離開的公寓，然後他們只要……約翰的老婆去年秋天切除了乳房，她曾在電梯裡告訴蘇珊，既然她已經失去了並不想失去的東西，那不如也丟掉她想要丟掉的。她丟掉了約翰——離開時一片狼藉，像雲霄飛車上的爆米花從紙袋裡四處飛濺。她住在紐約某處，但約翰不知道是哪裡。約翰是個博物館館長，上個月他的照片登上報紙。他站在空白的牆壁前，一幅被竊的油畫曾掛在那裡。然後他就收到他老婆的簡訊：「好。」他在電梯裡把字條拿給大衛看。「字條就插在他錢包背面——我那些高中同學以前都那麼放橡皮擦。」大衛告訴我。

「你們倆知道這事嗎？」諾爾問。有難度的問題，我們當然不知道，可是我們會猜。諾爾能掌握這種語義學嗎？大衛含糊作答。諾爾茫然地搖搖頭，接受了大衛含糊的答案。他還能接受什麼？老婆搬到樓上？現在還是再喝杯水吧。

大衛給了諾爾一件毛衣，自然是希望止住他的冷顫。諾爾把衣服套在灰色小魚圖案的睡衣上。大衛還拿了件雨衣給他。雨衣口袋裡露出一條長長的白圍巾，諾爾無精打采地把圍巾撥到後面又撥回來。他起身去廁所。

「她又何必在他穿著睡衣的時候說這事呢？」大衛低聲說。

諾爾回來了，望著窗外。「我不明白為什麼我不知道。我看得出來你們倆知道。」

諾爾走到我們的前門，打開門，晃蕩著消失在走廊裡。

「要是他再待一會兒，肯定會說，『耶穌哪』。」大衛說。

大衛看看錶，嘆了口氣。通常他回房睡覺的時候，會打開貝茜的房門，躡手躡腳地走進去欣賞她的睡相。貝茜是我們的女兒，五歲了。有些晚上，大衛還會在她的拖鞋裡留張紙條，寫上他愛她。但是今晚他情緒低落。我跟著他回到臥室，脫了衣服，上床。

大衛悲哀地看看我，然後在我身邊躺下，關燈。我想說點話，又不知該說什麼。我能說我們當中有人應該和諾爾一起離開。你知道你還穿著襪子嗎？你會對我做出蘇珊對諾爾做的事，是不是？

「你看到他那身可憐兮兮的睡衣了嗎？」大衛終於低聲說了句。他扯開被子，爬起來，又走回客廳。我迷迷糊糊地跟過去。大衛坐進椅子，雙臂放在扶手上，脖子靠在椅背上，然後挪動雙腳。「呼……」他發出聲音，頭垂在胸前。

我回到床上躺下，睡意全無。我想起去年八月大衛和我在公園裡的一天，大衛坐在我旁邊的秋千上，他穿著網球鞋，腳尖刮蹭著鬆散的泥土。

「你不想盪秋千嗎？」我說。我們剛打完網球。他每一局都贏我。不管做什麼，例如精確停車，三D連線遊戲[1]，舒芙蕾。他的舒芙蕾膨脹起來，弧形的表面就像月亮一樣完美，他總是比我強。

「我不會盪秋千。」他說。

我試著教他，但是他不知道雙腿怎麼用力。他按我說的姿勢站著，臀部靠在秋千板

1 連線遊戲（tick-tack-toe），二人輪流在九宮格內畫「X」和「O」，以先列成一行者得勝，三子一行，橫向豎向對角均可。

上，小跳一下準備開始，但是他不會協調雙腿。「蹦一下！」我喊，可是這沒什麼意義，我也可以說：「拋接盤子。」我還是難以相信有些事我會做，而他不會。

他從秋千上下來。「你幹嘛搞得什麼事都他媽的像在比賽？」他說完掉頭而去。

「因為我們總是在比賽，而你總是贏！」我大喊。

他半個小時以後露面了，我還在秋千旁等著。

「我們潛水那次你也把它當比賽？」他說。

他抓住我的把柄。去年夏天我說他總能搶到最美的貝殼，即使它們離我更近。這麼說蠢透了，他聽了大笑。他把我堵到角落裡，嘲笑我。

我躺在床上想起這事，還是恨他。可是別離開我——我心想——別像諾爾的老婆那樣。我把手伸到床邊，輕輕捏住他睡衣上一處小小的皺褶。我不知道自己是想拽他的睡衣——來點粗暴的舉動——還是撫平它。我困惑地移開手，打開燈。大衛翻了身，用手臂擋住臉，哼了幾聲。我盯著他看。再過一秒鐘他就會放下手，然後要求一個解釋。又陷入了困境。我起床穿上拖鞋。

「我要去喝口水。」我抱歉地低聲說。

那個月底，事情來了。我坐在地板上的一個靠墊上，前面鋪著幾張報紙，正替植物換盆。大衛進屋的時候，我正要把那棵紫鵝絨放到一個大花盆裡。已經是傍晚時分——外面天都黑了。之前大衛跟貝茜出門了。出門前，貝茜看到室內的泥土有些迷惑，她在我身邊蹲下，問：「有螞蟻嗎，媽媽？」我笑了。大衛從來不認同我笑話她。日後，那將會成為法庭上他爭取撫養權的說辭：我嘲笑她。如果這一點不奏效，他就會告訴法官，我說是他搶到所有最好的貝殼。

大衛走進房間，大衣還扣著，藍色的絲綢圍巾仍繫著（是諾爾送的聖誕禮物，他多次為了弄丟那條白色的圍巾道歉）。他坐在地板上，說決定離開我。他說得理性而平靜。我被嚇到了，一個念頭掠過腦海，他瘋了。貝茜也沒和他在一起。他殺了她！

不，不，當然不是。是我瘋了。貝茜在樓上的小朋友家。進樓的時候他碰到貝茜的朋友和媽媽，他問貝茜能不能去她們家待幾分鐘。我不相信：哪個朋友？我夠傻的，他一說出露易莎的名字我就放心了。我只是覺得安慰。也許說我毫無感覺更準確。如果她死了，我還能感到痛苦，但是大衛說她沒有死，所以我什麼感覺也沒有。我伸出手，開始撫摸植物的葉子。柔軟的葉，尖利的鋸齒。我要換盆的這棵植物是諾爾家的一棵大紫鵝絨剪枝插活的，他的那棵掛在窗前的一個銀質冰筒裡（他和蘇珊從來沒用過的一個結婚禮物），是我幫他把植物放進冰筒的。「筒蓋你要拿來做什麼？」我問。他把蓋子頂在頭上，在屋裡跳舞。

「我有個叔叔，喝醉酒就會頭頂燈罩跳舞。」諾爾說，「這是個老笑話，不過有多少人真的見過頭頂燈罩跳舞的男人呢？我叔叔每個新年前夜都跳。」

「你到底在笑什麼？」大衛說，「你在聽我說話嗎？」

我點點頭，哭了起來。很長時間以後我才領悟，大衛讓我傷心，而諾爾讓我開心。

諾爾同情我。他告訴我，大衛是個傻瓜；還說自己沒有蘇珊過得更好，而我沒有大衛也會更好。諾爾幾乎每天晚上都打電話，或來家裡看我。昨天晚上他建議我找個保母顧孩子，這樣他就可以帶我出去吃晚餐。他想盡辦法讓我開心。在我家吃飯的時候，他會帶來昂貴的好酒，如果在餐廳吃飯，他就主動買一瓶好酒。貝茜喜歡我們在家裡吃飯，這樣她既能看到諾爾，又能拿到諾爾每來必送的玩具。她目前最喜歡的玩具是一條精巧的紅色拖輪，後面拖了三條駁船，船身以繩子相連。諾爾腰彎得身體都快疊在一起，在地毯上挪動船隻，朝著想像中的船員吹哨發令。他不單只是帶禮物給我和貝茜，還買了一部新車，假裝是為了貝茜和我買的。（「座位舒服吧？」他問我。「有後面那個大車窗正好可以往外招手。」他對貝茜說。）他假裝為了我們仨買車，這有點可笑。如果真的是這樣，他為什麼小氣到連收音機也不買，他明知道我愛聽音樂。還有，他有O型腿。我為自己總注意諾爾的缺點而羞愧。他費盡力氣逗我們開心。他又不能控制大腿的彎度。

我過意不去，決定今晚有一頓便宜的晚餐就足夠了。我說我想去中餐館。

在餐館裡，我吃著蝦蘸豉汁，喝著海尼根啤酒，心想我從沒吃過這麼可口的飯菜。侍者送上兩個幸運簽餅，我們打開來看，簽語不知所云。諾爾叫侍者結帳，帳單上來的時候又贈送了簽餅——這次是四個。但還是不明白——上面提到了旅行和金錢。諾爾說：「胡說八道。」他穿著一件灰色背心和白襯衫，我趁他不注意從桌子旁邊瞄了一眼，他還穿著灰色毛料褲。最近這段時間，能看到一切對我來說非常重要。諾爾只要把駁船拖出我的視野，拖進另一個房間，我就會和貝茜一樣飛快地跟過去看是怎麼回事。

在收銀機旁，我站在諾爾身後，看到外面開始下雨了——雨夾雪。

「你知道怎麼才能看出是一家中國餐館而不是別的嗎？」諾爾邊推門邊問，「就是即使下著雨，貓還是跑到街上去。」

我厭惡地搖搖頭。

諾爾拉起眼角的皮。「為這個關於名譽的笑話道歉。」他說。

我們奔向汽車。他扯住我的大衣腰帶，抓住我，一隻手臂把我輕輕托起，咯咯地笑著和我一起跑，我在他身邊晃悠。我們的羊毛大衣有怪味。他幫我開了車門，繞車一圈，再把他的車門拉開。他又做到了；他讓我歡笑。

我們開車回家。

路上車子擁堵，諾爾開得很慢很慢，為了保護新車。

「你幾歲？」我問。

「三十六。」諾爾說。

「我二十七。」我說。

「那又怎樣？」他說，語氣愉快。

「我只是不知道你多大。」

「心理年齡我跟貝茜不相上下。」他說。

我渾身濕透了，只想回家換上乾衣服。我看著他在車流中緩慢的開車，我記得那天晚上他跟大衛和我在客廳坐著的時候，臉上的表情。

「一下雨你就心情不好，是不是？」他說。他把雨刷速度調到最快，橡皮擦過玻璃發出尖利的聲音。

「我看見自己死在雨中[2]。」我說。

「你看見自己死在雨中？」

諾爾不讀小說。他讀《物有所值》[3]，《華爾街日報》，《評論雜誌》。我責怪自己，《華爾街日報》裡一定也有符合情境的反語。

「你在開玩笑吧？」諾爾說，「晚餐的時候你還挺高興的。晚飯還不錯，是不是？」

「我讓你神經緊張，對嗎？」我說。

「沒有。你沒讓我緊張。」

雨水在車輪下飛濺，打在車頂上。我們開過一個又一個街區。太安靜了，我希望有個電台。車頂上的雨聲單調，我大衣的領子又冷又濕。終於到家了。諾爾停好車，走到車門旁，為我開門。我下了車。諾爾把我摟過去，緊緊抱著。我還是小女孩的時候，曾有次在舊貨店，把一個洋娃娃緊緊摟在胸前，等我放下那娃娃時，她的眼睛掉了。不愉快的記憶。我用雙臂環住諾爾，感到冷雨打在我的手和手腕上。

一個男人跑過人行道，手裡抱著條小狗，撐著一把大黑傘。他喊道：「你們車燈沒關！」

差不多是一年以後——耶誕節時，我們去看諾爾發瘋的姊姊，茱麗葉。和諾爾交往這麼久，我已經被視為家中一員。茱麗葉每次聚會前打電話都說：「你也是家裡的一份

2 此處典出海明威的小說《戰地春夢》，女主角凱薩琳曾對男主角亨利說：「我害怕下雨，因為有時我看到自己會死在雨中。」

3 《物有所值》（*Moneysworth*）是美國出版人拉爾夫・金伯格（Ralph Ginzberg，1929 — 2006）創辦的一份雜誌。

子了，當然不用邀請。」我應當為此感激。可是她每次打電話時都喝醉，常常會哭起來，說她情願耶誕節和感恩節都不存在。他另一個姊姊詹妮特人很好，但她住在科羅拉多。茱麗葉住在新澤西。於是現在我們在新澤西的貝約內，從前門進屋——諾爾拉著貝茜，我端著一個南瓜派。從諾爾的公寓到他姊姊家的路上，我都在聞南瓜派的香味，但它沒什麼香味。或者就是我又感冒了。在汽車裡我吞了幾片可咀嚼的維生素C，現在我聞起來像個鮮橙。諾爾的母親正在客廳裡用鉤針織東西。還好，至少比大衛的母親好，她總是大談特談安德魯·懷斯[4]。我滿足地回憶起最後一次見她的時候，我說：「明明就是愛德華·霍普[5]更好。」

茱麗葉發白的金色長髮掖在她粉紅耳朵後面，身上是從好萊塢的弗雷德里克[6]店訂購的細高根鞋、露出乳溝的洋裝。諾爾和我暗自好奇她丈夫會不會來。感恩節那天，我們開始吃晚餐時，他來了，帶著一個穿低胸洋裝的黑髮女人。茱麗葉的胸和那黑髮女人的胸隔著飯桌對峙（桌布是諾爾的母親鉤的）。諾爾不喜歡我評判茱麗葉，他的想法更積極。他的另一個姊姊是音樂家，有一個丈夫，一條威瑪獵犬，以及兩隻品種珍稀的鳥，鳥籠是她丈夫手做的。他們很有錢，會去滑雪，還收養了一個韓裔男孩。有一回他們播放那個韓裔男孩學滑雪的錄影給我們看。嗵！嗵！嗵！嗵！每隔幾秒他就在雪地裡跌倒一次。

茱麗葉很開明，不僅讓我們睡同一間臥室，還把只有一張單人床的那間讓給我們。

貝茜睡在沙發上。

那一夜我擠在諾爾身邊，說：「這也太可笑了。」

「她是好意。」他說，「不然我們睡哪？」

「她可以把她的雙人床讓給我們，她睡這。畢竟他不回來，諾爾。」

「噓。」

「那樣不是更好？」

「你管她呢。」諾爾說，「反正你迷上我，對吧？」

他貼過來，摟住我的後背。

「我不知道大家都怎麼說話。」他說，「我不知道現在有什麼流行語。大家用什麼表達『迷上』？」

「我不知道。」

4 安德魯・懷斯（Andrew Wyeth，1917—2009），美國二十世紀中期最知名的畫家之一，作品多描繪他熟悉的鄉土景物，被譽為「人民的畫家」。

5 愛德華・霍普（Edward Hopper，1882—1967），美國油畫家和版畫家，作品常以住宅、旅館和街景為主題，展現現代人生活的寂寥和疏離。

6 著名的女士內衣品牌，被稱為好萊塢女星御用內衣品牌。

「我又說了！我說『流行語』。」

「那又怎麼樣？你想聽起來是什麼感覺？」

「我用的詞聽起來過時了——好像老人講話。」

「你為什麼總是擔心變老呢？」

他挨得更近了。「我說你迷上我的時候你還沒回答呢。這不代表你不喜歡我吧，嗯？」

「不。」

「你慣愛一個詞的回答。」

「我慣愛睡覺。」

「『慣愛』，你看我用的詞，現在肯定有什麼別的說法。」

我坐在車裡，等貝茜從芭蕾舞班出來。她一直在上課，可是效果一般。她走路的時候還是低頭垂肩，脖子前伸。諾爾暗示說這也許可以從心理的角度分析。你看，她脖子朝前伸，不僅是表面如此，還有……諾爾認為貝茜是存心這樣。父母剛剛離婚，貝茜覺得內疚，她認為自己也有部分責任，所以這個結果是應得的。每個月要付五十美元讓貝茜上芭蕾課，以此否定諾爾的理論。但願芭蕾有用。

我在公園裡待了一天，考慮是否該接受諾爾要我搬去同住的建議。那樣我們就能有更多錢……反正我倆那麼多時間都待在一起……又或者他可以搬來和我同住，如果我房間裡的大玻璃窗真那麼重要。我總是遇見明理的男人。

「但是我不愛你。」我對諾爾說，「你不想跟一個愛你的人一起生活嗎？」

「沒有人真正愛過我，以後也不會有。」諾爾說，「我有什麼損失呢？」

我在公園裡思量我會有什麼損失。沒有。那我為什麼不離開公園，打電話到他辦公室，說我想好了，這是個明智的計畫呢？

一個臉蛋圓圓的小男孩跑過來。他穿一件短夾克，褲子快掉下來了。他拿了一隻黃色小船。他看起來對周圍的一切都開心得要命，我真想攔住他問：「我該搬到諾爾家嗎？為什麼我這麼猶豫？」年輕人擁有這種智慧——最好的和最糟的思想家，例如華茲華斯和馬荷羅基大師，其信徒們都這麼認為……「去冥想吧，否則將遭我棒喝。」大師對信徒們說。告訴我答案吧，孩子，否則我就拿走你的小船。

我跌坐進一張長椅。下一步，諾爾就會向我求婚。他打算套牢我。也可能更糟，他不想套牢我，只想讓我搬進他家，以便省錢。他並不在乎我。因為沒有人愛過他，他也不會愛別人。難道真是這樣嗎？

我找到電話亭，站在門口，等裡面拿著購物袋的女人出來。她嘴裡說著什麼，我聽不懂。她的嘴唇像魚，塗成豔麗的橘紅色。我一點口紅也沒抹。我穿著一件雨衣，套在睡衣上，腳上是涼鞋和諾爾的襪子。

「諾爾，」電話接通的時候我說，「你說沒有人愛過你，是的嗎？」

「老天啊，向你承認已經夠尷尬的了。」他說，「你還非要問我嗎？」

「我必須知道。」

「好吧，我跟你談過所有和我睡過的女人。」他說，「你覺得哪一個可能愛過我？」

我毀了他這一天。我掛了電話，頭靠在電話機上。「我。」我說，「我愛。」我去掏雨衣口袋。一包舒潔紙巾，兩個一分硬幣，還有貝茜放在那嚇唬我的一隻粉紅色橡皮蜘蛛。沒有一角的硬幣了。我推開門，一個年輕女人在外面等著。「你有幾分鐘時間嗎？」她問。

「怎麼了？」

「你有兩分鐘嗎？你對這個怎麼看？」她說。那是如義大利臘腸質地的短棍。她另一隻手裡拿著寫字板和鋼筆。

「我沒空。」我說著走開了。我又停住腳步，回頭。「那到底是什麼？」我問。

「你有兩分鐘時間嗎？」她問。

「沒有。我只是想知道那是什麼東西。」

「是狗的零食。」

她朝我走過來，遞出寫字板。

「我沒時間。」我說，迅速走開了。

什麼東西砸在我背上。「有空拿這個插屁眼吧！」她罵道。

我跑了一個街區才停下來，倚在公園牆上喘口氣。要是諾爾在場，她就不敢那麼做。我的保護神。要是我還有一個一角硬幣，我就能打電話告訴他：「諾爾啊，如果你願意在我身邊，我就跟你一直過下去，那樣就沒人敢朝我扔狗食了。」

我撥弄著那塑膠蜘蛛，也許貝茜放在那裡是為了讓我開心。有一次她還在我臥室牆上畫了一個年輕漂亮的比基尼女郎。我誤會了，把畫上的女郎看成我的反面。而貝茜只是覺得好看而已，她不明白我怎麼那麼鬱悶。

「媽媽不高興是因為你用透明膠把東西貼在牆上，再拿下來的時候透明膠會留下痕跡。」

諾爾棒極了。我在口袋裡摸索，指望能摸出一個一角硬幣。

諾爾和我去看他在佛蒙特的朋友：查理斯和索爾。諾爾向公司請假；這是一個慶祝我們決定共同生活的假期。在那裡的第三個晚上，我們圍坐在壁爐前——諾爾、貝茜和我，查理斯和索爾，還有他們的女人，拉克和瑪格麗特。我們抽著菸，聽索爾的立體音響。壁爐很大，是索爾自己蓋的，用的是他在山邊上找到的板岩，還有別人扔在路邊的磚頭。壁爐檯面是查理斯用他在本地一家停業的遊樂園裡找到的旋轉木馬的部件做的，一個滴水嘴怪獸伸出頭來。車鑰匙掛在怪獸的眉毛上。壁爐上有賓恩品牌服裝目錄，瑪格麗特的帽子，大麻菸蒂和大麻菸夾，一個桃子罐頭，還有一個香爐，淺紫色的灰堆裡插著一小截香。

諾爾曾跟查理斯一起在城裡工作。查理斯聽說佛蒙特有所大房子需要修繕，就辭職了。對方告訴他一個月只要一百美元就能入住，除了一月和二月，那時要租給滑雪者。結果來滑雪的人挺好，他們不願看到別人無處棲身，就提議四個人一起住。他們就這麼住了下來，睡在查理斯和索爾修好的那間側室裡。而現在，其他房間都空著，這一陣雨水多，滑雪就泡湯了。

索爾掛上幾幅他鑲框的畫——是他在閣樓裡發現的老廣告（查理斯修好閣樓樓梯以後）。我借著壁爐火光研究起這些畫來。奶油女郎——一個賣弄風情的健美女郎，珍珠白的皮膚，發黴的下唇——伸出一隻手獻上一塊奶油；而她對面的牆上，一個黑髮油亮的男人拿著一隻和他頭髮同色的鞋。

「在胡亞雷斯，你迷失在雨中，又是復活節時分。」狄倫唱。

瑪格麗特對貝茜說：「你想跟我一起洗澡嗎？」

貝茜很害羞。我們到這的第一晚，她看到索爾裸體從浴室走進臥室，捂住眼睛。

「我不一定要洗澡吧，對嗎？」她對我說。

「你怎麼會這麼想？」

「為什麼我非得洗澡？」

不過她還是決定跟瑪格麗特去洗澡。她追上她，抓住她的羊毛腰帶。瑪格麗特對著剛點燃的一柱香吹氣，在空中扇一扇，貝茜彷彿著了魔，跟著她走出房間。她在這所房子裡已經很自在了，也喜歡這裡所有人，樂意跟其中任何一個四處溜達，雖然她平常會害羞。昨天，索爾為她示範如何捶打麵團，然後再放進烤盤，這樣麵團會再次膨脹。他讓她用手指把奶油抹在麵包上，再灑上玉米粉。

索爾在州立大學教書，他是詩人，大學聘他教一門現代小說課。「哦，好吧，」他說，「如果我不是同性戀，還曾是軍人，估計他們會讓我煮飯。一般他們都這麼幹，是不是？」

「別問我。」查理斯說，「我也是同性戀。」這段對話似乎是個固定節目。

諾爾在欣賞畫框。「這地方真是太美了。」他說，「我想在這一直住下去。」

「別傻了。」索爾說，「和一群仙女生活嗎？」

索爾正在閱讀一篇學生作文。他說：「這個學生說，『亨伯特和千百萬個美國人一樣。』」

「亨伯特？」諾爾問。

「你知道，就是跟尼克森競選的那個人。」

「算了吧。」諾爾說，「我知道是某本小說裡的。」

「《蘿麗塔》。」拉克說，她吸了一大口大麻，然後把菸捲遞給我。

「你幹嘛不辭了那份工作？」拉克說，「你又不喜歡。」

「我不能失業，」索爾說，「我是個噁心的同性戀，又是詩人。已經有兩次罷課是衝著我來的。」他吹了兩口菸捲，讓它從菸夾裡滑出來，落在壁爐上。「還濫用毒品，」他說，「我差不多算完蛋了。」

「你這麼想我很難過，親愛的。」查理斯說，把手輕輕放在索爾的肩上。索爾嚇了一跳。查理斯和諾爾笑了。

是吃晚飯的時侯了——木莎卡[7]，麵包，還有諾爾買的紅酒。

「木莎卡是什麼？」貝茜問。她的皮膚閃亮，頭髮乾了，瑪格麗特梳過的地方有一道一道的印痕。

「老鼠肉做的。」索爾說。

貝茜看看諾爾。最近她有什麼問題都找諾爾。他搖搖頭表示否定。貝茜其實不笨，她之所以看諾爾，可能是因為她知道這樣能讓他開心。

貝茜有自己的房間——最小的一間臥室，地板上鋪著毛皮地毯，還有條被子可以蓋。晚飯後我和拉克聊天的時候，聽到諾爾念書給貝茜聽：「阿隆索•哈根的《釣鱒魚日記》。」不久貝茜就開始咯咯地笑。

我坐在諾爾的大腿上，望著窗外的田野，雪白平闊，還有群山——我知道是群山的模糊遠景。玻璃因窗戶下的散熱管面罩上一層霧氣。諾爾湊過去用手絹擦玻璃。現在是冬天了。我們本來一週後就要離開佛蒙特，後來住了兩週，現在是三週。諾爾的頭髮長了，貝茜一個月沒上課。教育委員會會對我做什麼？「你覺得他們會做什麼？」諾爾說，「拿著槍來追我們？」

諾爾剛剛向我坦白了另一件恐怖的事，或者說令人羞愧的事，一個他從來沒有跟人說起的祕密，我發誓以後決不提起。這件事發生在他十八歲那年。他母親有一個朋友。他威脅那個女人，如果不跟他上床，就掐死她。她跟他睡了。一完事後他害怕她會告訴別人。他又威脅說如果她告訴別人，就掐死她。但他很快意識到他一走她就可以說，接

7 木莎卡（moussaka）是一種希臘風味的菜餚，羊肉餡和茄子、番茄一起烘烤，上面有乳酪。

著他會被捕。他煩惱不堪，以致精神崩潰，又跑回去躺到他們睡過的那張床上，抓過被子蒙住頭，渾身發抖地大哭。後來那個女人告訴他母親，諾爾大概在普林斯頓學習太辛苦了——也許他該休假放鬆一下。第二個故事是關於他在妻子離開以後怎樣企圖自殺的。真實情況是，他不能把圍巾還給大衛，因為圍巾打了好多次結，被拉壞了。但是他太怯懦，不敢吊死自己，後來吞了一瓶從藥房買來的安眠藥。然後他又害怕了，隨即出門攔了一輛計程車。另外一對依偎在風中的夫婦跟他說是他們先叫的車。後來他到了醫院的等候室，這對夫婦也在那裡。

「那個可憐的丈夫把名片放在擔架上，就在我的手邊。」諾爾說，他使勁地搖頭，鬍子都觸碰到我的臉頰。「他是一個水管工人。叫艾利爾特•雷。他的妻子叫弗羅拉。」

這是個溫暖的下午。「諾爾！」貝茜大喊，穿過濕漉漉的草地向他跑去。她伸著雙手，就像一個漁夫捧著打到的魚。可是她的手裡什麼也沒有——只是手心裡有一點血。他最終聽她說出緣由：她摔了一跤。他替她纏上繃帶。他蹲下來，手臂將她圍住，好像一隻巨鳥。蒼鷺？老鷹？他會帶我的孩子飛走嗎？他們一起朝房子走去，他用手輕輕地把貝茜的頭靠在自己腿上。

我們回到城中。貝茜在從前是諾爾書房的房間裡睡著了。我蜷在諾爾的腿上。他剛才又叫我講了一遍麥克的故事。

「你為什麼想聽？」我問。

諾爾對麥克著迷，麥克把家具都推到走廊，把很少的財產從窗戶扔到後院，然後在公寓裡支起四個彼此相連的大帳篷。還有一個電爐，「法裔美國」牌義大利肉醬麵罐頭，幾瓶上等紅酒，天黑以後用的手電筒……

諾爾敦促我回憶更多細節。帳篷裡還有什麼？

一塊地毯，不過它碰巧鋪在地板上。不知為什麼他沒把地毯扔出窗外。還有一個睡袋……

還有什麼？

漫畫書。我不記得是哪些了。一個檸檬派。我還記得兩天以後那個派有多噁心，糖從蛋白霜上滲了出來。一瓶安眠藥。還有一個酒杯，一罐溫的果汁……我不記得了。

我們那時在帳篷裡做愛。我會去看他，打開前門，然後爬進去。那年夏天他拆了帳篷，把帳篷扔進汽車，就去了緬因州。

「接著說。」諾爾說。

我聳聳肩。這個故事我講過兩次了，每次我都停在此。

「就這些。」我對諾爾說。

他還是充滿期待地等我繼續，就像上兩次他聽故事的時候一樣。

有天晚上，我們接到拉克的來電。他們附近有所房子要出售，只要三萬美元。諾爾如果不會裝修，查理斯和索爾可以幫忙。有十英畝地，一個瀑布。諾爾迫不及待地想搬過去。可是我們怎麼賺錢呢？我問他。他說，一年以後等錢用光了再來操心。但是我們還沒見過這個地方呢，我指出。可這是個絕妙的新發現呀，他說，我們這週末就去看。諾爾搞得貝茜也激動不已，她想星期一就到佛蒙特上學，根本不要再回紐約。我們下一分鐘就去看房好了，然後就永遠住在那。

可是他知道怎麼配電線嗎？他確定那裡可以布線嗎？

「你對我一點信心都沒有嗎？」他說，「大衛一直覺得我是笨蛋，是不是？」

「我只是問問你能不能幹這種複雜的事。」

我對諾爾缺乏信心令他不悅，他沒接話就離開房間。他大概想起那個晚上，他知道我也記得——那個晚上他問大衛，能不能來看看落地燈的插座有什麼問題。大衛大笑著回到家裡。「插頭從插座上掉下來了。」他說。

四月初，大衛和他的女朋友帕蒂在週末時來佛蒙特看我們。她穿著藍色牛仔褲，塗了黑眼圈。她二十歲。她腳上的木屐在光滑的木質地板上磕出響亮的聲音。她看起來在屋裡不太自在。大衛看起來還算自然，只不過他聽到貝茜叫他大衛的時候有點吃驚。她跑在諾爾和我的前面，帶他穿過樹林去看瀑布。她跑得太遠的時候，我喊她回來，不知為什麼心裡害怕她會死。要是我看不見她，她也許會死。我猜我一直想著大衛如果和我又會聚在一起的話，那會是在我們將死的女兒的病床邊——差不多是那類情景。

帕蒂在樹林裡走得艱難，木屐從腳上滑落到草叢裡。我想找雙我的運動鞋給她，可是她穿八號半，我穿七號。又一件讓她不自在的事。

大衛誇張地吸了一口氣。「跟我們以前住的高樓反差可真大啊。」他對諾爾說。

成心想讓我們難堪嗎？

「你以前住高樓公寓？」帕蒂問。

他一定才認識她不久。她對他說的每一句話都很在意，饒有興趣地注視他掰下一根樹枝，一折兩半。她很難跟上我們。大衛最終注意到她跟不上我們，就拉起了她的手。他們是城裡人，連一雙登山靴都沒有。

「那好像是上輩子的事了。」大衛說。他折下一根小樹枝，用拇指輕彈樹枝末梢。

「有人說我們每一次睡眠都是一場死亡；醒來的時候已經是另一個人，另一段人生。」帕蒂說。

「現實主義者的卡夫卡。」諾爾說。

諾爾整個冬天都在讀書。他讀了布勞提根[8]，很多本波赫士，從但丁一直讀到馬奎斯，希爾瑪・沃莉茲[9]和卡夫卡。有時我問他為什麼是這種讀法。他讓我為他開書單——哪個作家在哪個之前，哪些詩更早，哪些晚，哪些更著名。算了，這無所謂。諾爾在佛蒙特更快樂。在佛蒙特意味著他能做自己喜歡的事。一種自由，你知道的。我又何必拿他開心呢？他愛看書，愛在屋外的樹林裡散步，他買的鳥食多得餵北方所有的鳥都夠了。他把我們替鹿準備的鹽磚[10]拿進去拍了一張拍立得照，然後一邊欣賞鹽磚（「牠們來過了！」）一邊欣賞自己的照片。屋子裡還有用拍立得拍的樹林，瀑布，幾隻兔子—他很自豪地把照片掛起來，那種自豪跟貝茜掛她在學校裡畫的畫時一樣。「你看。」諾爾有天晚上對我說，「蓋茲比跟尼克・卡拉威交談的時候，他說：『無論如何，這只是個人的事』——這句話什麼意思？」

「你什麼時候讀的《大亨小傳》？」我問。

「昨天晚上，在浴缸裡。」

我們轉身往回走，諾爾指出我們周圍的樹叢裡松鼠多得驚人。從大衛的表情來看，他覺得諾爾很無聊。我看著諾爾。他個子比大衛高，但有點駝背；比大衛瘦，卻因駝背而不顯瘦。諾爾長手長腳，鼻子尖削。他的灰色圍巾末端有些磨損了。大衛的圍巾是大紅色，新買的。可憐的諾爾。大衛打電話來說他和帕蒂要來拜訪時，諾爾根本不會想到要拒絕。他問我他怎麼才能比過大衛。他以為大衛來這裡是要把我贏回去。等他讀了更多文學書以後，會意識到那太容易了。一定還會有複雜的問題。複雜將永遠保護他。大衛來電幾小時後，他說（實際是對自己——而不是對我）大衛會帶一個女人來。那當然意味著大衛不會再做任何努力。

我們晚餐快要吃完時，查理斯和瑪格麗特來了，並帶了一個床墊，是我們跟他們借來給大衛和帕蒂睡的。他倆都吸得暈沉沉，把床墊在地上拖著，晚來的一場雪染白了床墊。他們吸得太暈，無法抬起床墊。

「黃昏時分。」查理斯說。他用一個圓形的黑色髮夾把頭髮別在耳後。瑪格麗特把帽子丟在拉克那裡有一段時間了，她一直也沒有再借一頂。她的頭髮上有細細的雪。「我

8 布勞提根（Richard Gary Brautigan，1935-1984），二十世紀美國小說家、詩人。生於華盛頓州，自殺於加州家中。他最有名的作品是一九六七年出版的小說《在美國釣鱒魚》（*Trout Fishing in America*）和《在西瓜糖中》（*In Watermelon Sugar*）。

9 希爾瑪・沃莉茲（Hilma Wolitzer，1930—），美國當代小說家，生於紐約布魯克林，作品有《愛的隧道》（*The Tunnel of Love*）、《醫生的女兒》（*The Doctors Daughter*）等。

10 鹿等動物在野外會找鹽鹼地舔舐鹽分，以補充所需。住在林中的人家常在房子門口放置鹽磚，吸引鹿來舔食。

們得走了，」查理斯說，用手掂量著她的頭髮，「趁女雪人還沒融化。」

那天深夜我坐在廚房餐桌前，轉過身對著大衛，「你還好嗎？」我低聲問。

「好多事情都不是我想像的那樣。」他低聲說。

我點頭。我們在喝白葡萄酒和切達起司湯。湯很燙。碗裡熱氣蒸騰，我別過臉，怕熱氣熏得眼睛流淚，大衛會誤會。

「其實不是事情，是人。」大衛低語，用中指把一塊冰在酒杯裡上下移動。

「什麼人？」

「還是不要說了。那些人你不認識。」

這句話傷了我，而他知道這會傷人。但是上樓回房睡覺的時候，我意識到即使如此，這也還算是明智的舉動。

這個晚上，我跟很多時候一樣，在睡衣下面穿著內搭褲睡覺。我爬到諾爾身上取暖，然後躺著不動，用他的話說，就像個死人般；像在荒涼的西部，一個人中槍倒在塵土中一樣。諾爾拿這個開玩笑。「砰！砰！」我放低身子時他迷迷糊糊地說：「可憐的傢伙死定了。」我躺在他身上取暖。他想從我這得到什麼？

「你生日想要什麼？」我問。

他背了一小串他想要的東西。他小聲地說：一個書架，一個水族箱，一個做奶昔的攪拌器。

「聽上去像十歲小孩要的東西。」我說。

他沉默了好久；我傷了他的心。

「書架可不是。」他最終來了一句。

我睡著了。躺在他身上入睡對他不太公平。他不忍心叫醒我，只好讓我趴在他身上，直到我滑下去。動一動，我對自己說，可是我沒動。

「你記得下午，帕蒂和我坐在石頭上，等你和大衛還有貝茜回來嗎？」

我記得。我們在山頂上，貝茜拉著大衛的手，大衛對她要帶他去看的東西不感興趣，貝茜不管，還是一路拉著他。我跑著跟上去，因為貝茜拉他拉得太用力了，我抓住貝茜空出來的手臂，抓住不放，於是我們仨形成了一條鍊子。

「我知道我以前見過那情景。」諾爾說，「我剛才想起來在哪——《第七封印》[11]裡面的男主角在暴雨後醒來，看到死神領著那些人蜿蜒而上，爬到山頂。」

11 《第七封印》（*The Seventh Seal*），瑞典大導演英格瑪・伯格曼一九五七年執導的影片。

六年以前。七年吧。冬天，大衛和我在「村」[12]裡，正從一個書店的窗戶往裡頭張望。輪胎尖利的聲音傳來，我們回頭，正好看到一輛汽車，一輛破爛的藍色汽車把一個女人從街上撞飛到空中。她落到地上似乎用了太長時間；她落下來的樣子好像飄舞的雪花——大片雪花飄落下來，不疾不徐。而她身體觸地的那一刻，大衛已經把我的臉壓在他的大衣上，當時所有的人都在尖叫——好像一個合唱團突然集合起來尖叫——而他的手臂環在我的肩上，緊緊地壓住我，以致我幾乎無法呼吸。他說：「要是你出了事……要是你出了事……」

他們離開的時候，天氣晴朗寒冷。我給帕蒂一個紙袋，裡面有半瓶紅酒，兩塊三明治，還有一些花生，他們回程時可以吃。可能不該把酒給他們；大衛在早餐時已經喝了三杯伏特加橙汁。他開始跟諾爾講笑話——酒吧裡比主人還機靈的狗，便秘的妓女，會說話的蝨子。大衛不喜歡諾爾；諾爾也不知該怎麼對待大衛。

現在大衛搖下了車窗。最後一刻的新聞。他告訴我他姊姊這段時間一直住他家，她做了流產手術，情況很不好。「墮胎現在合法了，」大衛說，「她為什麼這麼做？」我問他是多久以前的事，他說一個月以前。他的手在方向盤上輕輕敲打。上個星期貝茜從大衛的姊姊那裡拿到一盒農夫造型的木刻哨子。諾爾打開廚房的窗戶，對著鳥食罐旁的幾隻小鳥輕輕吹響。牠們全飛走了。

帕蒂貼近大衛。「這兒有這麼多動物。還是冬天呢，」她說，「牠們不再冬眠了嗎？」她有點緊張地說著客套話。她想走了。諾爾從我這裡走到帕蒂那邊的車窗，告訴她有隻鹿曾經走到家門口。貝茜坐在諾爾的肩上。我不想跟大衛說話，就朝貝茜傻傻地招手。貝茜也向我招手。大衛看著車窗外的我。我穿著那件舊的藍色滑雪衫，藍色毛線帽往下拉到眼睛上，肥大的牛仔褲，看起來一定像那些木頭哨子一樣僵硬，它們都是用一整塊木頭刻出來的。

「再見。」大衛說，「謝謝。」

「是啊。」帕蒂說，「你們真好。」她抓起包包。

車道很陡，崎嶇不平。大衛小心翼翼地倒車，就像是一個人在拉卡住的拉鍊。我們揮揮手，他們消失了。這倒是容易。

（一九七五年四月二十一日）

12 格林威治村（Greenwich Village），紐約下曼哈頓區的高級住宅區。十九世紀後期到二十世紀中期是波西米亞藝術家們聚集的地段，紐約人常將其簡稱為「村」（The Village）。

下坡路

早上七點半遛狗的時候，我坐在路邊的濕草地上，正對著的是池塘，斜對著的是墓地。我從身後的葡萄藤上偷摘了幾顆葡萄，葡萄很苦。狗對著墓碑抬起一條腿，又在路上的死松鼠身上打滾，最後終於來到我身邊，舔著我的手腕。謝天謝地，沒有一輛上班的車輾到牠。濕手腕很不舒服，我用手腕蹭牠背上，假裝撫摸。我這樣做過幾次。「請別離開我。」我對狗說，牠揚起頭，在我兩腿之間的草地上安頓下來。

我母親寫了這封信給約翰：

「噢，約翰，我們很高興九月意味著你在法學院最後一年的開始。星期六我丈夫對我說（當時我們在那個土耳其餐廳，就是瑪麗亞養病期間我們帶你和她去過，而你們倆都很喜歡的那個餐廳），現在他要是生氣，就可以說：『我要告你！』而且是認真的。這麼長時間一直都在上坡，從今往後就是下坡了。」

很奇怪，那個星期，約翰的一個老友送了我們一個玩具——一個膝蓋彎曲的滑雪小人，把它放到斜面上，就會滑到底。我想盡一切辦法折騰這個玩具。我甚至試著把它放在砂紙上，依然奏效。我把砂紙釘在一塊木板上，它一直滑下去。朋友在瑞士買的，他和妻子正在那裡度假，包裹裡的便條就是這麼寫的。約翰是收件人。我扯開包裹，因為筆跡陌生，我想可能是證據。

我為什麼認為約翰不忠？因為這樣才符合邏輯。有些日子我連頭都不梳，他一定出門去見那些乾淨頭髮梳到耳後的女人，他一定對她們充滿渴望，還向她們傾訴。他欣賞所有髮型齊整的女人，其中會有一個想讓他把頭髮弄亂，這樣才符合邏輯。她會邀他回家，這樣才符合邏輯。來自一個女人的那種微笑，那種暗示，一定會像一場春雨讓蚯蚓拱出泥土那樣誘惑他。甚至很難去責怪他；他有律師的邏輯頭腦。他記得住事情。他不會忘記梳頭。他也一定不會用指甲刀來亂剪頭髮。如果他自己理髮，一定理得一絲不苟，用合適的剪刀。

「你幹了什麼？」約翰低聲說。對我來說在客廳裡剪頭髮也不合邏輯——一團團髮落在地毯上。「你幹了什麼？」他雙手在我頭上，摸到我的骨頭，我的頭骨，他看著我的眼睛。「你把頭髮剪了。」他說。他會是個多好的律師啊。他什麼都懂。

狗喜歡火。我煮了牛骨頭給牠，等牠厭倦抓撓和咀嚼的時候，我便點起爐火，往火裡扔幾個松果，蹦出藍色和橙色的火星。我用約翰的法國刷子給狗刷毛，刷到牠的毛在爐火映照下閃閃發光。最初的幾個夜晚，我點起爐火，給牠刷毛，之後洗刷子，這樣約翰就不會發現了。約翰說他會離開一星期，而醫生跟我說那樣不合情理。我是個有邏輯的女人，不再費心洗刷子。

睡前我喝一杯加奶的威士忌。火仍旺盛，我把枕頭拿到壁爐前，大大地躺在地磚上。我的眼皮變得很熱很濕——我每次若哭很久，眼皮就會這樣，但我現在不哭了。畢竟這是第五晚。就像醫生說的，人得善於調整。狗厭倦了我過多的關切，選擇到書房的書桌下睡覺。我得叫牠兩次——第二次非常堅決——牠才回到客廳睡覺。而只要我的眼睛剛合上五分鐘，牠就悄悄地走開，回到書桌下的空隙。有一次，約翰認為書桌不夠大，便買了一扇門和兩個文件櫃，做了張新的。狗喜歡小而狹窄的空間，牠悶悶不樂地從屋子這個角落晃到那個角落，無法在任何一處安身。約翰又把舊的書桌拿回來。一個很善良的人。

像哥倫布的水手一樣，我開始恐慌。我已經很久沒見約翰了。他沒來看我時，我會在屋子裡獨自遊蕩，然後永遠消失——就在拐過一個角落的時候突然消失，或者滑落，滑落在浴缸的水裡，或者隨爐火形成的通風氣流上升。氣流不能把我托起來嗎——我能伸開雙臂，雙手拱如陽傘般，隨著冷空氣往煙囪裡？或者坐在約翰的椅子上，我可能會變小——變成一個小點，一粒灰燼。狗會聞來聞去，然後跳進椅子，坐在我身上，閉上眼睛。

為了讓自己平靜下來，我喝茶。格雷伯爵，是進口茶。進口的意思是抵達，出口的意思是離開。我從骨子（我的脛骨）裡感覺到約翰不會回家了。但也許我只是覺得冷，因為壁爐還沒點燃。我小口啜著格雷伯爵茶——結果將是決定性的。

他說他要去哥哥家待一星期。他說照顧我之後，他也得休養一陣子。我對他沒有約束力，就連我們的婚姻都是共同法則——如果四年加四個月是屬於共同法則的話。他說他要去哥哥家，但我怎麼知道他從哪打電話來？他又為什麼不寫信？他不在家，我跟狗說話。我假裝我是約翰，假裝我有邏輯，讓人安心。我告訴狗約翰需要休息，很快就會回來。狗變得焦慮，牠聞約翰的衣櫃，守著書桌下的空隙。這已經很久了。

獨自慶祝我的生日。把電話從座機上拿下來，這樣父母打電話來的時候我就不必「冒充約翰」了。狗知道今天是個特殊的日子嗎？沒有牛骨頭的日子就不是特殊日子，但我忘了買來慶祝。我走到書桌下的空隙處，悲哀地撫摸牠的脖子。

我意識到這是一個女人的男人離開了的故事。比莉・哈樂黛[1]應該能就此大作文章。

我穿上一條藍裙子，出門參加一個工作面試。我訂購了一捆木柴；星期六快遞員送來的時候我會有錢的。我花大筆錢買了馬肉罐頭給狗。「你永遠不會走，是不是？」我說，狗正在吃肉，把嘴伸進碗裡。我胡亂想著，狗比豬好多了。養豬只是為了宰殺，而養狗是為了愛。雖然我知道這是真的，還是猶豫是否該說出我的發現。醫生（眼鏡滑下鼻樑，下唇緊貼上唇）會說：「也許有人也愛豬呢？」

我夢到約翰回來了，我們在客廳裡跳了一支風情萬種的舞。是，探戈吧？他領舞的時候將我身體傾斜，突然我感覺不到他手臂的重量。我的身體非常沉重，脖子往後越伸越長，直到我的身體幾乎伸出房間，毫無痛苦地穿過地板，遁入黑暗。

有次停電時，約翰到廚房拿蠟燭，我爬到床底下。我喜歡黑暗，想待在那裡。狗進來在我身旁蜷曲著，待在床邊。約翰很快回來了，他的手圍在白色蠟燭前。「瑪麗亞？」他說，「瑪麗亞？」他再次離開房間的時候，我往前了一點，偷看他走過走廊。他走得飛快，蠟燭都滅了。他停下來重新點燃蠟燭，更大聲地叫我的名字——如此大聲，我被嚇到了。我待在原地，渾身發抖，把他想的和蓋世太保一樣恐怖，祈禱不要來電，他就不會發現我。躲藏且不回應，都比這好。我的手合起，朝它們吹氣，因為我想尖叫。電來的時候，他發現了我，拉住我的手把我拖出來，我以手摀住的尖叫聲響起。

熱的葡萄果凍均勻地倒進一打玻璃杯，然後好玩的部分開始了。滴入融化的蠟來封口。白蠟滴落時我心想，如果裡面除了果凍還有別的東西的話，它會被悶死的。我沒有鋪乾酪布，就把一條白色蕾絲襯褲扯平罩在一個黃色大碗上，透過它把果凍混合物倒下去。

約翰在早上回來。他在屋裡四處走動，查看哪裡有問題。我們的衣服還在衣櫥裡；所有多餘的燈都已經關掉。他進入廚房，有些不快，因為我沒有去超市採購。他吃葡萄果凍配幾片麵包。麵包吃完了，他用勺子從玻璃杯裡舀出更多果凍，送進嘴裡。

「跟我說話，瑪麗亞。別把我拒於門外。」他說，一邊舔著上唇沾的果凍。他就像

1 比莉·哈樂黛（Billie Holiday，1915—1959），美國天后級的爵士女歌手。

個孩子，不過是個會命令我做事和感受的孩子。

「摸摸這條手臂。」他說。摸起來肌肉很結實，他在哥哥的露營地上砍木柴造成的。

我見過他哥哥一次。約翰和他哥哥是雙胞胎，但兩人很不一樣。他的哥哥總是曬得黝黑——胖，矮，肩膀很寬。當他睡著時，就像他砍下的那些木頭。約翰和我剛開始戀愛的時候，我們去他哥哥的露營地，三個人睡一個帳篷，因為房子還沒蓋好。約翰的哥哥整晚打鼾。「我討厭這裡。」我對約翰低聲說，在他身旁發抖。他試圖撫慰我，但是不願在那裡跟我做愛。「我討厭你哥。」我說，用正常的聲音說的，因為他哥哥打鼾的聲音很大，決不會聽見。約翰的手捂住我的嘴。「噓。」他說，「請別再說了。」自然，約翰這一次不會邀請我跟他去看他哥。我現在把這一切解釋給狗聽，牠被催眠了。牠閉上眼睛，聽我低沉的聲音。牠喜歡我和著句子的節奏用手輕撫他。約翰把果凍推到一邊，盯著我：「別再說好幾年前的事了。」說完闊步走出房間。

木柴送達。送木柴的人有點瘸，他缺了一個腳趾。我問他，他告訴我的。他很會伐木——腳趾是划獨木舟的時候沒的。約翰幫他把木柴堆在柴棚裡。我偷偷往裡張望，看到的木柴比我想像得多多了。

那個人離開後，約翰進屋。他臉色沉重可怕。

「你為什麼又訂了那麼多木柴？」約翰說。

「為了保暖。我要保暖。」

我晚飯燉牛肉，但是全餵給狗吃。牠束手無策；熱氣警告牠太燙了不能吃，但味道又很香。牠試探地把嘴靠在碗上，像美食家在吸吮魚子醬裡的一顆魚子。最後牠終於吃光了。然後還有骨頭，牠飛快地把骨頭叼到牠桌下的私密空間裡。約翰大怒，我做了吃的給狗，卻沒有做給我們。

「必須停止了。」他對著我的臉低喃，手緊緊抓住我的手腕。

我和狗爬到山頂上，看那些通勤的人開車上班。我坐在一把小帆布椅上——漁夫用的那種——沒有坐在泥地上。現在是九月，到處都很泥濘。太陽西沉。大片白雲在空中，好像特意在這個山頂上方聚集。而約翰的臉在雲中發光——不是幻覺，是真的約翰。他在山頂上，雲在他的頭頂翻湧。他對我說我們已經走到盡頭。聖瑪利亞號叛變[2]！但我

2 聖瑪利亞號叛變：一四九二年八月三日，哥倫布率三艘船艦（聖瑪利亞號是其中一艘）從西班牙啟程，一路西行。到十月十日，他們依然沒有發現陸地，船員情緒沮喪，暴亂乍起，但哥倫布承諾之後的兩天中如果還未發現陸地就打道回府，暴亂就此平息。第二天他們就發現了陸地。

只是坐著，等待，直直地瞪著前方。多麼奇怪呀，這就是結局。他坐在泥裡，叫狗過去。他剛才真的對我說了這句話嗎？我重複著：「我們已經走到盡頭。」

「我知道。」他說。

狗進屋子。約翰在書桌旁。桌下的空間被占據了，於是狗蜷縮在角落裡。牠躺下前並不常轉圈。習慣是養成的，不管時間多晚。就像家具，植物，死去的人留給我們的貓，牠們接納我們。我們以為是我們接納牠們，但其實是牠們接納我們，要我們關注牠們。

我要約翰的關注；他在書桌旁工作，現在他抬起腿在椅子上盤膝而坐，好騰出舒服的休息區給狗。

「約翰，約翰！」我說，我在屋裡跳舞。我擺出造型，向上騰躍。他會成為一個多麼出色的律師；他出於禮貌表示關注。

「我要放火燒了咱們家。」我說。

這太過頭。他搖搖頭，拒絕接受我說的話。他抓住我的手腕把我帶到床上，把被子緊緊地拉上來。如果我再矮一英尺，如果他手抓著被子不放，我就會被悶死。像葡萄果凍一樣。

「早餐會有雞蛋火腿、葡萄果凍和吐司嗎？」我問。

會有的。現在是他煮飯。

我驚奇極了。他把早餐盤端上來的時候，我發現今天是我生日。有金魚草和玫瑰花。他親吻我的手，把盤子輕輕放在我腿上。茶冒著熱氣。電話鈴響了，我獲得那份工作。他的手蓋在話筒上。我去找工作嗎？他告訴他們搞錯了，掛上電話走開，像是要避開髒東西般。他走出房間，把熱茶留給我。茶煮開了，再放涼。約翰離開了，所以還會回來。我確信如此，於是大聲叫喊，他們都來了——約翰和狗——跟我一起安頓下來。我們已經走到盡頭，然而我們很安全。我移到床中間，騰出地方給約翰；茶從杯子裡潑出來。他的手伸出來穩住茶杯。沒有造成損害——碟子裡盛了水。他讚許地微笑著。坐下來的時候，他的手滑過床單，好像一把舵划過平靜的水面。

（一九七五年八月十八日）

萬達家

當梅的媽媽去找她爸爸時，她被留在她的阿姨萬達那裡。萬達不是親阿姨，是她媽媽一個開家庭旅店的朋友。萬達稱它為家庭旅店，但她很少接收房客。她那裡只有一個房客，已經住了六年。梅以前在她那裡待過兩次。第一次是九歲的時候，她媽媽出門去找她爸爸雷，他去西海岸的拉古納海灘度假，去了太久。第二次她媽媽宿醉，必須「休息一下」，將她留在那裡兩天。第一次她離開了快兩個星期，梅看到媽媽回來的時候高興得哭了。「你以為拉古納海灘在哪？」她媽媽說，「蹦蹦跳跳就到了？寶貝，拉古納海灘幾乎穿過整個世界。」

萬達家唯一一件有趣的事，就是她的房客：王太太。有一回王太太給了梅一個小小的八角形盒子，裡面裝滿了粉彩紙圈，拋到水裡就舒展開來，變成花朵。王太太讓她把花扔在她的魚缸裡，魚缸裡唯一一條魚是亮橘色塑膠做的，以一個沉錘沉在魚缸中間。王太太的房間裡有很多顏色鮮豔的東西，梅每一樣都可以摸。王太太的房門上有一片心形小紙片，上面印著「王女士」。

萬達在廚房裡跟梅說話。「雞蛋卡路里含量不高，但是吃雞蛋的話，膽固醇會要了你的命。」萬達說，「要是你吃德國式泡菜，沒多少卡路里，但是鈉含量太高，對心臟不好。金槍魚裡都是汞——汞對身體有什麼作用？誰能只靠雞肉過活？你知道的不少了，沒有什麼可以吃。」

萬達從褲子口袋裡掏出一枚髮夾，用它把瀏海別起來。她把梅的午餐：一碗番茄湯、一片檸檬派，端到她面前。還在湯碗旁放了一杯牛奶。

「他們說過了一定年齡，牛奶對身體也不好——你還不如喝毒藥呢。」她說，「然後你又在別處讀到美國人的飲食中牛奶不夠。我不知道。你自己決定怎麼處理牛奶吧，梅。」

萬達坐下來，點了一根菸，把火柴扔在地上。

「你爸爸真會找最佳時間消失。天熱了，男人就發瘋。你想你爸爸在丹佛幹什麼？寶貝？」

梅聳聳肩，對著湯吹氣。

「你怎麼會知道，是吧？」萬達說，「我問了個傻問題。我不習慣身邊有小孩。」

她彎腰拿火柴。她手臂上部的肉很多，布滿小小的突起。

「我結婚時十五歲。」萬達說，「你媽媽結婚時十八歲——她比我晚三年——她除了開車在全國四處找你爸爸還幹了什麼？我第二次結婚的時候二十一歲，如果他沒死，本來會挺好的。」

萬達走到冰箱，拿出檸檬汽水。她搖晃著瓶子。「晃一晃會弄傷它。」她開了一個玩笑。她倒了一些檸檬汽水和龍舌蘭酒在玻璃杯裡，然後喝了一大口。

「你覺得我跟你講了太多話嗎？」萬達說，「我聽自己講話，所以感覺好像不是真的在跟你說——就好像我是一個老師什麼的。」

梅搖搖頭。

「嗯，好，你懂禮貌，是個好孩子。等到二十一歲你再結婚。你現在幾歲？」

「十二。」梅說。

午餐後，梅走到門廳，坐在白色搖椅裡。她看看錶——她爸爸送的禮物——只見嗶嗶鳥[1]的兩腿之間，一個指標直直向上，另一個直直向下。十二點三十分。再過四個半小時，她和萬達又要吃飯了。在萬達家，她們九點、十二點和五點吃飯。萬達擔心梅吃得不夠。事實上她總是很飽，從來不覺得想吃東西。萬達幾乎總在吃。她常吃香蕉和「點點蜜」糖果棒，後者擱在她襯衣口袋裡。襯衣是她第二任丈夫的，他溺死了。梅幾天以前知道他的事。晚上，萬達總是去臥室幫她蓋被子。萬達稱之為蓋被子，實際上她只是在屋裡走走，然後坐在床腳說話。她講的一個故事是關於她第二任丈夫法蘭克。他和萬達那時在度假，夜深時候他們偷偷來到一個漁人碼頭。萬達正望著遠處一條船上的燈火，忽然聽到水聲。法蘭克跳進水裡。「我涼快一下！」法蘭克叫著。他們之前一直在喝酒，所以萬達只是站在那大笑。後來法蘭克開始游泳，他游出了視線。萬達站在碼頭末端，等著他游回來。最後她開始大叫他的名字，她叫他的全名：「法蘭克・馬歇爾！」她高聲尖叫。萬達確信法蘭克根本無意溺死自己。他們那天晚餐時非常開心。餐後他買了白蘭地給她，他從沒這麼做過，因為餐廳裡除了啤酒，其他酒都太貴了。

梅感到很難過。她記起上次看到爸爸的時候，媽媽把爸爸的膠捲盒蓋子打開，往裡吐唾沫。他抓住媽媽的手臂，把她推出房間。「偉大的藝術家！」媽媽大叫，爸爸臉上的表情很憤怒。他有長而挺直的鼻樑（梅是塌鼻頭，像她媽媽），褐色長髮，騎摩托的時候會用橡皮筋將頭髮綁到耳後。爸爸比媽媽小兩歲。他們在公園相遇，他為她拍了一張照片。他是一個職業攝影師。

梅拿起《國家追問》[2]，開始讀一篇關於蘇菲亞・羅蘭如何試圖拯救理查・波頓婚姻

1 嗶嗶鳥（roadrunner），美國著名卡通角色，其搭檔是大野狼（Wile E. Coyote）。

2 《國家追問》（*National Enquirer*）是美國的一份雜誌，以報導八卦和聳人聽聞的小道消息為主，通常在超市收銀處的貨架上出現。

的文章。照片上，蘇菲亞牽著卡洛・龐帝的手，笑得燦爛。萬達訂閱《國家追問》。她為那些瘸腿孩子的故事哭泣，為他們祈禱。她回覆那些賣一美元的小盆植物的廣告。「我總是上鉤，」她說，「我知道它們會死。」她回應上面的文章，斥責理查曾與麗茲[3]分手，麗茲曾嫁給艾迪，麗茲又跟一個賣二手車的跑來跑去。她還斥責所有那些以為找到了癌症治療方案的醫生。

午餐後，萬達睡午覺，再沖個澡。洗過澡後浴室裡總是到處有浴粉——甚至鏡子上。接下來她喝兩小杯加檸檬汽水的龍舌蘭酒，然後做晚飯。王太太四點準時從圖書館回來。梅看萬達的《國家追問》，她翻動書頁，保羅・紐曼在滿是大冰塊的水裡游泳。

王太太的大名是瑪麗亞，名字整齊地寫在筆記本上。「想像一下我的屋簷下住了個學生！」萬達說。萬達和梅的媽媽上過兩年制大學，但她第一學期後就輟學了。萬達和梅的媽媽經常談論王太太，從她們那梅知道王太太曾經嫁給一個中國人，後來離開他。她還有一個十五歲的兒子。最要命的是，她在上學，準備當社工。「那她應該有機會嫁黑人。」梅的媽媽跟萬達說，「我猜那個中國人還不夠特別。」

王太太今天回來得早。她沿著人行道走過來，朝梅做了一個和平的手勢。梅也做了一個和平的手勢。

「我想你媽媽不寫信吧。」王太太說。
梅聳聳肩。
「我寫給兒子的信都被我丈夫撕了。」王太太說，「至少她要是寫的話，你能收到。」
王太太坐在最高處的台階上，脫下涼鞋。她捏捏腳。「去看電影嗎？」她問。
「她總是忘掉。」
「提醒她呀，」王太太說，「寶貝，要是你不練習跟女人們堅持自己，你就永遠也不可能跟男人們堅持自己的主張。」
梅希望王太太是她媽媽。要是她能留住爸爸，還有王太太做媽媽就好了。可是他喜歡的女人全都很瘦，金髮，年輕。那是她媽媽抱怨的問題之一。「你希望我是串珠繩嗎？」媽媽有次這樣對他大叫。有時梅希望她父母初次相遇的時候，她也在那裡。在公園裡，她媽媽正在騎自行車，她爸爸向她揮動手臂，示意她停下，他好為她拍照。爸爸說那天媽媽非常美麗——他那一刻就決定要娶她。
「你是怎麼碰到你丈夫的？」梅問王太太。
「我在電梯裡遇到他的。」

3 麗茲（Liz）是伊莉莎白泰勒的昵稱。

「你們結婚以前談了很久的戀愛嗎？」

「一年。」

「那很久了。我爸媽只談了兩個星期。」

「時間長短好像沒有關係。」王太太嘆著氣。她仔細查看大腳趾上的一個水泡。

「萬達說我應該二十一歲以後結婚。」

「是應該。」

「我打賭我永遠不會結婚。從來沒有人約我出去。」

「會有的。」王太太說，「或者你可以約他們。」

「親愛的，」王太太又說，「要是我不約他們，我現在一個約會也不會有。」她把涼鞋穿上。

萬達打開紗門。「你想跟我們一起吃晚飯嗎？」她對王太太說，「我可以多煮點雞肉。」

「好的，我想。你人真好，馬歇爾太太。」

「吃原汁煨雞塊。」萬達說，然後關上了門。

廚房裡的桌布上撒滿麵包渣和菸灰。桌布是塑膠的，上頭是金色公雞圖案。中央放著一隻大的塑膠母雞（鹽）和一隻塑膠雞蛋（胡椒）。龍舌蘭酒瓶和鹽瓶胡椒瓶排成一行。

晚飯的時候，梅看萬達把雞端上桌。她會把勺子放進盤裡嗎？她正揮著勺子，看起來好像在指揮。她把勺子擱在桌上。

「女士先請。」萬達說。

王太太接過去。她分了一些雞肉到盤中，把盤子遞給梅。

「看看，」萬達說，「你開心，因為你離開你丈夫；我痛苦，因為我丈夫離開了。梅的媽媽出門去找她丈夫，他想周遊全國拍下嬉皮。」

萬達接過一盤雞。她拿起叉子，插進雞塊。「我告訴過你嗎？王太太，我丈夫是淹死的。」

「是的，你說過。」王太太說，「我很難過。」

「社工怎麼看呢？要是有個女人因為丈夫淹死而憂傷。」

「我真的不知道。」王太太說。

「你也許可以只說『振作起來』，或者別的什麼。」萬達咬了一口雞肉。「不好意思，王太太。」她嘴裡滿滿地說，「我希望你能享受這頓飯。」

「很美味。」王太太說，「謝謝你邀請我。」

「天哪，」萬達說，「我們都在同一條沉船上。」

「你在想什麼？」萬達對躺在床上的梅說，「你不太說話。」

「我想哪方面的事？」

「關於你媽媽去找你爸爸，等等。你在這裡時沒有在晚上哭吧，嗯？」

「沒有。」梅說。

萬達晃著她杯裡的酒。她站起來，走到窗邊。

「你好啊，左手香，」萬達說，「我該修剪了嗎？」她盯著那盆花看，從窗台上拿起杯子，回到床邊。

「如果你十六歲，就可以考駕照，」萬達說，「然後你媽去追你爸的時候，你可以去追他倆。一個像樣的旅行車隊。」

萬達又點了一根菸。「你知不知道你的朋友王太太的八卦？她不比你話多，也不太說話。」

「我們就是隨便聊聊，」梅說，「她在種酪梨，她要送我。會長成一棵樹。」

「你們聊酪梨？我以為她是個社工，能給你好影響。」

萬達的火柴掉在地上。「我希望你們想聊什麼就聊什麼。」她說。

「我媽媽怎麼不寫信？她已離開一個星期了。」

萬達聳聳肩。「問點我能回答的。」她說。

接下來那星期的週間，來了一封信。「親愛的梅，」信上說，「我這裡熱得要命，正在一家藥局裡寫信給你，我抽空來喝杯可樂。到處都找不到雷，所以感謝上帝吧，你還有我。我猜再這麼過一天，我就要回到你身邊。別感覺太糟。畢竟全程是我自己開車。哈！愛你的，媽媽。」

晚飯後坐在門廳，梅又把信讀了一遍。媽媽的信總是很短。媽媽用印刷體的大字在信紙底部署名「媽媽」。

王太太從屋裡出來，打算為雨天做好準備。她穿著牛仔褲和一件黃色雨衣。她說她將回圖書館念書。她挨在梅身邊，坐在最高階的台階上。

「看吧。」王太太說，「我跟你說她會寫信的。我丈夫就會把信撕了的。」

「你不能打電話給你兒子嗎？」梅問。

「他換了電話號碼。」

「你不能去他那嗎？」

「我想可以。但那讓我鬱悶。滿屋子都是黃色雜誌，是他爸爸拿回來的。還有做漢堡的肉和垃圾。」

「你有他的照片嗎？」梅問。

王太太拿出她的錢包，從一個塑膠夾中抽出一張照片。一個中國男人坐在一條船上。他身邊是一個微笑、有著棕色頭髮的男孩。那個中國男人也在微笑。他的一隻眼睛被戳空了。

「我丈夫以前在廚房裡跳繩，」王太太說，「我不是跟你說笑。他說那樣能使肌肉結實。我一邊準備早餐，他一邊跳繩並喘氣。像是回到初期。」

梅笑了。

「等著你結婚的時候吧。」王太太說。

萬達打開門，又關上了。她從兩天以前的那次談話以後就在回避王太太。王太太去上課的時候，萬達站在門口說：「為什麼去學校？他們沒有答案。為什麼我丈夫一頓美餐後自溺而死？沒有任何答案。這就是我為什麼反對女性解放，我不是針對她個人。」

萬達一直在喝酒。她一隻手拿著酒瓶，另一隻手拿著杯子。

「為什麼你把我和婦女解放運動聯繫在一起，馬歇爾太太？」王太太之前問過她。

「你離開了一個相當好的丈夫和兒子，不是嗎？」

「我丈夫整夜不回家，我兒子從不在乎我是否在家。」

「他不在乎？男人們是怎麼了？他們都變得很奇怪，從政客到快遞員都是如此。今天我都不好意思讓快遞員到家裡來。哪兒出了問題？」

萬達的談話通常以她問一個問題結束，然後就走開。這一點總是讓梅的爸爸心煩。幾乎每一件有關萬達的事都讓他心煩。梅希望自己能多喜歡萬達一點，可是她也跟她爸爸看法一致。萬達很好，但讓人提不起勁。

現在萬達走出來，坐在門廊上。她拿起《國家追問》。「又一個醫生，又一種治療。」萬達說著，嘆了一口氣。

梅沒在聽萬達說話，她正看著一輛白色頂篷的黑色凱迪拉克開過來。那輛黑色凱迪拉克看上去像極了她爸爸的朋友賈斯和蜜糖的那輛。車子前座上有一個女人。汽車緩緩開近，卻又加速了。梅身體前傾，坐在搖椅上看。那個女人看起來不像蜜糖。梅又坐了回去。

「月亮上的男人，癌症是不治之症。」萬達說，「月亮上的男人，他們在牛肉末裡放了什麼東西，結果肉無法煮熟。你今晚看到我把肉放到鍋裡了。就是煮不熟，是吧？」

她們無聲地搖晃著。幾分鐘後，那輛車又開過來。車窗搖下來了，音樂放得很響。車在萬達家門前停下，梅的爸爸走了出來。是她爸爸，穿著短褲，一架照相機在他胸前晃。

「這他媽的是怎麼回事？」萬達大喊，同時梅朝她爸爸跑去。

「你他媽的來這幹嘛？」萬達又大喊。

梅的爸爸微笑著。他一隻手拿著啤酒罐，不過還是把梅擁在懷裡，儘管他不能把她抱起來。梅越過他的手臂，看到車裡的女人是蜜糖。

「你不能帶她走！」萬達說，「你沒有權利把我置於這種境地。」

「啊，萬達，你知道這個世界總是拋棄你。」雷說，「你知道我有權利把你置於這種境地。」

「你喝醉了。」萬達說，「怎麼回事？車裡那人是誰？」

「萬達，這糟透了。」雷說，「我來這，我喝了酒，現在我要把梅帶走。」

「爸爸——你是在科羅拉多嗎？」梅說，「那裡是你待的地方嗎？」

「科羅拉多？我沒錢往西邊去，甜心。我去賈斯和蜜糖在海邊的家，不過賈斯離開了，蜜糖和我一起來接你。」

「她不會跟你走。」萬達說。萬達看起來很凶。

「哦，萬達，你打算大吵一架嗎？我是不是得搶走她，然後跑掉？」他拉上梅就走，萬達還沒來得及行動，他們已經在車裡。音樂更響了，車門開著，梅在車裡，把蜜糖擠到裡面。

「過去一點，蜜糖。」雷說，「鎖門！鎖門！」

蜜糖在方向盤後挪動身體。車門砰的一聲鎖上了，窗戶也關了，等萬達到車前時，梅的爸爸鎖上車門，朝她做了鬼臉。
「可憐的萬達！」他隔著玻璃叫，「太糟糕了吧？萬達！」
「讓她出來！把她還給我！」萬達大喊。
「萬達，」他說，「我給你這個。」他撅起嘴唇，送上一個飛吻，蜜糖大笑。車子開走了。
「寶貝，」雷把電台聲音調小，對梅說，「我不知道我為什麼沒有早點想到這個。實在抱歉。今天晚上我跟蜜糖說話的時候，我意識到，上帝啊，我可以把她帶走的，而萬達沒有任何辦法。」
「可是媽媽怎麼辦？」梅說，「我收到一封信，她要從科羅拉多回來了。她去了丹佛。」
「不是真的吧？」
「是的。她去找你了。」
「可是我在這，」雷說，「我就在這裡，跟我的蜜糖和梅在一起。寶貝，我們自己做了花生醬，我們要吃花生醬和蘋果醬，如果你願意，還可以喝啤酒；我們去衝浪。我們有靴子，你可以穿我那雙，晚上我們還可以在海浪裡穿行。」
梅看看蜜糖。蜜糖的臉上綻出一個大大的微笑。她的頭髮是白色的，是染白的。她在笑。

雷給梅一個擁抱：「我想知道發生過的每一件事。」他說。

「我只是，我只是一直在萬達家待著。」

「我猜到你在那裡。一開始，我猜想你和你媽媽在一起，但是我記得上次的事，然後我突然想到你肯定在那。我跟蜜糖說了，是吧，蜜糖？」

蜜糖點點頭。她的頭髮被吹過臉龐，幾乎遮住視線。他們前方的交通燈由黃變紅。汽車再次加速的時候，梅往後仰，倒在她爸爸身上。

蜜糖說她希望人們用她的真名。她的名字是瑪莎·瓊安娜·利，不過叫她瑪莎就可以。雷總是三個名字一起叫，或者就叫她蜜糖。他喜歡逗她。

蜜糖的家有點恐怖。第一件事，海鳥有時看不出外牆是一片玻璃，會筆直地撞上來。蜜糖的兩隻貓在房子裡悄無聲息地走，到了晚上牠們跳到梅的床上，或者打架。梅在這裡待了三天。她每天跟雷和蜜糖游泳，晚上玩拼字塗鴨[4]，或是在海灘上散步，或是開車出去。蜜糖吃素，她做的每種食物都叫「三ＸＸ」。今晚他們吃了三豆糕，前一晚他們吃蘑菇，蘑菇裡放了三種青菜餡。通常十點吃晚飯，梅在萬達家的時候，這時已經上床了。

今晚，雷在彈賈斯的齊特琴[5]，聽起來像恐怖電影裡放的音樂。雷為蜜糖拍了很多照片，房間裡到處都是照片，有在做飯的蜜糖，沖完澡的蜜糖，在睡覺的蜜糖，朝相機揮手的蜜糖，因為照相太多而生氣的蜜糖。「要是賈斯回來，小——心。」雷彈著齊特琴說。

「要是他真的回來了呢？」蜜糖說。

「聽這個，」雷說，「我寫了一首歌，是關於我真正的感受的。約翰・藍儂也不可能更真誠了。聽，蜜糖。」

「叫瑪莎。」蜜糖說。

「酷爾斯啤酒[6]，」雷唱道，「這裡沒有。你要去西部才能喝到最好的——酷……爾……斯……啤……酒。」

梅和蜜糖大笑。梅拿著一個毛線球，蜜糖把線纏成小球。要生小貓的那隻貓正舔著牠的爪子，頭靠在蜜糖坐著的枕頭上。蜜糖有一盒舊衣服放在櫥櫃裡，她每天給貓看那個盒子。為了讓貓看到，她要抓住貓的頭，讓牠正對著盒子。貓以前總是在浴室的地毯

4 拼字塗鴨（Scrabble）是美國經典家庭桌上遊戲，一九四九年由 Alfred Mosher 所設計。
5 齊特琴（zither），歐洲的一種扁形絃樂器，有弦線三十至四十條，用套在右手拇指上的撥子撥奏。
6 酷爾斯啤酒（Coors beer），美國知名啤酒品牌。有一百三十五年的釀造歷史，擁有洛磯山脈的天然泉水水源，口感清爽。

上生小貓。

「今晚約翰尼的嘉賓是……」雷又在模仿艾德・麥馬洪[7]了。他一整天都在模仿宣布強尼・卡森出場，或者談論強尼的嘉賓。「艾德・麥馬洪，」他搖著頭說，「在加州伯班克，艾德可能有一個裝滿酷爾斯啤酒的冰箱，而我只能用舒立滋[8]對付。」雷的手指劃過琴弦。「該死的艾德。你這該死的傢伙。」雷關上頭頂上方的窗戶。「是不是有一匹會說人話的馬叫艾德？」他在地板上伸展四肢，交叉雙腿，把手臂枕在腦後。「你想幹點什麼？」他說。

「我挺好，」蜜糖說，「你無聊了？」

「是呀。我想讓賈斯露面，然後製造點小動作。」

「他也許會呢。」蜜糖說。

「老賈斯永遠也搞不定自己。他去喬治亞州梅肯那麼遠的地方看他老媽，他會跟他可憐的老媽媽坐在搖椅上聊天，很多很多天以後才能回來呢。」

「雷，你說的一點道理也沒有。」

「我是艾德・麥馬洪。」雷說著坐了起來，「我站在那裡，手裡拿著一個麥克風，環顧周圍所有的人，突然他們好像都倒在我身上。救命啊！」雷跳起來揮動手臂。「我對自己說：『艾德，你在這幹什麼呢，艾德？』」

「我們出去走走吧。」蜜糖說，「你想走走嗎？」

「我想看那個該死的強尼・卡森節目。你怎麼搞的，沒有電視？」

蜜糖拍拍最後一個毛線球，把它扔進放織物的籃子。她看了看梅：「我們晚飯沒太多東西吃。來點吐司抹花生醬怎麼樣，或者抹酪梨醬？」

「好。」梅說。蜜糖對她非常好。如果蜜糖是她媽媽就好了。

「也給我來點。」雷說。他在一堆唱片裡翻撿，挑了一張，小心地取出來，拇指在中心，另一手指在邊緣。他把唱片放進唱機，緩緩地將指針放低，對準洛・史都華[9]，他嘶啞地唱著〈曼陀鈴風〉。「他唱『不，不』的那勁道。」雷說著搖搖頭。

廚房裡，梅從烤麵包機裡拿出一片吐司，然後又拿出另一片，放在她爸爸的盤子上。蜜糖替他倆各倒了一杯紅莓汁。

「你就是愛我，對吧，蜜糖？」雷說，咬一口吐司。「因為跟賈斯一起生活就像跟木乃伊一起——對吧？」

7 艾德・麥馬洪（Ed McMahon，1923—2009），美國喜劇演員，節目主持人。

8 舒立滋（Schlitz），歷史悠久的啤酒品牌，釀造廠建於威斯康辛州，曾是全球最大的啤酒生產商。

9 洛・史都華（Rod Stewart，1945—），英國著名歌手，詞曲作者。活躍於二十世紀六七〇年代，其獨特的沙啞嗓音是那個年代標誌性的特徵之一。

蜜糖聳聳肩。她正在抽一根小雪茄，喝紅莓汁。

「我是你的馬文花園[10]。」雷說，「我是你該死的停車位。」

蜜糖吐出一口氣，直盯著她對面牆上某處。

「哦，隱喻。」雷說。他手做出杯子樣，好像能抓住東西般。「所有事情都跟另外那些一樣。雷就像賈斯一樣，蜜糖厭倦了雷。」

「你到底在說什麼，雷？」蜜糖說。

「你的這隻貓和另一隻一樣。」雷說，「所有東西皆為一體。唵[11]。」

蜜糖喝光了果汁。蜜糖和梅都在微笑。梅微笑是為了加入他們，可是她並不明白他們說什麼。

雷開始模仿詹姆士・泰勒[12]：「所——有——的——人，你們是否聽到，她要買隻知更鳥給我……」他唱著。

雷以前唱歌給梅的媽媽聽，他稱之為唱小夜曲。他會坐在桌旁，等著吃早飯，唱著歌，用刀敲著桌子打拍子。梅長大以後，每次她有朋友來家裡，雷唱起小夜曲，她都有點難為情。她的爸爸精力十分充沛。以前在家裡他曾趴在地板上跟朋友比腕力。他告訴梅自己以前曾加入海軍。後來，媽媽告訴她事實並非如此——他連陸軍也不是，因為他對太多東西過敏。

「我們去散步吧。」雷說，用力捶著桌子，連盤子都晃動了。

「穿上外套，梅。」蜜糖說，「我們要出去散步了。」

蜜糖穿上一件古銅色的披風，正面有獨角獸，背面是星星。梅的衣服在萬達家，所以她穿了蜜糖的雨衣，腰間繫一條紅色摩洛哥皮帶。「我們看上去好像在試鏡給費里尼看。」

雷打開拉門。小小的露台上撒滿沙子。他們下了兩級台階，往海邊走去。天上一輪上弦月，海水深黑。在房子和水之間有一大片沙灘。雷蹦跳著在海灘上走遠了，成為黑暗中模糊的一團。

「你爸爸情緒不好，因為又有一家出版商拒絕出版他的攝影集。」蜜糖說。

「哦。」梅說。

「你的雨衣滑下來了。」蜜糖說著拽拽她一邊肩膀。「你看著像《聖經》裡的某個人物。」

---

10 馬文花園（Marvin Gardens），美國房地產商。

11 印度教和佛教中的一個音節，被認為是最神聖的禱詞。大多數梵語誦詞和禱文以「唵」開始和結尾。

12 詹姆士·泰勒（James Taylor，1948—），美國著名歌手，詞曲作者，吉他演奏家。他五次榮獲葛萊美獎，二〇〇〇年入選搖滾名人堂。

風很大，捲起沙子吹在梅的腿上，她停下腳步拍打。

「雷？」蜜糖叫，「嗨，雷！」

「他在哪？」梅問。

「如果他不願意跟我們一起走，我不知道為什麼他叫我們出來。」蜜糖說。

她們走到水邊了。一道光照在梅臉上。

「雷！」蜜糖朝著海灘大叫。

「嗷！」雷在她們身後尖叫一聲。蜜糖和梅跳了起來，梅尖叫。

「我藏起來了。你們沒看到我？」雷說。

「很好笑。」蜜糖說。

雷把梅舉到他的肩膀，她不喜歡在高處。他嚇到她了。

「你的腿和旗杆一樣長。」雷對梅說，「你現在幾歲？」

「十二。」

「十二歲了。我跟你媽媽已經結婚十一年了。」

一片岩石出現在他們眼前，這是私人海灘的盡頭，公共海灘從此開始。白天他們常常走到這裡，坐在石頭上。雷拍照片，蜜糖和梅跳過漲上來的海水，或者只是望著水面。他們總是很快樂。現在，坐在雷的肩膀，梅想知道他們還會在海邊別墅待多久，她媽媽可能已經回來了。如果萬達跟她媽媽說了凱迪拉克的事，她媽媽會知道那是蜜糖的車，會不會？媽媽以前說過蜜糖和賈斯的壞話。「學院裡的人。」媽媽如此稱呼他們。蜜糖在一所高中教藝術；賈斯是鋼琴老師。在海邊別墅，蜜糖教梅在賈斯的鋼琴上彈音階。那是一架黑色大鋼琴，幾乎占滿整個房間，鋼琴上放了一張杜賓犬的照片，照片上有一條藍色絲帶，黏在相框邊上。賈斯以前養狗。後來他一個月內被三隻狗咬了，便放棄養狗。

「咱們賽跑啊。」雷說著把梅放下。但是她太累了，不想賽跑。雷跑走了，她和蜜糖只是繼續走，回去的路上她們沉默地走著。

「蜜糖，」梅說，「你知道我們還要在這待多久嗎？」

蜜糖放慢腳步。「我也不知道，真的。你擔心你媽媽可能回來了嗎？」

「她應該回來了。」

蜜糖的頭髮在月光下像雪一樣白。「到家就去睡吧，我會跟他說。」蜜糖說。

她們到家的時候，燈開著，所以更容易看到她們走路的地方。蜜糖推開拉門，梅看到在客廳裡，她爸爸站在賈斯面前。蜜糖說：「賈斯，你好啊。」賈斯沒有轉頭。

每個人都看著他。「我累死了，」賈斯說，「有啤酒嗎？」

「我拿給你。」蜜糖說。幾乎像電影裡的慢動作，她走向冰箱。

賈斯一直在看雷替蜜糖拍的照片，突然他從牆上扯下一張。

「在我的牆上？」賈斯說，「這是誰幹的？誰掛上去的？」

「是雷。」蜜糖說，她把一罐啤酒遞給他。

「雷。」他搖搖頭。他輕輕晃動罐中的啤酒，但沒有喝。

「梅，」蜜糖說，「你不如上樓準備睡覺吧？」

「上樓去。」賈斯說。賈斯的臉紅紅的，他看起來疲憊又激動。梅跑上樓，坐在那裡聽著。沒人說話。後來她聽到賈斯說：「你打算過夜嗎，雷？把這變成一個小小的社交活動？」

「我想待一會兒——」雷開口說。

賈斯說了些什麼，但是他的聲音非常低沉憤怒，梅聽不清楚。

又是沉默。

「賈斯——」雷又開口。

「幹什麼？」賈斯吼道，「你要跟我說什麼，雷？你跟我他媽的沒什麼可說的。你現在能離開這嗎？」

腳步聲。梅往下面看，看到她爸爸走過樓梯，他沒有往上看。他沒有看見她。他走出房門，離開她了。過了一分鐘她聽到摩托車發動的聲音，輪胎駛過沙礫路時發出的噪音。梅跑下樓，跑到蜜糖身邊，她正在撿賈斯從牆上撕下來的照片。

「我送你回家，梅。」蜜糖說。

「我也跟你一起去。」賈斯說，「要是我讓你走，你就會去追雷。」

「太可笑了。」蜜糖說。

「我跟你一起去。」賈斯說。

「那就走吧。」蜜糖說。梅第一個出了門。

賈斯光著腳。他瞪著蜜糖，走路的樣子好像喝醉了。他還拿著那罐啤酒。

蜜糖坐進凱迪拉克的駕駛座。鑰匙插在鑰匙孔上，她發動汽車，然後把頭靠在方向盤上，哭了起來。

「你開車吧，可以嗎？」賈斯說，「要不就坐過去。」賈斯下了車，走到車的另一邊。

「你染了頭髮之後我就知道你瘋了。」賈斯說，「挪過去一點好嗎？」

蜜糖坐到旁邊。梅在後座的角落裡坐著。

「看在上帝的分上，別哭了。」賈斯說，「我對你做什麼了？」

賈斯先是慢慢地開，然後開得飛快。收音機開著，但聲音含糊不清。有半個小時他們沉默無語，除了收音機的聲音和蜜糖擤鼻子的聲音。
「你爸爸沒事。」蜜糖終於開口，「他只是沮喪，你知道吧。」
在後座上，梅點點頭，但是蜜糖沒有看到。
車子終於慢了下來，梅坐直了，看到他們在她住的街區。車道上沒有雷的摩托車。
房子裡所有的燈都亮著。
「空房子。」蜜糖說，「也有可能她睡覺了。你要敲門嗎，梅？」
「你說空房子是什麼意思？」賈斯說。
「她人在科羅拉多，」蜜糖說，「我以為她可能回來了。」
梅哭了起來。她試圖下車，可是她不知道怎麼轉動門把。
「算了。」賈斯對她說，「算了吧。我們可以回去了，我不相信這回事。」
梅的腿上還有沙子，很癢。她揉著雙腿，哭起來。
「你可以帶她回萬達家。」蜜糖說，「那樣行嗎，梅？」
「萬達？那是誰？」
「她媽媽的朋友，離這不遠，我告訴你怎走。」
「我跟你說話幹嘛？」賈斯說。
收音機嗡嗡響。十分鐘後他們到了萬達家。

「我看這裡也沒人。」賈斯看著漆黑的房子。他向後仰，為梅打開車門。她跑到門口，敲門，沒有人應。她用力敲，門廳裡有了亮光。

「是誰？」萬達喊道。

「梅。」梅說。

「梅！」萬達大喊。她摸索著門，門開了。梅聽到輪胎的聲音，賈斯把車開走了。她穿著蜜糖的雨衣站在那裡，那條紅色腰帶在前面垂下來。

「他們把你怎麼了？他們幹了什麼？」萬達說。她的眼睛因為睡眠而浮腫，她的頭髮用髮捲夾整齊地別成幾排。

「你都沒有去找我。」梅說。

「我每小時打電話到你媽媽家。我打電話給警察局，他們什麼也不願意做——因為他是你爸。我真的在努力找你。看，你媽媽來信了。告訴我你好不好，你爸簡直瘋了。有了這一回，他以後再也別想帶你走，這我知道。你沒事吧，梅？跟我說說。」萬達打開門廳的燈。「你沒事吧？你看到他怎麼把你帶上車的。我能做什麼呢？警員跟我說，沒有什麼是我能做的。你要看你媽媽的信嗎？你這穿的是什麼？」

梅從萬達手裡接過信，轉過身去。她打開信封讀起信來：「親愛的梅，這是我開車回家前的最後一封信。我在這找了幾個你爸爸的朋友，他們讓我多待幾天，放鬆一下，所以我還在這。開始我想他可能在衣櫃裡——準備跳出來，跟我開個玩笑。告訴萬達我輕了五磅，我猜是流汗流掉的。寶貝，我一直在想，回家以後咱們養一條狗，我想你應該有一條狗。有些幾乎從來不掉毛，也可能有些根本不掉。養一條體型中等的狗就挺好——也許是一條小獵犬，或者差不多的一種。我多年以前打算買條狗給你，不過現在我想還是應該這樣做。等我回來，咱們第一件事就是去買條狗。愛你的，媽媽。」

這是梅從媽媽那裡收到的最長的一封信。她站在萬達家的門廳裡，十分驚訝。

（一九七五年十月六日）

科羅拉多

潘妮洛普在羅伯特的公寓裡。她坐在地板上，報紙在兩腿間攤開。她的靴子放在前方地板上，羅伯特剛修好了其中一隻的拉鍊。這是他第三次修靴子了，這一回他建議她買雙新的。「為什麼？」她說，「你每次都修得很好。」他們很多時侯討論事情都差一點吵起來，不過總是及時打住。潘妮洛普拒絕爭吵，她認為太耗費精力。甚至和她同居的羅伯特的朋友強尼搬出去住，還拿了她二十美元的時候，她也不願吵架。她依然為此恨強尼。有時羅伯特擔心雖然他和潘妮洛普不吵架，她可能也會討厭他。因此他不強求，誰在乎她買不買一雙新靴子？

潘妮洛普幾乎每天晚上都來羅伯特的公寓。他一年多前認識她的，自那時起他們就幾乎密不可分。有一陣子，他、潘妮洛普、強尼，還有另一個朋友西瑞爾，在距離紐黑文不遠的鄉下合住一套房子，那時他們都還是研究生。現在強尼走了，其他人住在紐黑文各自的公寓裡，也不上學了。潘妮洛普跟一個叫丹的男人同居，羅伯特不明白為什麼，因為丹和潘妮洛普溝通不良，她甚至無法叫丹幫忙修靴子。於是她每晚一瘸一拐地到他這來。他也不明白以前她為什麼和強尼同居，因為強尼一直在跟另一個女孩約會，還拿了潘妮洛普的錢，試圖挑釁，雖然潘妮洛普不願吵架。羅伯特可以理解潘妮洛普當初為什麼搬到丹那裡，她的錢不夠付她分攤的那份房租，而丹在紐黑文有一處公寓。可是她為什麼一直住下去？有一次他喝醉了，問她這回事，她嘆口氣，說不想跟他吵，因為他在喝酒。他沒打算吵架，他只是想知道她的想法。但是她不願談論自己，說他喝醉了只是一個方便的藉口。他能得到的最接近一種解釋的說法，是有次她告訴他：重要的是別把精力浪費在毫無目的的嘗試上。她年輕的時候曾離家出走，等到她回去的時候，事情只是變得更糟。她考試不及格，從巴德輟學，又從安提阿和康乃狄克大學退學，現在她知道所有大學都一個樣——試來試去毫無意義。她把自己的福特換成一輛豐田，而豐田不比福特好到哪。

　　她翻弄著報紙，側臥地板上。棕色的長髮遮住她的臉，他看不到。他沒有必要看她；他知道她漂亮。她人在那兒就已經很好了。儘管他不明白她腦子裡的想法，卻知道她很多實際的資訊：她在愛荷華州長大。她身高將近五呎九吋，體重一百二十五磅。她年紀更小，體重更輕的時候，曾在芝加哥當過模特兒。現在她在紐黑文的一家時裝店當店員。她不想再當模特兒了，因為那不比當售貨員容易多少；當模特兒更累，雖然的確有更多報酬。

「再次謝謝你幫我修靴子。」她邊說邊捲起褲腿，穿上一隻靴子。

「你幹嘛要走？」羅伯特說，「丹的學生還沒有走呢。」

丹是畫家，他離開了南部的教職。他搬到紐黑文，每週三次家教。

「瑪麗艾爾要來接我。」潘妮洛普說，「她想讓我幫她粉刷浴室。」

「為什麼她不能自己粉刷浴室？她一個小時就能全部做完。」

「我也不想幫她。」潘妮洛普嘆著氣，「我只是幫朋友一個忙。」

「你為什麼不幫我一個忙，留下來？」

「算了。」她說，「別這樣。你是我最好的朋友。」

「那好吧。」他說，他知道她不管怎樣也不會為此爭執。他走到廚房的飯桌，拿了她的外套。「要不你等她到了這裡再走？」

「她跟我約在藥局。」

「你對你的某些朋友可真好。」他說。

她置之不理。也不是完全置之不理，她走前吻了他。儘管她沒說第二天是否見面，他知道她會回來的。

潘妮洛普走後，羅伯特走進廚房燒水。他搬進這間公寓以後就習慣上床以前喝一杯茶。從窗子望下去是街燈明亮的小巷。那裡有些好玩的東西：聖誕樹，大塊的機器殘件，有一次還有一件消防服，整齊地鋪在地上——一個消防頭盔，還有衣服。他是個藝術家——或者說，他輟學以前曾經是個藝術家；現在他有時發現自己還在腦海中布置物體和風景，尋找構圖。他坐在餐桌旁，喝著茶。他常常想著買一把餐椅，但是又告訴自己，很快就會搬走，搬家具可不是他想幹的。小的時候，父母到處搬家。家具越來越破舊，他母親有一天爆發了，哭著說家具又醜又不值錢，威脅要用斧頭把它們砍成碎片。羅伯特自從離開鄉下，還沒有給自己買過一個床架，或是窗簾、地毯。公寓裡有蟑螂，他想到蟑螂躲藏處，例如窗簾後面，地毯下面，就覺得噁心。他倒不介意很多蟑螂在外面爬。

耶魯大學的名冊還擱在餐桌上，他剛到紐黑文的時候就拿了一份，現在已經有幾個月了。他考慮修一門建築學，但還沒有選課。他不太確定要做什麼。他在一家鑲框店裡找了份兼職，掙點錢好付房租。事實是，除了能離潘妮洛普更近一點，他沒有理由來紐黑文。羅伯特、強尼、西瑞爾和潘妮洛普合住的時候，他跟自己說潘妮洛普會離開強尼，做他的女朋友，但那從未發生。他為此做了很多努力：他們總是比別人睡得更晚，他們聊天——他這一輩子從來沒跟哪個人說那麼多話。有時他們睡前一起做點吃的，或者在雪中散步。她嘗試教他吹豎笛，吹氣那麼輕，怕吵醒別人。有一個夏天他們偷了玉米，強尼第二天早上問她這事。他說：「要是鄰居發現是這個房子裡的人偷了玉米怎麼辦？」

羅伯特為潘妮洛普開脫，說是自己提議的。「好極了。」強尼說，「鮑勃西雙胞胎[1]。」羅伯特很痛心，因為強尼說的沒錯——他們之間就像鮑勃西雙胞胎一樣，什麼也沒有。

這星期早些時候，羅伯特曾確信潘妮洛普要跟丹分手了。他去他們家參加一個聚會，那裡有些奇怪的客人，幾乎都是丹的朋友——一些耶魯的學生；一個藥劑師有一包裝滿紅膠囊[2]的萬寶路香菸，四處發放；一個帶著六歲兒子來的鄰家女人。藥劑師逗小男孩，給他看裝滿膠囊的菸盒，說：「看，一根這樣的菸讓人怎麼點呢？哪一頭是濾嘴？」小男孩的母親不願保護他，於是潘妮洛普把他引開，去了臥室，讓他倒空丹的小豬存錢罐，點數硬幣。瑪麗艾爾也在，她的頭髮編成整齊的玉米壟[3]辮子，戴一副眼鏡，鏡片深藍色。西瑞爾抵達的時間晚，已經抽了不少。「遲到總比不到好。」他這話跟羅伯特講了一遍，跟潘妮洛普講了很多遍。然後羅伯特跟西瑞爾擠在一個角落裡，說聚會多麼無聊，這時候藥劑師正把膠囊放在舌頭上，很性感地讓膠囊滑過上顎。午夜時分，丹生氣了，想把他們都趕出去——先是羅伯特和西瑞爾，因為他們坐得離他最近。這讓潘妮洛普很惱火，

1　鮑勃西雙胞胎（Bobbsey Twins），兒童故事系列的主角。
2　紅膠囊（reds），內含速可眠等麻醉藥劑。
3　玉米壟（corn rows），加勒比海地區黑人常梳的髮式，將頭髮編成一排排細辮，在頭皮上形成幾何圖案。

因為這場聚會她只有三個朋友，那些喧鬧的、喝醉的、嗑藥的，都是丹的朋友。她沒有吵架，哭了起來。羅伯特和西瑞爾終於還是走了，他們去西瑞爾家喝杯啤酒。羅伯特後來又回到丹的公寓，鼓足勇氣準備進去，堅持讓潘妮洛普跟他走。他走上兩大段樓梯，到了門口。裡面很安靜，他沒有勇氣敲門。他走到樓下，出了大門，非常討厭自己。他在寒冷的夜裡走回家，意識到自己有點喝醉了，因為新鮮空氣真的讓他的腦子清爽很多。

羅伯特翻著耶魯大學名冊，心想也許回去上學是條出路。也許他父母寫的那些歐斯底里的信都是對的，他的生活是需要某種秩序。也許他在班上會認識別的女孩。他並不想認識別的女孩。搬到紐黑文後，他曾跟兩個女孩約會，她們讓他厭倦，他在她們身上花的錢不值得。

電話鈴響了，他很高興，因為他的情緒非常低落。

是潘妮洛普，聲音聽起來很遙遠，很沮喪。她離開瑪麗艾爾家，因為瑪麗艾爾的男朋友在那裡。他一再要大家嗑藥，聽《鱒魚面具複製品》[4]，而不是粉刷浴室，所以她離開了。她打算走回家，然後又意識到自己不想回去，就考慮打電話給他，問能不能去他家待一下。最奇怪的事情發生了。她剛關上電話亭的門，一個小男孩出現了，他敲打著玻璃，左右搖晃著大麻菸捲，扇出半個圓形。「十塊。」男孩對她說，「廉價商品。」羅伯特想像這情景的時候，沉默了很久。沉默被潘妮洛普的哭聲打斷。

「怎麼回事，潘妮洛普？」他說，「你當然可以來這裡。離開電話亭，過來找我。」

她告訴他自己買了大麻，勁道十足。抽大麻完全是個錯誤，可是她在電話亭裡失魂落魄，不知道該不該打電話，所以抽了一支，也抽得飛快，怕有員警開車經過。她抽得太快了些。

「你在哪？」他說。

「公園街附近。」她說。

「什麼意思？電話亭在公園街嗎？」

「在附近。」她說。

「那好，我告訴你該怎麼做。你走到麥克亨利的店，我到那去接你，好嗎？」

「你住得也不近。」她說。

「我可以走快點，我可以叫輛計程車。你別著急，慢慢走過去。要是有凳子就坐會兒，好嗎？」

「在丹家的聚會上，西瑞爾告訴我的事情是真的嗎？」她說，「說你在暗戀我？」

---

4 《鱒魚面具複製品》（*Trout Mask Replica*）是美國十九世紀六七〇年代著名的搖滾音樂人牛心上尉（Captain Beefheart，1941 — 2010）與他的魔術樂團（Magic Band）合作的一張專輯。

他皺起眉頭，側過臉看了一下電話，像是電話出賣了他。他看到自己的手指因為話筒抓得太緊而發白。

「我要跟你說，」她說，「我長大的那地方，警車閃紅燈。這裡的綠燈一下子便看穿你。我想這就是我為什麼討厭這個城市——該死的綠燈。」

「有警車嗎？」他說。

「你剛才說話的時候我看到一輛。」她說。

「潘妮洛普。你知道要走到麥克亨利那嗎？你行嗎？」

「我有點錢。」她說，「我們可以去紐約，吃一頓牛排晚餐。」

「天哪。」他說，「待在電話亭裡別動。電話亭在哪？」

「我告訴你我要去麥克亨利。我會的。我會在那裡等。」

「好，可以。我現在掛電話了。記得找個凳子坐，要是沒有，就站在吧檯旁。點點喝的。等你喝完我就到了。」

「羅伯特。」她說。

「嗯？」

「你記得在秋千上推我嗎？」

他記得。那時他們都還住在鄉下。那天她也抽多了。大家都抽得跟傻瓜似的。西瑞爾穿著潘妮洛普的白色長浴袍跑來跑去，手裡拿了一把鬱金香。他又擔心花會枯萎，就去廚房拿了一個花瓶，把花放進去，接著跑走。強尼吃了幾片安眠藥，躺在地上，說自己正躺在吊床上，咯咯地笑。羅伯特想，只有他和潘妮洛普還清醒。她的笑聲聽起來非常動人，儘管後來他意識到那是狂放不羈的笑聲。那天是第一個真正溫暖的春日，第一個他們確信冬天已經過去的日子，大家都彼此歡喜。他清楚地記得在秋千架上推她。

「等等。」他說，「我就要過來了。等我到了我們再說這些好嗎？你能走到酒吧嗎？」

「我其實沒那麼暈。」她說，她的聲音突然變了，「我想我是生病了。」

「你說什麼？你覺得怎麼樣？」

「我覺得輕飄飄的，像是要生病了。」

「對了，」他說，「西瑞爾就住公園街附近。你把那個電話亭的號碼給我，我打電話給西瑞爾，讓他去找你怎麼樣？我會再打給你，跟你說話，直到他來。你還好嗎？電話是多少？」

「我不想告訴你。」

「為什麼？」

「我現在無法再說下去。」她說，「我需要新鮮空氣。」她掛了電話。

他也需要新鮮空氣。他驚慌失措，就像那天她在秋千上說「我要跳了！」的時候。他知道秋千盪得太快，也太高——秋千都飛過一座小丘，山勢陡峭，山下是小溪邊一片泥濘的河灘。他意識裡覺得不能再推了，但只是站著，等待著，在秋千揚起的微風中發抖。

他飛快地出門。公園街——離這不遠的某個地方。好，他會找到她，但他知道他不會。有一輛計程車，他上了計程車。他搖下車窗呼吸新鮮空氣，希望司機以為他是喝醉了。

「你說要去哪？」司機問。

「實際上我要找一個人。要是你能開慢點……」

計程車沿街中速行駛，在紅綠燈停下。一家人在車前穿過馬路：一對年輕的黑人夫婦，父親的肩頭坐著一個小孩。小孩戴著一副豬小弟[5]的面具。

紅燈變綠，車子向前開。「該死！」司機說，「我就知道。」

從引擎蓋下冒出煙霧。有根水管破了。計程車開上旁邊一個車道，停下來。羅伯特把兩個一美元的紙幣塞進司機手裡，跳下車。

「破垃圾！」他聽到司機的吼聲，還有踢金屬的聲音。羅伯特回頭看，看到司機正在踢水箱罩。一大團蒸汽冒出來，司機又踢了車一腳。

他步行。他感到自己好像在用慢動作走著，開始喘氣。他走過幾個電話亭，都沒人。他為自己沒幫計程車司機而覺得內疚。他一路走到麥克亨利酒吧，心想從建築的角度來看，紐黑文真是一個美麗的城市，但馬上又意識到自己的想法不合情理。

潘妮洛普不在麥克亨利酒吧。「我酷嗎？」羅伯特擠進酒吧的人群時一個黑人對他說。「我要直接問問你，看著我，告訴我：我不酷嗎？」黑人笑了，帶著真正的喜悅，他看上去不像喝醉了。羅伯特對他笑了笑，往酒吧裡走。也許她在洗手間裡。他站住，四處環顧，希望她會從洗手間裡走出來。時間過去了。「要是我醉了，」那個黑人在羅伯特往前門走的時候說，「我可能會跟你閒聊一會兒，就好比我是暹羅王。我不是說那些，我要直接問問你：難道我不酷嗎？」

「你當然酷了。」他說著擠到一邊。

他往外走，走到一個電話亭，撥了丹的號碼。「丹，」他說，「我不想讓你緊張，可是潘妮洛普今晚有點嗨，我出來找她，又找不到了。」

「是嗎？」丹說，「她告訴我她要在瑪麗艾爾家過夜。」

5 豬小弟（Porky Pig）是美國華納兄弟公司擁有的著名卡通人物品牌。

「我想她本來計畫這樣。說來話長，可是她離開了，情況很糟。丹，我很擔心她，所以——」

「聽我說，」丹說，「我十五分鐘後回電可以嗎？」

「你什麼意思？我在公共電話亭。」

「哦，難道那沒有號碼嗎？我很快回電。」

「她情況很糟，一個人在紐黑文街頭亂走，丹，你最好過來，然後——」

丹在跟什麼人說話，他的手蓋住了話筒。

「說實話，」丹說，「我現在不能講話了。十五分鐘以後可以，有個朋友正在我這。」

「你說什麼？」羅伯特說，「你剛才沒聽我說的話嗎？要是你那有女人，讓她去廁所待兩分鐘，天哪！」

「那樣行不通，」丹說，「你不能再像使喚貓狗那樣把她們拖來拖去。」

羅伯特摔電話，走回麥克亨利酒吧。她還是不在那裡。他又離開。外面角落裡，剛才酒吧裡那個黑人走上來，想賣點可卡因給他。他禮貌地拒絕了，說自己沒錢。那人點點頭，往街的另一頭走。羅伯特注視了他一分鐘，然後轉過頭。有那麼幾秒，他對他的姿態——他往街上走去的模樣——充滿興趣。他和潘妮洛普同居時，他有時也觀察她。他為她畫了無數張畫，在紙巾和報紙邊角上素描。但是繪畫——只要他嘗試畫點正式的東西，他總是不能完工。西瑞爾說這是因為他害怕擁有她。一開始他覺得西瑞爾的話可笑，但是現在，正疲憊地站在寒冷的街角時，他不得不承認他其實一直都有點怕她。今晚如果他找到她，將會做什麼呢？為什麼她的電話讓他如此煩亂──只因為她抽大麻嗎？他想著潘妮洛普，想著把頭靠在她的肩膀，或是某個溫暖的地方。他開始往回走。回去的路很長，他疲憊不堪。他停下腳步，看一個書店的櫥窗，然後走過一間乾洗店。最後一次他留意看的是一家咖啡館。在等紅燈的時候，他聽到汽車電台裡，鮑伯・狄倫正唱著。

她早上打電話來道歉。之前晚上她掛他電話的時候，她有一分鐘清醒過來──時間長到夠叫一輛計程車──但是上了車她感覺又不好了，而且沒錢付車資。長話短說，她後來跟瑪麗艾爾在一起。

「為什麼？」羅伯特問。

原本她打算告訴司機開到羅伯特家，但是她害怕他生氣。不──那不是真的，她知道他不會發火，只是無法面對他。她想跟他說話，但是狀態太差。

她答應跟他一起吃午飯。他們掛了電話。他進浴室刮鬍子。他父親寫來一封信，問他為什麼從研究生院輟學，信以透明膠帶黏在鏡子上，和其他有趣的玩意擱在一起。有一張褪色的剪報是強尼的，以前同居時掛在房裡的冰箱上，是關於一個叫作加州超人的傢伙，穿著超人衣服，凍死在自己的冰箱裡。羅伯特所有的朋友都在家裡貼著荒誕的故事。西瑞爾的故事是一家人餓死在高速公路邊上，死在自己的車裡，最後一頓飯吃的是西瓜。那張剪報別在西瑞爾的床頭。羅伯特意識到，這些糟糕的剪報故事代替了以前每個人都有的那些乏味的螢光海報，這讓他覺得蒼老而迷惘。還有，紐黑文街上開始有人向他走過來——員警，肯定的；他們不是員警才怪——在他面前晃動裝滿大麻的塑膠袋，從他們口袋裡拿出一把把好的壞的東西。還有，一天前他母親寄來一個盒子，裡面是個繡著一條灰白相間的蘇格蘭犬、背面還有半圈玫瑰花的門檔。這東西讓他心情糟透了。

他開始刮鬍子。貓走進浴室，在他光裸的腳踝上蹭。他腿移動，臉頰割傷。他在傷口上貼了一片衛生紙，坐在浴盆邊。他生貓的氣，也為自己情緒低落生氣。畢竟丹現在已經出局，潘妮洛普也找到了。他可以得到她，就像他從超市買到東西，就像他從圖書館拿到一本書。這似乎太容易了。有什麼地方不大對勁。

他穿上牛仔褲——他沒有乾淨的內衣，算了——穿上襯衫和夾克，往餐館走去。潘妮洛普在第一個包廂，還穿著外套。她面前的桌上有一瓶啤酒。她笑得很窘，看到她他也笑了。他在她身邊坐下，手臂環住她的肩，把她摟過來。

「你真心愛過的第一個女孩是誰？」她問。

這樣的問題由她去問吧。他隔著厚外套想摸到她的肩膀，但是摸不到。他試圖回憶除了她還愛過誰。「高中時一個女孩。」他說。

「我打賭那是個悲劇結尾。」她說。

女侍過來替他們點餐。她走開以後，潘妮洛普繼續：「通常不都是那樣嗎？人們的初戀成了墨西哥海灘上的浮屍？」

「她沒跟我一起上完高中。她父母硬要她退學，送她進入一家私立學校。就我所知，她的確到了墨西哥，屍體被沖到海灘上。」

她捂住耳朵，說：「你生我氣了。」

「沒有。」他說著摟她過來。「我昨晚是有點不太高興。你本來想跟我說什麼？」

「我想知道能不能跟你住。」

「當然可以。」他說。

「真的嗎？你不會介意？」

「不會。」他說。

她看到他臉上驚訝的表情，笑了，這時女侍把一個起司漢堡放在他面前，一個歐姆蛋放在潘妮洛普面前，潘妮洛普狼吞虎咽地吃了起來。他拿起起司漢堡咬了一口，味道很好。這是他一天多以來吃的第一份食物。他為自己感到難過，就又咬了一口。

「我只是吸了幾口那東西，就覺得自己滿腦袋雲遮霧障。」她說。

「別再想了。」他說，「你現在沒事了。」

「不過我還想說件事。」

他點點頭。

「我跟西瑞爾睡了。」她說。

「什麼？」他說，「你什麼時候跟西瑞爾睡的？」

「住在一起時。」她說，「還有在他那裡。」

「最近嗎？」他說。

「幾天前。」

「那你為什麼告訴我？」他問。

「西瑞爾跟丹說了。」她說。

這解釋了丹的行為。

「你希望我說什麼？」他說。

「我不知道。我想說這事。」

他又咬一口漢堡。他不想聽她說這些。

「我不知道自己怎麼會這樣混亂。」她說，「我甚至不知道為什麼要告訴你。」

廣 告 回 信
板橋郵局登記證
板橋廣字第83號
免 貼 郵 票

舒讀網「碼」上看

235-53

新北市中和區建一路249號8樓

印刻文學生活雜誌出版有限公司　收

讀者服務部

姓名：＿＿＿＿＿＿＿＿＿＿ 性別：□男　□女

郵遞區號：＿＿＿＿＿＿＿＿＿＿

地址：＿＿＿＿＿＿＿＿＿＿＿＿＿＿＿＿＿＿＿＿

電話：（日）＿＿＿＿＿＿＿＿＿＿（夜）＿＿＿＿＿＿＿＿＿＿

傳真：＿＿＿＿＿＿＿＿＿＿

e-mail：＿＿＿＿＿＿＿＿＿＿＿＿＿＿＿＿＿＿＿＿

INK

INK PUBLISHING

讀者服務卡

您買的書是：______________________________

生日：　　年　　月　　日

學歷：□國中　□高中　□大專　□研究所（含以上）

職業：□學生　□軍警公教　□服務業

□工　□商　□大衆傳播

□SOHO族　□學生　□其他 ______________

購書方式：□門市 _____ 書店　□網路書店　□親友贈送　□其他 _____

購書原因：□題材吸引　□價格實在　□力挺作者　□設計新穎

□就愛印刻　□其他 ______________（可複選）

購買日期：_______ 年 _______ 月 _______ 日

你從哪裡得知本書：□書店　□報紙　□雜誌　□網路　□親友介紹

□DM傳單　□廣播　□電視　□其他

你對本書的評價：（請填代號　1.非常滿意　2.滿意　3.普通　4.不滿意）

書名 _____ 內容 _____ 封面設計 _____ 版面設計 _____

讀完本書後您覺得：

1.□非常喜歡　2.□喜歡　3.□普通　4.□不喜歡　5.□非常不喜歡

您對於本書建議：

感謝您的惠顧，為了提供更好的服務，請填妥各欄資料，將讀者服務卡直接寄回或傳真本社，我們將隨時提供最新的出版、活動等相關訊息。

讀者服務專線：（02）2228-1626　讀者傳真專線：（02）2228-1598

「我也不會知道。」他說。

「你嫉妒嗎？」

「是的。」

「西瑞爾說你暗戀我。」她說。

「把我說得像個十歲男生。」他說。

「我考慮去科羅拉多。」她說。

「我不知道該怎麼打算。」他說著用手拍桌子。「我沒料到你會說跟西瑞爾亂搞，然後又說去科羅拉多。」他推開盤子，非常憤怒。

「我不該告訴你的。」

「不該告訴我什麼？我能怎麼辦？你指望我說什麼？」

「我以為你跟我的感受一樣。」她說，「我以為你覺得紐黑文讓人窒息。」

他看了她一眼。有時她說的話很有見地，但總是在他期望聽到別的話的時候。

「我在科羅拉多有幾個朋友。」她說，「比伊和馬修。有一次他們過來，住咱們的房子，你見過的。」

「你想讓我搬到科羅拉多，因為比伊和馬修在那？」

「他們有一棟大房子，但還貸款有點麻煩。」

「我又沒錢。」

「你父親不是寄了些錢讓你在耶魯選課嘛。你還可以在科羅拉多重新開始繪畫。你不是鑲畫框的，你是畫家。你不想辭了那個鑲畫框的爛差事，離開紐黑文嗎？」

「離開紐黑文？」他重複著，想感受一下那是什麼樣子。「我不知道。」他說，「好像不太現實。」

「很多事我都覺得不對勁。」她說。

「關於西瑞爾嗎？」

「是過去這五年。」她說。

他請求離席，去了洗手間。那裡有面鏡子上方塗寫了一句話：「時間只會說，我早告訴你是這樣」[6]。紐黑文，一個很有文化的城市。他看看洗手間的窗戶，盯著那帶波紋的白色玻璃。他想著從窗戶裡爬出去。他沒法應付她。他走回包廂。

「走吧！」他說，把錢放在桌上。

到了外面，她哭起來：「我可以叫西瑞爾跟我走，但是我沒有。」她說。

他摟住她。「你們兩個爛人。」他說。

他讓她走得快點。等他們回到他家的時候，她臉上又有微笑，說起去洛磯山滑雪。

他打開門，看到地上有張紙條，是丹寫的。潘妮洛普的名字，反覆地寫，還有很多髒話。

他把紙條給她看。兩個人什麼都沒說。他把紙條放回桌上，擱在他母親求他回到學院的信旁。

「我要戒菸。」她說著把她的菸盒遞給他。她這句話說得像是一個啟示，好像所有的一切，這一整天，都被精心計畫，為了達到這個結果。

二月的一個傍晚，潘妮洛普在塗腳指甲油。她說到做到，搬來跟他住。她甚至沒有回丹的公寓去拿衣服。她借羅伯特的襯衫和運動衫穿，去洗衣店的時候，穿著羅伯特冬天的長大衣，裡面是他的睡褲，這樣她可以洗唯一一條牛仔褲。她辭職。她想在去科羅拉多前搞一個告別聚會。

她坐在地板上，腳趾之間塞著小團棉花。她雙腳的第二個腳趾有點扭曲，這是因小時候她穿錯鞋造成的。有天晚上她打開燈，給羅伯特看她的腳，說它們讓她難為情。那麼，為什麼她還塗指甲油呢？

「潘妮洛普，」他說，「我對那該死的聚會沒有興趣。我對去科羅拉多也興趣缺缺。」

今天他跟老闆說他下星期就走。老闆大笑，說會叫他兄弟過來揍他一頓。和往常一

6 「時間只會說，我早告訴你是這樣」一句出自英國現代詩人W. H.奧登的詩〈維拉內拉〉（*Villanelle*）。

樣，他不能確定老闆是不是在說笑話。他上床睡覺前，試著把一個可樂瓶立在大門後面。

「你說過你想看山的。」潘妮洛普說。

「我知道我們要去科羅拉多，」他說，「我不想再提到任何相關的話題。」

他坐在她身旁，握住她的手。她的手很瘦，摸起來大概只有八分之一英寸厚。他換了個握法，用手指握住她的關節，這樣感覺手更結實。

「我知道科羅拉多那裡一定很棒。」潘妮洛普說，「這是幾年來我第一次確信有些事能成功。這是我第一次確信有些事值得去做。」

「可為什麼是科羅拉多？」他說。

「我們可以去滑雪呀，或者我們可以一整天坐在纜車上，俯瞰那一片美麗的白雪。」

他不想強迫她做出明確的回答，或是打擊她的熱情。他想談論他們倆。他問她是否確定自己愛他，她說是的，但是她從來不談他們。和她交談很不容易。前一天晚上，他問了幾個關於她童年的問題。她說她九歲的時候父親死了，她母親嫁給一個義大利人，那人用割草機的繩子打她。然後她生氣了，因為他讓她想起那些往事。他為自己那麼問而抱歉。他依然為她真的搬來和他同住而驚訝，也驚訝自己答應了離開紐黑文，和她一起搬去科羅拉多，搬進一對他依稀記得的夫婦家裡——丈夫人很好，妻子吸毒上癮。

「你收到馬修和比伊的信了嗎？」他說。

「嗯，是的。比伊今天早上在你上班的時候打電話來了。她說她一定得馬上打電話說願意，她激動極了。」

他記得她和他們住在鄉下時，比伊激動起來的模樣。其實更像是神經質，而不是興奮。比伊說自己一直在學芭蕾，馬修叫她展示一下。她在房間裡跳，開始微笑，後來喘氣。她抱怨自己不夠優雅——自己太老了。馬修想讓她感覺好點，就說她才剛開始學芭蕾，還需要增加力量。比伊更激動了，說自己沒有力量，沒有姿態，沒有芭蕾舞演員的未來。

「可是有件事我應該告訴你，」潘妮洛普說，「比伊和馬修正鬧分手。」

「什麼？」

「有什麼關係？這是個很大的州。我們能找到地方住。我們錢夠用。不要總擔心錢的問題。」

他正要開口說他們的錢幾乎不夠住進前往科羅拉多路上的汽車旅館。

「等你又開始畫畫的時候——」

「潘妮洛普，你正經一點。」他說，「你以為一個人只要畫幾幅畫，就能拿它們賣錢嗎？」

「你對自己毫無信心。」她說。

他從研究所輟學的時候她對他說的是同一句話，那是在她自己輟學之後。不知怎的她總是那個聽起來很理性的人。

「我們不如暫且先忘掉科羅拉多？」他說。

「好，」她說，「忘掉它。」

「哦，如果你下定決心，我們可以去。」他很快地說。

「要是你這樣做只是為了安撫我，就別去了。」

「我不知道。我不想被困在紐黑文。」

「那你抱怨什麼？」她說。

「我不是在抱怨。我只是失望。」

「別失望。」她說，對他微笑。

他把額頭貼在她額上，閉上眼睛。有時和她在一起十分舒服。他聽到外面的汽車，喇叭在響。他並不期待開車到西部去的漫漫長途。

在內布拉斯加，他們開上岔路，在一條狹窄的路上開了很久。路上有很大的坑，羅伯特得突然轉向避開大坑。加熱器運行不佳，除霜器根本不轉。他用手臂把前窗擦乾淨。到了傍晚時分，他開得精疲力竭。他們停在「加斯和安迪」餐廳吃晚飯，安迪替他們端來煎蛋三明治，他的名字用亮片標在襯衣口袋上方。晚上在汽車旅館，他累得無法入睡。

貓在浴室裡磨爪子。潘妮洛普抱怨頭髮有靜電，她洗了頭髮正在吹乾。他看不了電視，因為潘妮洛普的吹風機搞得電視畫面都是波紋。

「我有點想在愛荷華停一下，去看伊蓮。」她說。伊蓮是她已婚的姊姊。

她深吸了一口大麻菸，把菸捲遞給他。

「你是那個不願停下來的。」他說。有吹風機，她聽不到他說什麼。

「我們小時候假裝自己懷孕了。」她說，「我們把枕頭拉下來塞在衣服裡面。我媽媽總是對我們大喊，不要弄亂床鋪。」

她關掉吹風機。電視畫面又回來了。在播新聞，體育節目廣播員報導籃球比賽。在他身後的大螢幕上，一個籃球員正把球投進籃筐。

他們離開前，羅伯特去了西瑞爾的公寓。西瑞爾好像已經知道潘妮洛普跟他同居了。他很和氣，但羅伯特跟他說話很艱難。西瑞爾說他認識的一個女孩要來做晚飯，讓他留下吃飯。羅伯特說他必須離開了。

「你去科羅拉多幹麼？」西瑞爾問。

「找份工作吧，我猜。」他說。

西瑞爾大概點了十次頭，頭點得越來越小力。

「我不知道。」他對西瑞爾說。

「嗯。」西瑞爾說。

他們坐著。最後羅伯特告訴自己，他並不想見西瑞爾的女友，這才打定主意離開。

「那好。」西瑞爾說，「好好照顧自己。」

「你呢？」他問西瑞爾，「你打算怎樣？」

「差不多老樣子。」西瑞爾說。

他們站在西瑞爾家門口。

「感覺我們大家合住那棟房子已經是一百萬年前的事了。」西瑞爾說。

「是啊。」他說。

「也許新人搬進去的時候發現了恐龍足跡呢。」西瑞爾說。

那天晚上在汽車旅館，羅伯特夢到和潘妮洛普做愛。陽光穿透窗簾的時候，他摸了她的肩膀，想著叫醒她。但他只是起床坐在化妝檯前，點了一根大麻菸。三口就沒了，他回到床上，又冷又暈。去睡覺時，他笑出聲來，或者是以為聽到了自己的笑聲。後來她叫他起床，但他起不來，直到下午他們才上路。他覺得疲倦，但憑大麻的後勁還能支撐。那後勁好像完全不會在睡眠中消失。

他們到了比伊和馬修家。抵達時已是傍晚，多雲寒冷，路的兩旁雪積得很高。羅伯特找他們家的時候迷路了，最後只好停在一個加油站，打電話問路。「看到十字路口的倉庫後右轉。」羅伯特感覺他們不是在真正的科羅拉多。晚上馬修堅持要羅伯特坐他們僅有的一把椅子（一把黑色帆布折疊椅），因為羅伯特開車一定很累了。羅伯特怎麼坐都不舒服。他對面的牆上有一張紐瑞耶夫[7]的大照片，房間一角是張小桌子。馬修解釋有一次他們吵架後比伊大怒，把客廳裡其他家具都賣了。潘妮洛普坐在地板上，挨著羅伯特。他們沒菸了，馬修和比伊的酒也幾乎喝光了。馬修在等比伊開車去城裡買；比伊在等馬修讓步。他們還住在一起，卻已經申請辦理離婚。住在一起還算友好，但他們總是等對方行動，彼此試探。誰去翻唱片？誰去買蘇格蘭威士忌？

他們的狗零蛋躺在地板上，聽音樂，舔蘋果汁。牠對立體音箱毫不注意，但喜歡耳機。牠不願讓人把耳機戴在牠頭上，但是如果耳機在地上放著，牠就會慢慢爬過去，在一旁安頓下來。潘妮洛普指出一張瑪莉安・菲絲福[8]的唱片，似乎會讓零蛋格外愉快。比伊給牠喝蘋果汁來治便秘。她和馬修非常寵愛這隻狗。日後將是麻煩。

7 紐瑞耶夫（Rudolf Nureyev，1938－1993），俄裔著名芭蕾舞演員，曾任列寧格勒基洛夫芭蕾舞團獨舞演員。離開蘇聯後，為倫敦皇家芭蕾舞團特邀藝術家，後入奧地利籍。

8 瑪莉安・菲絲福（Marianne Faithful，1946－），英國創作歌手及演員。一九六〇年代後期與滾石樂隊的主唱米克・傑格相戀，一時名聲大噪。

晚飯比伊做了俄羅斯優格牛肉，他們都坐在地上拿著碗碟。比伊說俄羅斯優格牛肉裡放了蜂蜜。比伊不理馬修，他用叉子在飯裡劃圈，每幾分鐘就放下盤子，喝威士忌。比伊先前叫他把酒瓶傳給大家，不過大家都說不喝。他們圍圈而坐，中央點著一根高高的黑色蠟燭。外面漆黑，蠟燭是僅有的光。他們吃完飯的時候，酒瓶裡只有一小口威士忌了，馬修醉得非常醉。他對比伊說：「我打算聖誕前夜搬出去，就在半夜。你聽到聖誕老人的聲音時，其實那是我帶走零蛋，而不是戲法口袋。」

「是玩具口袋。」比伊說。她穿著一件緞子睡袍，坐在地上，衣角掖在兩腿間，讓羅伯特想起拳擊手的袍子。

「再在我鼻子旁邊豎一根手指……」馬修說。「不，我不會那麼做的，比伊。我會對你比那根手指。」馬修豎起中指，對比伊笑，「不過，我當然是在打比喻。我既不會對你比手指，也不會把零蛋給你。」

「馬修，是我在動物看護所把狗要來的。」比伊說，「你為什麼說他是你的狗？」

馬修跌跌撞撞爬到床上去，差點踩到潘妮洛普的盤子。他回頭叫道：「我可愛的比伊啊，請你確認我們的客人喝完那瓶威士忌。」

比伊熄滅蠟燭，他們都上床睡覺了，瓶子裡還剩下四分之一的威士忌。

「他們為什麼離婚？」羅伯特在床上輕輕問潘妮洛普。

他們在一張雙人床上，床比他記憶中的雙人床窄。他們躺在一床棕色和白色相間的棉被下。

「我也不是很明白。」她說，「她說他越來越瘋狂了。」

「他倆都挺瘋狂的。」

「比伊告訴我，他把他們的一些積蓄送給一個日本女人了，好讓她開家禮品店。那女的跟他的一個同事同居。」

「哦。」他說。

「我們要是還有一根菸就好了。」

「那就是他做的全部？」他問，「把錢送人？」

「他酒喝得很多。」潘妮洛普說。

「她也一樣。她直接就著瓶子喝。」晚飯前比伊把瓶子舉到嘴邊，動作太快了，液體順著下巴流。馬修說她噁心。

「我看他比她還邋遢。」潘妮洛普說。

「往那邊挪點。」他說，「這床肯定比雙人床窄。」

「我被你擠過去的。」她說。

他伸直膝蓋，平躺在床上。太不舒服了，他睡不著，開了好幾個小時車，耳朵還因此嗡嗡地響。

「我們現在到科羅拉多了。」他說，「明天應該開車轉轉，趁大雪覆蓋一切以前看看這地方。」

第二天下午他借了一本筆記本，走到門外，看有什麼可以畫的。雪中有一塊塊裸露的地——是黃褐色的草地。比伊和馬修的房子式樣現代，曬日光浴的陽台位於屋後，玻璃門在房前。不知什麼原因，房子看起來與周圍格格不入，像東方式的。附近沒有其他房子。清出的土地很少，草坪狹窄，樹林距離很近。天很冷，樹林中有風。越過樹林，從房子前面能看到遠處白雪覆頂的群山。空氣清新，色彩過於明亮，像麥克斯菲爾德•帕里斯[9]的畫。如果讓他來畫，沒人能相信會有那種色彩。他轉而開始畫一些舊籬笆，有些部分已腐爛。但他又停筆。還是留給安德魯•魏斯[10]吧。他揮去薄薄的一層雪，坐在他車子的引擎蓋上。他從口袋裡又拿出鉛筆，在速寫本上寫：「我們在比伊和馬修家。他們整天坐著。潘妮洛普也坐著，她似乎在等待。這是在科羅拉多。我想看看這個州的風景，但是比伊和馬修已經看過了，潘妮洛普說她再也不能在車裡待一分鐘。車子需要新的火星塞。我永遠也沒法成為一個畫家。我不是作家。」

零蛋從他身後漫步過來，他撕下一張速寫本的紙，團成小球，向空中扔出去。零蛋的眼睛亮了。他們玩起這個紙團——他把紙團扔得很高，零蛋等它落下，跳上去。最後紙團太濕，無法玩了。零蛋走到一旁，然後坐下，磨爪子。

房子後面有一個破鳥屋，一些線繩從一根木條上垂下來，是用牛板油黏住的。線繩在風中飄蕩。「幫我推秋千。」他記得潘妮洛普說話。強尼躺在草裡，自言自語。羅伯特想跟西瑞爾跳舞，可是西瑞爾不肯。西瑞爾抽得比他們多，卻顯得更理智。「推我。」她說。她坐在秋千上，他去推。她幾乎沒什麼重量——輕得秋千都不往後墜。推秋千的速度很快，飛得很高。她在笑——不是因為她玩得開心，而是在笑他。那是他的想法，但是他正在興頭上。她只是在笑而已。幸運的是，她跳下來的時候秋千速度慢了下來。她也沒從山上滾下來。西瑞爾看著她被石頭劃破的手臂，幾乎哭了出來。她身體一側著地。他們開始以為她手斷了。強尼在睡覺，他睡過了整個過程。羅伯特把她抬進房子裡，西瑞爾跟在後面，繞個彎過去踢強尼。那是最終結局的開端。

他走到車旁，打開門，在菸灰缸裡摸索，找那根他們在比伊和馬修家前開始抽的大

9 麥克斯菲爾德・帕里斯（Maxfield Parrish，1870 — 1966），美國畫家和插圖畫家，作品以令人目眩的明麗色彩著稱。

10 安德魯・魏斯（Andrew Wyeth，1917-2009），美國當代新寫實主義畫家，以水彩畫和蛋彩畫為主，風格貼近群眾生活。

麻菸頭。他的手指凍木了，很難把菸頭摸出來。最終他拿到了，點了菸，邊抽邊走回有鳥籠的那棵樹。他靠在樹上。

丹在他們離開紐黑文的前一天打電話給他，說潘妮洛普會搞死他。他問丹這是什麼意思。「她會把你累死，讓你精疲力竭，她會搞死你。」丹說。

他感覺到樹枝拍打，又彈開。他瞧了瞧，看是否一切正常。樹還在那裡，線繩從樹枝上垂下來。「我要跳了！」那時潘妮洛普喊著，笑著。現在他也在笑——不是笑她，而是因為自己正靠著科羅拉多的一棵樹，要被風吹跑了。他想說話，聽聽自己的聲音。

「被風吹跑。」他說。他說話以後嘴巴很難恢復原位。

過了一會兒馬修出現了。他站在樹旁邊，他們看著落日。天空淺藍，鑲著一條條橘色雲彩。它們好像從藍天後面伸展開來，就像液體滲過紙巾，血透過繃帶般。

「好看。」馬修說。

「是呀。」他說。他從沒辦法跟馬修交談。

「你知道我在狗屋裡幹什麼嗎？」馬修說。

「什麼？」他說。回答以前的停頓時間太長。他把這個詞吐出來，而不是說出來。

「有一個日本女朋友。」馬修說，大笑。

他不敢冒險和他一起笑。

「我就沒有日本女朋友。」馬修說，「她跟我一個同事住在一起。我對她不感興趣。她需要錢做生意。不是很多錢，但要一些。我借給她了。比伊歪曲事實。」

「你在哪讀大學？」他聽見自己說。

很長的停頓，羅伯特有點糊塗了。他想他應該能回答自己的問題。

最終：「哈佛。」

「你哪一級？」

「哦。」馬修說，「你抽上癮了吧？」

解釋沒有會過於複雜。他又說：「哪一級？」

「一九六七。」馬修邊說邊笑，「抽的是你的還是我們的？她把我們的藏起來了。」

「在我車子的儀錶板小匣子裡。」羅伯特比著手勢說。

他看著馬修朝他的汽車走去。斜著肩。他的夾克後面寫著字，貌似從一隻巨大的藍鶇口中說出話。讀不懂。過了一會兒，馬修抽著一根大麻回來了。零蛋跟在他身後。

「她們在裡面，說我多麼蠢。」馬修呼一口氣。

「你怎麼對這個日本女人毫無興趣呢？」

「我有。」馬修說，手呈杯狀，吸著菸。「這個地方我一點機會也沒有。」

「我猜你要是另有一個，事情就不一樣了。」他說。

「另有一個什麼？」

「如果你去日本再找一個。」

「算了，」馬修說，「別勞神講話了。」

零蛋嗅嗅空氣，走開了。牠在車道上躺下，遠離他們，閉上眼睛。

「我想來點威士忌給我的肺降降溫。」馬修說，「我們沒有該死的威士忌了。」

「咱們去買點。」他說。

「好。」馬修說。

他們停下，看著天色變深。「太冷了。」馬修說。他手臂不斷拍打胸膛。零蛋一躍而起，興奮地跳著，幾乎撞翻馬修。

他們走到馬修的車前。羅伯特聽到車門關上。他注意到自己已在車裡，零蛋在後座。天更黑了，馬修哼了一聲。在烈酒店裡，羅伯特摸索出一張十美元的鈔票。馬修不要。他停車，搖下窗戶。「我不想帶著這東西的味道走進去。」他說。他們等著。等著等著，羅伯特糊塗起來。他說：「這是哪個州？」

「你開玩笑？」馬修問。馬修搖了搖頭。「科羅拉多。」他說。

（一九七六年三月十五日）

草坪酒會

昨晚我對洛娜說：「你想要我講故事嗎？」「不想。」她說。洛娜是我的女兒。她十歲了，一個大懷疑家。但是她願意在我屋裡閒晃，說話。「一般乾洗無法洗掉那個。」洛娜看到我的仿麂皮夾克上的汙跡時說。「真的。」她說，「你得拿到特別的地方去處理。」洛娜自己是懷疑主義者，她也想當然覺得其他人都愛懷疑。

根據臥室門後掛著的柯里爾和艾夫斯石版畫[1]日曆。根據我的手錶，也根據我的記憶（後者如果沒有前兩樣會更加敏銳），洛娜和我在我父母家待了三天了。今天是一年一度的槌球比賽，我們家所有在康乃狄克州的親戚都相聚一堂（甚至我妻子那邊的一些）。七月四號，熱得要命。我開著電扇，坐在一把舒服的椅子裡（椅子是在我的要求下，由我父親和女傭搬上樓），在我的老臥室窗邊。親戚們已經在草坪上聚成一堆。他

1 柯里爾和艾夫斯石版畫（Currier and Ives）是十九世紀美國的兩位石版畫家柯里爾和艾夫斯創作並出版的描繪當時風俗、物、事等的石版組畫。

們中大多數人在襯衫或短袖上別著小小的美國國旗，或在耳後別一枚。一個愛國的團體。喝啤酒（原諒他們：是海尼根）和葡萄酒（傲美夏布利）的一群。我父親喜歡這一天勝過他自己的生日。他靠在槌球棒上，對我姊姊伊娃指點球柱的位置。在那裡他能更清楚地看到美國國旗。但是如果他已經喝得太多，無法把球柱插在地裡，他也許沒有注意到珠寶。

洛娜在過去這一個小時裡已經來我房間兩次——一次是問我要不要下樓參加她所謂的「晚會」，另一次是來說我不參加聚會讓大家感覺都很糟。一個可以一揮手就打發掉的說法，可是我沒有。我沒有右臂。我有左手和左臂，但我已經不再看重它們了。我要的是右手。在醫院裡，我拒絕裝塑膠手臂和手爪的建議。「嗯，那麼你有什麼設想？」醫生問。「空氣。」我對他說。這需要一些解釋。「從前是我手臂的位置現是空氣。」我說。他輕輕地點點頭表示「哦，是這樣」，然後離開。

我打算在窗邊坐一整天，看槌球比賽。我會喝洛娜拿給我的海尼根，小口地啜，因為我喝了泡沫豐富的一大口以後無法擦嘴。我的左手還在，可以擦，可是誰願意放下啤酒瓶來擦嘴呢？

洛娜的母親離開我了。我現在想到她只是洛娜的母親，因為她對我明確表示不願再做我的妻子。她和洛娜搬到另一間公寓。她離開我似乎沒有更快樂，還經常來看我。我們不再提及我是她的丈夫，她是我的妻子這一事實。瑪麗（她的名字）最近搭渡輪去看自由女神像。我在這房間的第二天，她衝進來，向我解釋她不會出席槌球比賽，並向我報告她昨天去紐約，搭渡輪去看自由女神的新聞。「城裡怎麼樣？」我問。「棒極了。」她讓我放心。她去了卡耐基熟食店，吃了乳酪蛋糕。她不來看我的時候，就寫信。她對於我何時離開公寓去我父母家直覺很準。她在信裡常會告訴我洛娜的事，儘管不再提洛娜是我的孩子。事實上，她有一次發洩怨氣的時候還詭異地暗示洛娜不是——但是又收回這話。

洛娜深受我父母寵愛，我父母很富有。瑪麗常開玩笑說，這點才是她嫁給我的理由。實際上是因為我的魅力。她覺得我好極了。如果不是我愛上她妹妹，我們之間會一切順利。我做得夠正當：在婚禮前我愛上她妹妹，我提出將婚禮延期。瑪麗喝醉了哭。我為什麼這麼做？我怎麼能這麼做？她要離開我，但是她不願將婚禮延期。我請求她離開。她喝醉了，大哭，不願走。我們按計畫結婚。她再也不跟妹妹有任何往來。我卻相反——奇怪有多少事不能再提——一有機會就去見她。派特麗夏——是她的名字——跟我一起出差，跟我一起午餐和晚餐，開我的車，車翻下公路時她開著。

我醒來的時候，瑪麗站在我的病床旁，她面孔扭曲，俯視著我。

「我妹妹自殺了，她想帶你一起走。」她說。

我等著她滿懷憐憫地撲進我懷裡。

「你活該。」她說，然後走出房間。

我的左臂在掛點滴。我想知道自己的右臂是否接了什麼東西。轉頭很疼。我的右臂是自由的——到底有多自由我當時並不知道。過了一陣子，醫生告訴我，絕對不可能發生我妻子還在病房裡時我的手臂還在，而她離開後就沒有了這事。不，絕不可能。手術是一次性截肢，我看到我妻子時是術後恢復階段。我試著用另一種方式接近真相，撇開瑪麗這因素。瑪麗來病房前我不是有意識的嗎？我不是看到手臂了嗎？不，我喪失意識，什麼也沒看到。真的，不是。理療師，精神病醫生和醫生帶來的牧師都點頭，飛快地一致同意。不過很快我就能有義肢了。我說我不想要義肢。就是那時候我們討論了空氣。

上週三是我生日。我對所有人都沒有好臉色。廚師貝茨太太烤了胡桃仁巧克力豆餅乾（我的最愛）給我，但是我直到她回家時也沒有吃。母親送給我一件紅色絲絨襯衫，我暗示這不合我意。「哪裡不對？」她說。我說：「袖子太多了。」我以前的學生班克斯晚上來看我，他不知道這天是我生日。他二十歲，是個害羞、瘦削、毛髮濃密的傢伙——一個畫家，真正的職業藝術家。我非常喜歡他，連我父母家的電話都給他。他帶來最近的作品讓我過目，一幅裸女的帆布油畫。我們圍坐在生日蛋糕旁，我問這個女的是誰，班克斯回答是一個職業模特兒。後來在後院散步的時候，他告訴我她是他在公車站發現的。他說服她，理由是她不想一輩子等公車，然後把她帶回自己的公寓，為她做了一頓牛排晚餐。那個女人在他家待了兩天，離開的時候班克斯給了她四十美元，儘管她一分錢也不要。她認為他把她畫得很醜，想要他安慰她自己的臀部沒有那麼厚重。班克斯告訴她這不是一幅具象派的作品；他說是印象派。她留了電話號碼給他。他打去，那個號碼不存在。他不明白為什麼。他回到那個公車站，又找到她。她叫他走遠點，否則就報警。

啊，班克斯。啊，青春——如果能回到二十歲，而不是三十二。上課的時候，班克斯會戴著耳機聽隨身聽。他把畫框釘一起的時候會吃糖果棒。班克斯不是在嚼東西就是在唱歌。有時他忘了，會在課上唱起來——一陣怪異的尖嘯，和著某種我們其他人都聽不見的曲調。學生們怨恨班克斯，不是因為他的才華，就是因為他吃東西或者唱歌，不然就是他對女人無往不利。班克斯在洛娜這裡獲得大大的勝利。他告訴她她長得像碧安卡・傑格[2]，她激動極了。「你為什麼不買一雙像她那樣的平底鞋？」他說，她的眼睛歡喜得皺在一起。他告訴她一些哥白尼的趣事；她則告訴他一些舞毒蛾的習慣。他離開時，吻了她的手。我真心地開心看到她如此快樂。我從來都不能讓她快樂，正如瑪麗一直告

2 碧安卡・傑格（Bianca Jagger，1945—），現為人權活動家，曾經是演員和時尚偶像。滾石樂隊主唱米克・傑格的前妻。

訴我的。

我教書的學校有人寫信來，說希望一切安好，我秋天就能回去上課。我沒了右臂，教繪畫變得不大容易。不過，人們記得晚年的馬蒂斯。有志者，諸如此類。我的系主任送過兩次花（一次是各色花卉，一次是鬱金香），他自己也在一張祝福卡上寫字。卡片上有一隻小兔子，望著一道彩虹。班克斯是唯一一個真正吸引我回去工作的人。其他人，班克斯告訴我，都「煩人得很」。

現在，我有位訪客。約翰的妻子，丹妮爾，來看我。約翰是我哥哥。她拿來一罐已開罐的啤酒，一言不發地把它擱在窗檯上。丹妮爾穿著一條白裙子，上面有小海豚，躍起的時候微笑。前胸對面處，並無奇蹟。

「你今天覺得悲傷還是身體不舒服？」她問。

丹妮爾說的很多話開頭都能把我帶入一種廉價的羅曼蒂克的氛圍。肯定有人寫過一首歌叫〈你覺得悲傷嗎？〉

「都有。」我說。我總是給丹妮爾直截了當的回答。她是好心。她這五年來一直對我哥哥很好。他一直許諾帶她回法國，但是從未成行。

她坐在地毯上，挨著我的椅子。「討厭的草坪酒會。」她說。丹妮爾是法國人，但她的英語很好。

「拿一把椅子，在這觀賞那些活動吧。」我說。

「我得回去。」她撇著嘴說，「他們想讓你跟我下去。」

香檳酒杯的碰杯聲，白色桌布，單瓣的康乃馨，A調：「他們想讓你跟我回去。」

「誰叫你來的？」我問。

「約翰。不過我想洛娜也希望你在那裡。」

「洛娜不再喜歡我了。瑪麗唆使她反對我。」

「十歲是麻煩的年齡。」丹妮爾說。

「我以為十幾歲才會麻煩。」

「我怎麼會知道？我沒有小孩。」

她喝了一口啤酒，然後把罐子放在我的手上，而不是放回窗台。

「你的腳真美，圓潤。」我說。

她把腳縮回去。「我都不好意思了。」她說。

「我們今天說的都是陳詞濫調。」我嘆著氣。

「你這是在挖苦我。」她說，「這就是為什麼約翰不願意來。他說他受夠你的挖苦。」

「我一點挖苦的意思都沒有。你的腳很美。你把腳伸過來，我會吻的。」

「別捉弄我。」丹妮爾說。

「是真的。」我說。

丹妮爾挪開腿，解下一隻涼鞋，抬起她的右腳。我用手握住它，彎下腰，吻過腳趾。

「別這樣。」她笑著說，「有人會進來。」

「不會的。」我說，「不只是約翰受夠了我的挖苦。」

我打了一會兒瞌睡。醒來的時候，我朝窗外望去，看到丹妮爾在下面。她坐在一把紅衫木椅上，從我父親手裡接過一杯酒。她一條腿翹在另一條腿上，美麗的腳垂著。他們都知道我在注視，但都不願往上看。最終我母親往上看。她使勁揮舞手臂——好像一個教練示意防守隊員進入賽場。我也揮手。她轉回頭，加入那群人——洛娜，約翰，丹妮爾，我姨媽羅絲，羅絲的女兒伊莉莎白，我父親，還有別人。星期三也是伊莉莎白十八歲生日。我父母打電話給她唱生日歌。珍妮絲・賈普林[3]死的時候她哭了六天。「她是個愛動感情的孩子。」當時羅絲說。後來她忘了自己說的，又問遍家裡人伊莉莎白為什麼崩潰。「為什麼賈妮斯的死讓你這麼難過，伊莉莎白？」我說。「不知道。」她說。「她的死讓你覺得是自己死了嗎？」我說。「她那樣子你不開心嗎？」羅絲現在跟我說話只是敷衍。她給我的祝福卡（沒有來訪）上寫著：「真難過。」他們都很難過。醫生告訴他們忽略我的低落情緒，所以他們都忽略我。我也忽略他們，因為即使在車禍以前我也不是很喜歡他們。我哥哥尤其讓我厭煩。我們還是孩子的時候，共用一間臥室，約翰晚上總跟我講話。我睡著了，他會過來搖我的床墊。有天晚上他這麼做的時候被我父親撞見，父親揍他。「不是我的錯。」約翰大叫，「他是個該死的勢利眼。」後來我們有各自的臥室。那年我八歲，約翰十歲。

丹妮爾回來了，跟上次比流了很多汗。他們在下面打第一局比賽。我父親的哥哥艾德假裝是個軍樂隊女指揮，他拿著球槌昂首闊步，旋轉球槌，用它指著膝蓋。

「這次沒人叫我來。」丹妮爾說，「你要下來吃晚飯嗎？他們在烤牛排。」

「他最小氣，他會配著艾夢德（Almaden）喝。」我說，「你是在法國長大的，你怎麼受得了那東西？」

「我只喝一杯。」她說。

「不要喝。」我說。

她聳聳肩。「你現在情緒真差。」她說。

3 珍妮絲・賈普林（Janis Joplin，1943 — 1970），美國創作歌手，一九六〇年代後期成名。二〇〇四年《滾石》音樂雜誌將她列為一百位最偉大的藝術家排行榜第四十六位。

「把小胖腳給我。」我說。
她皺眉。「我是來說正事的。你為什麼不下樓吃晚飯？」
「不餓。」
「為了洛娜下去吧。」
「洛娜才不在乎。」
「也許你對她有點過分了。」
「我對她跟以前一樣。」
「那就做得再好一點。」
「把小胖腳給我。」我說。她抬起一隻腳，我用左手解開她的涼鞋。皮膚上有鞋帶印。我舔她的大腳趾，吻腳趾尖。我順次吻了所有腳趾。

現在是晚上了，電話正響著。我想著去接電話。後來有別人接了。我站起來，又坐在床上，四處看看。我的老臥室看起來仍是我去上大學時的樣子。我母親添加了幾件不是我的東西，跟周圍格格不入。我的兩頂新年前夕銀帽擱在床頭柱上，一張我母親站在一個墨西哥水果攤旁的快照（我從來沒去過墨西哥）放在我的衣櫃上，是我父親在他們的「第二次蜜月」旅行時拍的。我拉開一個抽屜，取出一疊信。我隨便抽出一封讀起來。

是以前的女朋友寫的。她叫艾麗森，曾瘋狂地愛過我。她在信裡說她在戒菸，這樣我們老了的時候，她就不會讓我反感。我大學畢業那年，她跟一個印度人結婚了，去了印度。現在她可能在額頭中心點了一個小紅點。

我試著回憶曾經愛過艾麗森。我記得確實愛過瑪麗的妹妹，派特麗夏。她死了。我無法理解。她不可能成心求死，儘管瑪麗那麼說。一個成心要死的女人不會買一個大木碗和一袋水果，然後坐進汽車，把車開下公路。但事實是車開始靠邊的時候，我看了眼派特麗夏，她正使勁把方向盤往右打。這也許是我的想像。我記得翻車的時候伸出一條手臂來擋。要是派特麗夏還活著，我必然會出席槌球比賽。但是如果她活著，她和我可能會消失幾分鐘，在穀倉旁邊接吻。

我昨晚對洛娜說，我會講故事給她聽。故事會是一個童話，都是關於派特麗夏和我的，但化身為王子和公主。她卻說不，她不想聽，然後走出去了。那也好。如果故事結局悲傷，那就像是用一個糟糕的把戲捉弄洛娜；如果故事結局快樂，那會讓我自己更抑鬱。「接受你的抑鬱沒有什麼不對。」醫生對我說。他一直督促我去看心理醫生。心理醫生來了，督促我跟他交談。他離開以後，牧師進來了，督促我去找他。我退出了。

洛娜第三次來看我。她問我是否聽到電話鈴響。我聽到了。她說——那個，她後來接了。「你開始學走路的時候，最喜歡的一件事就是跑去接電話。」我說。我試著跟她示好。「別說我嬰兒期的事了。」她說完便走掉。出門的時候她說：「是你那個那天晚上來過的朋友。他想叫你回電話。他的號碼在這。」她拿著一張紙回來，然後又離開了。

「我喝醉了。」班克斯在電話裡說，「我為你難過。」

「讓那些見鬼去吧，班克斯。」我說，覺得自己聽起來像《太陽照常升起》裡的某個人物。

「忘掉吧，班克斯。」我說，繼續享受那個角色。

「你不是也多負擔，不是嗎？」班克斯說。

「班克斯，沒有。」我說。

「那好，我想聊聊。我想問你是不是願意跟我一起去酒吧。我既沒有啤酒也沒有錢。」

「謝謝邀請，可是我今天有個重要的約會。洛娜在這，我最好待在附近。」

「哦。」班克斯說，「聽我說，那我能過來借五美元嗎？」

「當然可以。」我說。

「謝謝。」他說。

「沒問題，班克斯，當然可以。」我說完掛了電話。

洛娜站在門口。「他要過來嗎？」她問。
「是的，他要來借錢。他不適合你，洛娜。」
「你也沒有錢。」她說，「爺爺有。」
「我錢夠多的。」我為自己辯護。
「你有多少？」
「我有工資，洛娜，你知道的。你媽媽一直告訴你我破產了是嗎？」
「她不說你的事。」
「那你為什麼問我有多少錢？」
「我想知道。」
「我不打算告訴你。」我說。
「他們叫我來跟你說。」洛娜說，「我是要叫你下樓的。」
「你想讓我下樓嗎？」我問。
「如果你不想我也不想。」
「你應該對你爸爸一心一意。」我說。
洛娜嘆口氣。「你什麼問題都不回答我，你說的話也很可笑。」
「什麼？」

「你剛才說的——關於我爸爸的。」

「我就是你的爸爸。」我說。

「我知道。」她說。

談話似乎沒有發展下去的可能了。

「你現在想聽那個故事嗎？」我問。

「不想。別再跟我講什麼故事了。我十歲了。」

「我三十二。」我說。

我父親的兄弟威廉就要打敗伊莉莎白了。他把腳放在球上，他的球撞到她的，把她的球一路送下山坡。他假裝擊出很遠的距離，把手罩在眉毛上方，瞇著眼朝球的方向看去。威廉的妻子不打槌球。她坐在草地上，皺著眉頭，酷似愛德華・霍普那幅《女士就餐的桌子》裡收銀機後面站著的那個女人。

「怎麼樣？」丹妮爾站在門口問。

「進來。」我說。

「我只是上樓去盥洗室。廚師在樓下那間。」

她進來，看著窗外。

「你要我替你拿點什麼嗎？」她說，「吃的？」

「你對我這麼好只是因為我吻了你的腳。」

「你真恐怖。」她說。

「我想對洛娜好一點，可是她想說的只是錢。」

「樓下那些人說的也都是錢。」她說。

她走了，回來的時候頭髮重新梳過了，嘴唇又現粉彩。

「你覺得威廉的老婆怎麼樣？」我問。

「我不知道，她不太說話。」丹妮爾坐在地上，下巴抵住膝蓋。

「大家都說只講一兩句蠢話的人最討人喜歡。」

「她說了什麼蠢話？」我說。

「她說，『天多好啊』，然後望著天空。」

「你不該跟這些人廝混，丹妮爾。」我說。

「我得回去了。」她說。

班克斯來了。當天色漸暗時，他坐在我身邊。我注視著外面草坪上的丹妮爾。她有條紅色披肩，繞在肩膀上。她看起來疲倦而優雅。我父親一個下午都在喝酒。「快點給我下來！」沒多久前他對我吼叫。我母親跑過去告訴他我有個學生在這。他不再吭聲。洛娜上樓端來兩碗蜜桃味霜淇淋（羅絲親手做的）給我們，把大碗的給了班克斯。她和班克斯簡短地討論了《哈比人》。班克斯不停地為自己還不離開而道歉，但又說神經太緊張而無法開車。他去浴室抽了一根大麻，然後回來，坐下，頭搖來晃去。「你講話有道理。」班克斯說。我聽了很高興，直到我意識到自己已經很久沒講話了。

「天已經這麼黑了，真討厭。」我說，「下面那個穿黑裙子的女人好像愛德華・霍普一幅畫裡的人物。你能認出來的。」

「不。」班克斯搖著頭說，「所有事物本質上是不同的。我實在厭倦了仔細觀察事物，然後發現它們彼此不同。這首糟糕的自然詩跟那首糟糕的自然詩完全不一樣。這就是我的意思。」班克斯說。

「你記得車禍嗎？」他說。

「不記得。」我說。

「抱歉。」班克斯說。

「我記得想到了《夏日之戀》（*Jules and Jim*）。」

「她把車開往懸崖那段？」班克斯很興奮。

「唔。」

「你什麼時候想到的？」

「就是車禍發生的時候。」

「哇。」班克斯說，「在你之前是否有別人這樣一閃念？」

「我不知道。」

班克斯啜著琴酒。「你覺得我作為一個藝術家怎麼樣？」他說。

「你非常出色，班克斯。」

有點冷了，一陣微風把窗簾吹向我們。

「我做了個夢，夢見我是一隻浣熊。」班克斯說，「我總是試圖回頭去數我尾巴上的圈，可是我的背太高，數到前兩個圈就看不到了。」

班克斯喝光酒。

「要我再幫你倒一杯嗎？」我問。

「真是個討厭的要求啊。」班克斯說著，遞過杯子來。

我接過杯子，下樓。一本《哈比人》放在玫瑰織錦的沙發上。貝茨太太坐在廚房飯桌旁，讀著《名人》。

「非常感謝你做那些餅乾。」我說。

「沒什麼。」她說。她的耳環放在桌上。雙腳搭在一把椅子上。

「如果他們還要琴酒，跟他們說喝完了。」我說，「我需要這一瓶。」

「好的。」她說，「我想至少還有一瓶呢。」

我把酒瓶夾在腋下拿上樓，手裡端著一個裝滿冰塊的杯子。

「你知道，」班克斯說，「他們說要是你能面對現實——要是你能理解它——就能接受它。他們說只要你能理解了，你就能接受。」

「這都是在說什麼？」我說。

「你的手臂。」班克斯說。

「我知道我少了一條。」我說。

「我不是要冒犯你。」班克斯說，喝著酒。

「我知道。」

「要是你想讓我對你喊一下，就開口。那也許有用——有助於理解這個事實。」

「我已經明白了，班克斯。」我說。

「你是個了不起的人。」班克斯說，「你聽哪一類音樂？」

「你想聽點音樂？」

「不。我只是想知道你聽什麼。」

「荀白克。」我說。我已經很多年沒聽過荀白克了。

「啊。」班克斯說。

他把杯子遞給我。我喝了一口，又遞回去。

「你知道他們都怎麼做汽車——汽車廣告——你留意過嗎……我都說不清楚話了。」班克斯說。

「繼續。」我說。

「他們總是把汽車停在海灘上？」

「是的。」

「我想畫一個東西，用一輛巨大的汽車作背景，一個小小的海灘作前景。」班克斯暗笑。

外面，蠟燭已經點燃。一柱火炬在一個金屬託盤上燃燒——這是我看過的最可笑的東西之一——樹上點起藍色燈籠。有人打開收音機，伊莉莎白和某個認不出來是誰的男人，就著〈傷心旅店〉的歌跳舞。

「是荀白克呢。」班克斯說。

「班克斯。」我說，「我希望你能了解我的意思。我喜歡你，你來我也很高興。你為什麼來看我？」

「我想聽你誇獎我的畫。」班克斯在用手指玩教堂和尖塔。「還有，我只是想聊聊。」

「有什麼特別的——」

「我想你可能要跟我聊聊。」

「你為什麼不跟我先聊呢？」

「我一定要成為大畫家。」班克斯說，「我畫畫，然後每天晚上抽大麻或去酒吧，早上我又畫畫……整晚我祈禱成為大師，直到自己睡著。你肯定以為我瘋了。你怎麼看我？」

「你讓我覺得自己老了。」我說。

琴酒酒瓶擱在班克斯的胯下，杯子套在酒瓶上。

「我能感覺到。」班克斯說，「在我暈得徹底沒有感覺以前。」

「你想聽個故事嗎？」我說。

「好啊。」

「那個開著我的車的女人——那個公主……」我笑了，但班克斯只是點著頭，努力跟上我的話。「我想那個女人一定是準備去自殺。我們出去買東西。後座裝滿了精緻的老古董那一類的東西，我們度過了一個美妙的下午，吃了霜淇淋，說著她秋天又要開始上學的事——」

「學藝術？」班克斯問。

「是主修語言學。」

「好。接著說。」

「我說的是在這個王國裡一切順利。但不一定，因為她不是我老婆，她本應該是。但是為了故事的關係，我說的是我們情況很好，那天天氣也很好——」

「幾月？」班克斯說。

「三月。」我說。

「對。」班克斯說。

「我打算讓她在商場下車，她的車停在那裡，然後她繼續開車去她的城堡，我回到我的……」

「接著說。」班克斯說。

「然後她要殺死我倆。她的確殺了自己。」

「我在報上讀到了。」班克斯說。

「你怎麼想？」我問。

「班克斯的教訓。」班克斯說，「就是永不回頭。不要去數你尾巴上的圈。」

丹妮爾走進來。「我是來拿琴酒的，」她說，「廚師說在你這。」

「丹妮爾，這是班克斯。」

「你好。」班克斯說。

丹妮爾伸手過來，從班克斯手裡拿了瓶子。「你錯過了大好時光。」她說。

「也許一陣大風吹過，把他們都颳走了。」班克斯說。

丹妮爾沉默了一下，大笑起來——那種劃破黑暗的笑聲。她低下頭靠近我臉旁，吻我的面頰，然後搖搖晃晃地轉身，走出房間。

「天哪。」班克斯說，「我們就坐在這，然後奇怪的事發生了。」

「她嗎？」我說。

「是。」

洛娜進來了，非常睏的樣子，用紙巾托著一些餅乾。她顯然是想把它們給班克斯，但是班克斯已經睡了，挺直地坐，在我旁邊的椅子上。「爬上來。」我說，指指我的大腿。洛娜猶豫了一下，然後還是這麼做了。她把餅乾放在地上，沒有給我吃。她告訴我她媽媽有一個男朋友。

「他叫什麼？」我問。

「史丹利。」洛娜說。

「也許一陣大風吹來，會把史丹利吹走。」我說。

「他怎麼了？」她看著班克斯說。

「喝醉了。」我說，「樓下有誰喝醉了？」

「羅絲。」她說，「還有威廉，嗯，還有丹妮爾。」

「別喝酒。」我說。

「我不會的。」她說，「他早上還會在這嗎？」

「我估計會。」我說。

班克斯睡覺的姿勢非常奇怪。他的雙腳合併，手臂軟軟地垂在身體兩側，下巴往前伸。翻倒的杯子裡融化的冰塊已經開始侵蝕餅乾。

在草坪酒會上，他們發現了收音機裡一個只播放老歌的頻道。丹妮爾開始了一段緩慢的，醉醺醺的舞蹈。她的紅披肩落在草地上。我盯著她看，想像她的裙子消失，她的鞋子踢掉，美麗的丹妮爾在暮色中跳著赤裸的舞蹈。音樂漸漸平息，丹妮爾還在舞蹈。

（一九七六年七月五日）

祕密和驚奇

科琳娜和蘭尼光著腳，正坐在私人車道旁。科琳娜很不高興，因為蘭尼坐在一片草莓地裡。「快起來，蘭尼！看你幹了些什麼！」

蘭尼是我交情最久的朋友之一。我跟蘭尼、科琳娜，還有他的第一任妻子露西都是高中同學，露西是我高中時最好的朋友。蘭尼那時還不認識科琳娜。很多年以後他在一次聚會上遇到她。科琳娜高中時就記得蘭尼，他不記得她。過了一年，他跟露西離婚的手續辦完以後，他們結婚了。兩年後他們的女兒出生，我做了教母。蘭尼跟我開玩笑，如果我早些年就把科琳娜介紹給他，他的人生會完全不同。我認識她是因為她是我男朋友的姊姊。她比我們大幾歲，我們在聚會上喝醉了酒，她會開車送我們，送我們回家前還買咖啡給我們，這些是她會做的事。科琳娜有一次在這種情況下送我們回家的時候，對我母親撒謊，說有流感，我一路上都在她車裡打噴嚏。

高中時我很醜。我戴著牙套，周圍的一切在我眼裡都既滑稽又不合時宜：季節，電視人物，最新的時尚——連音樂都很可笑。我彈鋼琴，但不知什麼原因我不再彈勃拉姆斯了，甚至不聽布拉姆斯。我只是自己彈一小段音樂，反反覆覆彈同樣一段，包括幾遍巴哈的兩段式創意曲，一支蕭邦的小夜曲。我菸抽得起勁，有整整一個春天我暗戀蘭尼。有一回我寫了小紙條向他表白，把紙條塞進他學校的衣物櫃的縫裡。後來我害怕起來，放學的時候在他的衣物櫃旁等著，跟他說了一會兒話，當他打開櫃門的時候，我抓了紙條就跑。這是十五年前的事了。

我以前住市區，但是五年前我跟丈夫搬到了伍德布里奇。我丈夫離開了，所以現在是我一個人的房子。蘭尼和科琳娜就坐在我的私人車道旁邊。車道亟需修繕，路面要用砂石重新鋪過，路基上有洞需要填補，排水管也裂了。這裡很多東西都要修。我不愛跟房東講話，他是歐布萊特上校。他每個月都會弄丟我給他的租金支票，然後從他住的養老院打電話給我，要我再寄一張。老人八十八歲了。我應該把他想成一個有趣的老傢伙，一個健忘的老人。我猜他是故意搗亂，他不想讓一個年輕人，或者任何人租他的房子。我們搬進去的時候，我發現衣櫃裡掛著一些空的洗衣袋，塑膠袋上還別著舊的乾洗店標籤：「歐布萊特上校，9—8—54。」我盯著標籤不動。歐布萊特上校在乾洗店取回他衣服的這一天，我才十一歲。在樓上的一個衣櫃裡，我發現他的一條領帶繞在一盞檯燈的底座上。「你還要這些東西嗎？」我打電話問他。「扔掉吧，我不在意。」他說，「但是別再問我。」我也不跟他說那些需要修的東西。我在冬天時關掉一間浴室，因為瓷磚裂了，冷空氣透過地板進來；臥室裡暖氣設備的空調無法調到六十度以上，我就把起居室的調到七十五度，以此彌補。科琳娜和蘭尼覺得很好笑。科琳娜說我不會再跟房東吵架，是因為我跟我丈夫針對他女朋友的事已經吵夠了，現在我要享受安寧；蘭尼說我就是心太軟。事實是歐布萊特上校曾在電話裡朝我大喊，我怕他。而且他老了，又悲傷，我使他離開自己的房子。這個夏天，他的一個朋友曾兩次開車把他從養老院接回這棟房子，他在前院的花園裡四處走，枴杖點過一叢叢香豌豆，它們幾乎快纏住花壇裡的紫菀和杜鵑。他用一塊白手帕把後院裡日晷上的花粉輕輕拂去。

幾乎每個週末科琳娜都企圖叫我離開伍德布里奇，搬回紐約。我害怕那座城市。我跟丈夫剛結婚的時候住在西區大道那間公寓裡，我總是很害怕。我們隔壁的公寓裡有隻鳥，牠尖叫：「不！不！走開！」夜裡我總是聽成是人在叫，睡得迷迷糊糊的還以為我在自己的公寓裡反抗一個入侵者。有一次，洗衣房裡的一個熱得快要暈倒的女人抓住我的手，把我也一起拖倒在地板上。這些事在任何地方都可能發生。是在紐約發生的，而我不會回去。

「巴爾杜茲！[1]」有時科琳娜低聲對我說。她用手臂劃過空氣，演示那些擺滿美味食品的櫃檯。我想像著成罐的鯷魚，一輪盤的布利乾酪，大腰果，還有奇特的蔬菜。但是我又聽到門外的聲音在低語，謀劃破壞一切，還有夜深時憤怒狂野的音樂，不安而抑鬱的人們聽的那種音樂。

現在科琳娜正握著蘭尼的手。我側臥著，透過吊床的網眼偷看，他們沒看到我。她蹲下去摘一顆草莓。他撓著胯下。我想他們在這有點無聊。他們聲稱幾乎每星期開兩個小時車來這裡，是因為關心我是否幸福。也許他們認為住在鄉下比住在城裡還怪異。「把你的畢格爾小獵犬帶到鄉下來住，科琳娜。」我有一次對她說，「當一個人住的地方能活動開四肢，他怎麼可能沮喪呢？」「可是你就一個人，住在這幹嘛？」她說。

我做很多事。我彈巴哈和蕭邦，用的大鋼琴是我丈夫存了一年的錢買給我的。我種菜，我用割草機割草。蘭尼和科琳娜週末來這時，我偷偷看他們。他現在在撓肩膀。他叫科琳娜過去。我想他是要叫她看看他是否被蚊子叮。

去年，我丈夫沒帶著我一起旅行，於是我開車從康乃狄克州到華盛頓去探望父母。他們還住在我從小長大的房子裡。針鉤的床單已經泛黃，臥室的窗簾還跟從前一樣。但

1 巴爾杜茲（Balduccis）是紐約最富盛名的食品商店。

在客廳裡，我父親坐一把黑色大塑膠椅，我母親坐一把棕色大塑膠椅。我弟弟羅利是個弱智，跟他們一起住。他有個朋友艾德，也是弱智，每週來看他一次。羅利每週也去看艾德一次。有時我母親或艾德的母親帶他們去動物園。羅利喋喋不休的話總是比我們起先猜想的要有意義得多。例如，他非常喜歡玲玲，那隻熊貓。開車在社區裡兜風時，他並沒有在模仿「和氣人」[2]按鈴，雖然我父親一度堅信他有。父親從來理解不了羅利。母親因為他缺乏理解力而笑話他。她是個苛刻的女人。過去這十年來，她讓我父親在家的時候吃減肥餐，而他一點也不胖。

我去看他們的時候，就開車帶羅利去海恩斯角，我們一起看河那邊的燈火。儘管他弱智，他似乎能被所見情景深深打動。他搖下窗戶，讓風吹拂他的臉。我放慢車速，幾乎停了下來，他把手放在我手上，像個情人。他想讓我把車停好，他就可以欣賞燈火。我讓他看了很久。回家的路上我開車過橋去阿靈頓，帶他去格里福德買霜淇淋。他吃了香蕉聖代，我假裝沒有看見他用手抓上面的奶油和果仁。後來我用蘸了水的紙巾替他擦手。

有一天我發現他在浴室裡，跟狗兒黛西在一起，為她梳毛抓壁虱。馬桶裡有六七隻壁虱。他特別專心，完全沒抬頭。我站在那裡，發現他頭頂有點禿，黛西身上也夾雜著白毛。我越過他去拿藥櫥裡的阿斯匹林。後來我回到浴室，發現羅利和黛西離開了。我沖了馬桶，免得父母不高興。羅利有時把紙扔進馬桶，而不是垃圾筒，我母親很火大。有時襪子也在馬桶裡。硬幣，糖塊。

我住了兩個星期。每週一，他朋友艾德來以前，羅利會離開客廳，直到有人開門，才裝出看到艾德和他媽媽很驚訝的表情。我帶他去艾德家的時候，艾德也是這樣的。艾德開始用一張報紙遮住臉。「噢，你好。」艾德終於開口。他們做朋友幾乎有三十年了，互相拜訪的程式一直沒有改變。我想他們通過假裝驚奇，能夠提高這種經驗的價值。我跟科琳娜約在城裡吃午飯的時候，也玩類似的遊戲。如果我先到座位上，就研究功能表，直到她來；有時我在餐廳外面等，會故意看著人行道，假裝在沉思，直到她開口說話。

我結婚第二年的時候，讓羅利來跟我們一起住。但是不成功。我丈夫發現他的襪子在馬桶裡；而羅利想念我母親，嘮叨個不停。我帶他回家的時候，他似乎並不遺憾。那棟房子裡有些東西令人感到安慰：銀碗櫃裡的樟腦味，我祖母的手織地毯，到處彌漫著的黛西的味道。

我丈夫上星期來信了：「你想念了不起的我嗎？」我回信說是的。沒有下文。

2 和氣人（The Good Humor Man）是創始於一九二〇年代的美國霜淇淋品牌。公司派出身穿白色制服，駕白色汽車的霜淇淋小販，夏天沿街叫賣，深受兒童歡迎。

科琳娜和蘭尼總是來伍德布里奇。我丈夫在這裡時，他們每個月來一次。現在他們幾乎每週都來。有時我們彼此沒話說時，就談起過往歲月。科琳娜開蘭尼玩笑，說他高中時沒有注意到她。這種拜訪經常是乏味的，但我還是盼望他們來，因為他們是我的替代家庭。像在所有家庭裡一樣，我們也有祕密。有密謀，有懷疑。蘭尼經常打電話給我，讓我不要告訴別人他打過這通電話，他說我應該馬上打電話給科琳娜，約她一起吃午飯，因為她心情很不好。於是我打電話，然後去餐廳，坐在一張桌子旁，假裝沒有看見她，直到她坐下來。自從女兒去世後，她衰老了很多。她女兒叫凱倫，三年前死於白血病。凱倫死後我開始跟科琳娜一起吃午飯，這樣她可以在蘭尼不在場的時候談論這些。等到她不需要再訴說時，我丈夫離開了我，科琳娜為了讓我振作一點，又開始跟我一起吃午飯。我們這樣隔著一張餐桌面對彼此有好幾年。（我知道科琳娜即使週末要工作，也叫蘭尼來看我。他單獨來過幾次。他給了我幾塊 Godiva 巧克力。我給他一袋新鮮的豌豆。有時他會吻我，但僅限於此。科琳娜認為他跟我之間還有更多，她忍著。）

有一回科琳娜說如果我們都能活到五十歲（她在一家州立環境保護機構工作，對壽命期望不高），我們應該像女大學生那樣做真心話測試。蘭尼問，為什麼我們非得等到五十歲。「那好，你究竟怎麼看我的？」科琳娜問他。「呃，我愛你。你是我妻子。」他說。

她放棄了，這遊戲不會太好玩。

蘭尼的第一個妻子，露西，有兩次坐火車來看我，我們坐在草地上，回憶往昔時光：替對方逆梳頭髮，頭髮高高隆起；相簿裡，有我們倆的合照，比賽誰看起來更古怪；我倆第一次在雙人約會時吞雲吐霧。隨著歲月流逝，我沒以前那麼喜歡她，因為她記得關於過去的那些事情是真的，可是她聲音裡透露的驚訝讓過去顯得像謊言。還有，她拐彎抹角地打聽科琳娜和蘭尼的婚姻。是過得不開心嗎？每次她來看我的時候，都說要坐下一班火車回紐約，可是每次她都喝得爛醉，只能第二天再走。她借我的睡衣，喝我的琴酒，在我的鋼琴上彈悲傷的曲調。在我們高中的畢業班年刊上，露西曾被稱為最好的舞者。

我有個情人。他每週二來。他想要更常過來，但我不允許。喬納森二十一歲，我三十三，我知道他最終會離開。他也是音樂家。他早上來，我們肩並肩坐在鋼琴旁，邊哼邊彈巴哈的降Ｂ小調前奏曲，盡可能地延長我們上床以前的時間。他喝健怡可樂，而我喝琴通寧。他告訴我那些追求他的女孩子的事。他說他只想要我。他每週四向我求一次婚，週五打電話求我讓他在一週結束前再來一趟。他送給我非當季的梨子，以及其他他買不起的東西。他給我看他父母惱人的來信，而我通常能體會他父母的用心。我督促他花更多時間練習視譜、音階和琶音和絃。他答應一個從聖誕節開始追求他的富家女幫他的車買磁帶卡座，他只放搖滾樂。有時我會哭，但都是他不在的時候。他已經夠麻煩的了。他不知道自己的人生該怎麼辦，無法跟父母溝通，太多人想從他那得到東西。有一晚他打來電話，詢問要是他喬裝打扮一下，能不能到我家來。「不行。」我說，「你怎麼喬裝打扮？」「剪掉頭髮，買身西裝，再戴個動物面具。」我對他要求很少，但顯然這段關係讓人力不從心。

科琳娜和蘭尼走後，我寫了第二封信給我丈夫，假裝他有可能沒收到第一封。在這封信裡我詳細記述週末的事，並且同意他很久以前對於科琳娜話太多、而蘭尼太謙恭的說法。我告訴丈夫燒烤架的把手不能再使烤架升降。我告訴他鄰居的狗正在發情，整夜嚎叫，讓我睡不著。我重讀了一遍，把信撕了，因為這些事都亂七八糟摻在一段話裡，讀起來彷彿寫信的人是瘋子。我試著再寫。我用一段話描述科琳娜和蘭尼的來訪，用另一段告訴他，他媽媽打電話跟我說他妹妹打算主修人類學。在最後一段話裡我跟他諮詢汽車的問題——要不要換一個新的汽化器。我讀完信，感覺寫得還是很瘋狂。這樣一封信永遠也不會讓他回到我身邊。我把信扔了，寫了一張短且有趣的明信片給他。出門把明信片放在信箱裡。一隻白色的大狗對我哀叫，跑到我前面。我認得那隻狗，是昨晚我從臥室窗戶看到的那一隻，牠當時正盯著我鄰居的房子。狗跑過我身邊，我叫牠，牠卻不回來。我想鄰居有一次告訴過我那隻狗叫皮艾爾，牠並不住在伍德布里奇。

我小時候，有一次因為用給狗刷毛的梳子刷羅利而受責罰。是他讓我這樣做的。那天是復活節，他穿一件藍西裝，拿著狗毛刷走進我臥室，然後雙手雙腳著地，要我替他刷刷。我刷了他的背。我父親看到我們，以拳捶門。「老天，你倆都瘋了嗎？」他說。現在我丈夫走了，我應該帶羅利來這住——但是萬一我丈夫又回來呢？我記得羅利小步跑過客廳，用拳頭砸向空中，唱著：「鈴—鈴，鈴—鈴，鈴—鈴。」

我彈史克里亞賓的升C小調練習曲。我彈得很糟，停下來盯著那些琴鍵。就在這時，似乎有一輛車開上我的車道。壞了的消音器的聲音——毫無疑問，是我情人的車。他提早一天來。我皺眉，心想，要是洗過頭就好了。我丈夫以前看那輛車開進車道的時候也皺眉頭。我的情人（那時他不是）剛開始來這時十九歲，來上鋼琴課。很明顯，他比我更有天賦。很長一段時間我都討厭他。現在我討厭他的衝動，他不說即來，打亂我的計畫，撞上我難看的時候。

「這很可笑。」我對他說，「我正要去市區吃午飯。」

「我的車漏油。」他說，回頭看。

「你為什麼過來？」我說。

「一週一次這種安排太滑稽了。一旦我在你身邊出現得更頻繁一點，你就會習慣的。」

「我不會讓你更頻繁的。」

「我有個意想不到的消息給你。」他說，「事實上，是兩個。」

「是什麼？」

「以後再說。等你回來我再告訴你。我能在這裡等你回來嗎？」

我買給他當生日禮物的一件鐵鏽紅的毛衣繫在他腰間。他坐在壁爐前，在磚石上點燃一根火柴。

「那好。」他說，「我要離開三個月。十一月走。」

「你要去哪？」

「歐洲。你知道我有時參加演出的那支樂隊嗎？有個隊員得了肝炎，我會代替他彈合成器。他們的代理人幫我們找到在丹麥演出的機會。」

「學校怎麼辦？」

「我受夠了。」他說著嘆了口氣。

他把菸扔進壁爐，站起來，解下毛衣。

我不想去吃午飯了。我也不在意他不打招呼就來了。但是他沒有撲過來抱我。

「我要去調查一下漏油的問題。」他說。

後來，去紐約的路上，我試圖猜想第二個驚奇會是什麼（帶一個女人跟他一起走？），我記起我丈夫有一次給我驚喜，烤了一個六層生日蛋糕。那是他生平烤的第一個蛋糕。他在疊放蛋糕胚和撒糖霜的時候，蛋糕胚還沒有完全冷卻。蛋糕一邊比另一邊高很多。他出去買了一個滑雪小人的塑膠像，放在蛋糕上。滑雪小人舉著一枚牙籤，牙籤上貼著一小張紙，寫著「生日快樂。」「我們要去瑞士了！」我拍著手說。他知道我一直都想去那。不，他解釋說，滑雪小人只是一個巧合。我的反應讓兩人都不高興。也是一個巧合，一年以後我跟他走在同一條街道上，我看到他和一個女孩在一起，他牽著她的手。

我就快到紐約了。汽車在哈德遜河林園大道上呼嘯而過。我丈夫已經離開七個月了。

等待科琳娜的時候，我仔細檢視自己的手。在花園裡幹活擦傷了，有淤青。小時候父親替我拍過一張照片，我的雙手對焦得非常清晰，而鋼琴鍵是一片黑白相間的模糊。我那時十二歲，就知道自己要成為一個鋼琴家。父親和我都有這張照片，我們倆可能也都有相同的想法：我放棄音樂是多麼遺憾啊。我住紐約的時候得輕聲彈，怕吵到鄰居。

音樂在恰當的時候停止。有時我一整天沒有練習。我父親為我失去興趣而責備我丈夫。我丈夫聽了他的話。我們搬到康乃狄克州，在那，我不會受到干擾。我又開始練習了，但是我知道自己已經落後——或者說如果這一次我沒有成為鋼琴家，那這一輩子都沒有可能了。我讓羅利來跟我們住，我天天陪著他。我父親責怪我母親，因為她向我抱怨過羅利是個負擔，暗示我照顧他。父親總能找到藉口。我跟他一樣，假裝婚姻一切正常，唯一的問題是那個女孩。

「我覺得這很傷人，真的。」科琳娜說，「這是拒絕承認我的存在。我跟蘭尼結婚好多年了，可是露西打電話來時如果是我接的，她就掛電話。」

「別太在乎了。」我說，「你到現在也該明白了，露西不會跟你那麼客氣。」

「蘭尼也不高興。每次她打電話說她要飛到哪裡去，蘭尼都不開心。他不在乎她去哪裡，但是你知道蘭尼對飛機的感覺——他對每一個坐飛機的人的感覺。」

這些午餐全都一樣。我在這些午餐場合裡就像對自己的音樂一般自律。我試著讓科琳娜平靜下來，科琳娜卻越來越沮喪。她只喜歡昂貴的餐廳，但不吃東西。

現在科琳娜從沙拉裡揀了一顆櫻桃番茄吃，然後把沙拉盤推到一邊。「你覺得我們應該再要一個小孩嗎？我是不是太老了？」

「我不知道。」我說。

「我想有小孩最好的方式是你那種。他們直接開車過來。他現在可能正在你床上相思憔悴呢。」

「二十一歲不算是孩子了。」

「我真嫉妒，恨不得死了。」科琳娜說。

「為喬納森？」

「所有的一切。你比我小三歲，看起來比我小十歲。看看那裡那些纖瘦的女人。看看你和你的音樂。你不需要來吃午餐消磨時間。」

科琳娜從頭髮上取下一枚金色髮夾，又把它插回去。「我們幾乎每週來你家不是為了照看你。」她說，「我們是為了恢復自己。儘管蘭尼去可能是為了他的渴望。」

「你在說什麼？」

「你沒感覺到？你不認為那是真的？」

「不。」我說。

「露西認為如此。她上次打電話時告訴蘭尼的。他告訴我，她說他老在你身邊打轉，把自己搞得像個傻瓜。蘭尼掛電話的時候，說露西永遠無法理解友情的含義。當然，他總是想佯稱露西完全不可靠。」

她取下那根髮夾，把頭髮披下來。

「我也嫉妒她，到處出差旅行，寄西海岸落日的明信片給他。」科琳娜說，「她這次跟一個髒兮兮的皮貨商跑到丹佛。」

我看著我乾淨的盤子，又看看科琳娜的盤子。她的盤子好像有陣大風吹過，或者一個侏儒軍隊行軍走過。我不該在午餐時喝兩杯酒。我告退，打電話給我的情人。他接電話的時候我十分寬慰，雖然我曾告訴他不要接。「來吧。」我說，「我們可以去中央公園。」

「回家吧。」他說，「你會遇上塞車潮。」

我丈夫寄給我一個晶球。包裹裡有張便條。他說去歐洲以前，他在新墨西哥的一家餐館裡，桌子旁邊是約翰·埃利希曼[3]。便條上還寫了約翰·埃利希曼變得有多胖。我丈夫說他打賭我花園裡的南瓜還是長得很好。沒有回信的地址。我站在信箱旁邊，哭了。在草坪邊上，那隻白色大狗盯著我看。

我的情人靠著我坐在琴凳上。我們都裸著。夜深了，不過我們在壁爐裡生了火——五根原木，很多熱量。喬納森加入的那個樂隊的主音吉他手來吃晚飯。我只好做了一頓沒有肉的晚餐。喬納森的朋友年輕，傻乎乎的，看起來比我情人年輕得多。我不知道他為什麼想讓我邀請他。喬納森在這連續待了四天。我讓步了，打電話給蘭尼，跟他們說這週末不要過來。後來科琳娜打電話來說她好嫉妒，想到我跟我鬈髮情人一起在鄉間的房子裡。

我彈奏拉威爾[4]的〈高貴而感傷的圓舞曲〉。突然我的情人插進來彈〈筷子華爾滋〉。他不可救藥，跟他的朋友一樣不成熟。我為什麼要答應讓他在我家一直住到他去丹麥？

「別這樣。」我懇求他，「懂事一點。」

他現在彈起了〈彩虹那邊〉，還唱起來了。

「停下。」我說。他吻了我喉嚨。

我丈夫又寄來一封短信，寫在愛利西歐酒店的便條紙上。他喝醉了，跟人打架受傷，鼻子流血不止，最後只好讓醫生燒灼止血。

再過一星期，我情人就要走了。我不敢想他走後我就要獨自一人在這裡。現在我已

---

3 約翰・埃利希曼（John Ehrlichman，1925 — 1999），尼克森總統的內政顧問。他是水門事件的關鍵角色。

4 拉威爾（Maurice Joseph Ravel，1875 — 1937），法國作曲家，印象派作曲家的最傑出代表之一。

經習慣有人在身邊。我小時候跟羅利共用一間臥室，直到七歲。整晚他都問我那些聲音從哪來。「是怪獸。」我厭惡地說。我讓他哭了那麼多晚，我父母最後加蓋了一間房間，好讓我擁有自己的臥室。

護照照片上，我情人正微笑。

蘭尼打電話來。他很低落，因為科琳娜想再生一個孩子，而他覺得他們年齡太大了。他暗示希望我能邀請他們這週五來，而不是週六。我向他們解釋，他們都來不了，因為我情人週一離開。

「我不是要打聽。」蘭尼說，但他一直沒說他想打聽什麼。

我拿起丈夫的短信，把它帶到浴室，又讀了一遍。那是一場街頭鬥毆。他描述了他看到的一座教堂的窗戶。在信封底部有一縷長長的棕色頭髮。那不可能是故意放進去的。

我在臥室獨自仰臥，盯著黑暗中的天花板，想起情人給我的第二個驚奇：滿滿一罐的螢火蟲。他在臥室裡把牠們全放出。天花板下，床上，小小的閃爍的綠點。我把臉伏在他肩上咯咯地笑：真瘋狂呀，滿屋子的螢火蟲。

「牠們只活一天。」他低語。

「那是蝴蝶。」我說。

我糾正他的話時總覺得不自然，好像是在指出我們年齡的差距。我確定關於螢火蟲的事實我是對的，但是早上我看到牠們還活著的時候感到寬慰。我發現牠們待在窗簾上，挨著窗戶。我試著把所有的螢火蟲再裝回到罐子裡，這樣我就可以拿到外面將牠們野放。我試圖回憶到底有多少枚小小的亮點。

（一九七六年十月二十六日）

週末

星期六早上，莉諾比其他人都先起床。她抱著嬰兒到客廳，把他放在喬治最喜歡的那把椅子上，椅子少了後腳，有些傾斜；她替他蓋上毯子。然後將壁爐生火，在前夜餘火未盡的幾塊紅亮的柴火裡添上新柴。她在椅子旁邊的地板上坐下，察看嬰兒，他已經又睡著了——好事，因為家裡有客人。跟她同居的男友喬治，好客而又衝動，不管老朋友何時來電，總是力邀他們來共度週末。大部分的來電是他以前的學生——他過去是英語教授——他們來了以後事情似乎更糟了。是他變得更糟，因為他大量抽菸喝酒，不吃東西，之後潰瘍就發作了。等到客人離開、週末結束，她不得不煮些清淡的飯菜，例如蘋果泥、燕麥粥、布丁。要他減少酒量也不是那麼容易。過去客人一走，他就能馬上停止，近來他卻只是從威士忌改成葡萄酒，而且葡萄酒一直喝到下個星期——喝得很多，大概一頓飯喝一瓶——直到他胃的狀況惡化。跟他一起生活很難。有一回，以前一名叫露絲的女學生來看他們——她懷疑是他的情人。她無意中聽到喬治在書房裡跟露絲聊天，他帶她去書房看一張房子裝修以前的老照片。喬治對露絲說，她，莉諾，跟他在一起是因為她頭腦簡單。她非常受傷，又驚又羞，一時頭暈眼花。自那以後，不管是什麼客人來過週末，她總是覺得不自在。過去她挺享受和喬治跟客人們一起做的一些事，但自從聽到他跟露絲講的話，她覺得他對所有訪客都私下講過同樣的話。對她而言，喬治還是不錯的。但是她確信那就是他不跟她結婚的原因。最近他說起他們的女兒聰明（她五歲了，叫瑪麗亞），她發現自己再也不能像以前那樣擁有單純的驕傲；現在她還心生惡意，覺得瑪麗亞的存在是她個人優良基因的證明。她開始期望這孩子完美。她知道這樣不對，盡量不讓自己的焦慮感染到瑪麗亞。幼稚園的老師已經說瑪麗亞「難以歸類」了。

莉諾最初愛上喬治是因為他難以歸類，不過她搬去跟他同居了一段時間後，就發現他並不獨特，只是某一類型的變種。她為自己的觀察而驕傲，暗自心懷這個發現——這是她對他看低自己的沉默表示。她不明白他為什麼覺得她吸引人——一開始他是這樣覺得的——因為她不像他喜歡邀請的那些漂亮又能言善道的年輕女人，她們來過週末時帶著情人或是女友。這些年輕女人都沒有丈夫，如果她們真的帶了男人，總是情人。她們不結婚似乎挺快樂的。莉諾也樂意單身——不是因為相信婚姻本身不對，而是因為她知道如果喬治認為她頭腦簡單，就不該嫁給他。起先她想拿聽到的話跟他當面對質，要他給個解釋。但他總能找到開脫的理由。她最多能讓他稍顯慌亂，之後他只會將此歸咎為威士忌。當然她也可以問為什麼總有這麼多女人來，為什麼他在她和孩子們身上花的時間少。他會回答，比起數量他們在一起的品質更為重要。事實上他已經說過這話了，她還沒有問他。他說起事來重複個沒完，這樣她就會當成真理接受。而最終她確實接受了。她不喜歡長時間的認真思考，如果有一個答案——哪怕是他給的——接受答案然後繼續生活總是更容易些。她繼續自己一向在做的事：打掃房子，照料孩子們，還有喬治，當他需要她的時候。她喜歡烘焙糕點，收集藝術明信片。她為他們的房子驕傲，買的時候很便宜，喬治還願意幹活的時候裝修了房子。有訪客來家裡她也開心，儘管她並不欣賞她們，也談不上喜歡。

除了每週一次在一個專科學校[1]教夜校攝影課，喬治沒有其他工作。兩年前他申請終身教職被拒，然後離開大學。她看不出來他工作這麼少是否不開心，因為他忙著做其他事。他早上慢慢品花草茶，聽古典音樂，天晴的下午不管有多冷，他去外面躺著曬太陽。他拍照，在樹林裡散步。必要的時候幫她跑跑腿。他有時晚上去圖書館，或者去看朋友；他跟她說朋友們經常叫她一起去，但是他說她不會喜歡他們。的確——她不會喜歡他們。最近他深夜做吃的。他總是寫日記，還是一個出色的書信作家。他一個姨媽把大部分財產留給他，一萬美元，在遺囑裡說他是唯一一個真正在乎她、並抽出時間一次又一次寫信的人。她去世前五年他都沒有去探望過，但是他定期寫信。有時候莉諾會發現他留給她的便條。一次是冰箱上的一張長長紙條，列著一些適合送她家人的聖誕禮物，是她出門時他想到的。上星期他用透明膠黏了一張紙條在一個盛著燉小牛肉剩菜的砂鍋上，上面寫著：「很好吃。」他嘴上不表揚她，但喜歡讓她知道他的滿意度。

幾個晚上前——他們接到朱莉和莎拉的電話，說她們要來做客的那晚——她對他說希望他能多講一點話，多跟她說說心事。

「說什麼心事？」他說。

「你總是這種態度。」她說，「假裝你沒什麼想法。為什麼要那麼沉默？」

「我不當教授了。」他說，「我不必把每分鐘花在『思考』上。」

但是他愛和年輕女人交談。他會跟她們在電話裡說上一個小時；她們來訪的時候他能跟她們在樹林裡走上大半天。那些年輕女人的情人總是落在後面。他們放棄了，回到屋裡坐下，跟她聊天，或幫忙準備晚飯，或跟孩子們玩。年輕女人和喬治回來的時候精神振奮，準備開始晚飯時的新一輪談話。

幾個星期前其中一個年輕男人對她說：「為什麼你要任其發展？」他們之前稍微聊

1 專科學校（Junior college），美國的兩年制大學，學生畢業時拿到副學士學位，可轉至四年制大學繼續後兩年的學業。也叫社區學院。

了天氣、孩子，然後在廚房裡，他坐著剝豌豆的時候，頭抵在桌上，說話聲幾乎聽不見：「為什麼你要任其發展？」他沒有抬頭，她瞪著他看，以為自己幻聽。她很驚訝——驚訝聽到這話，也驚訝他之後什麼都沒說，讓她懷疑他是不是真的說了那句話。

「我任什麼發展了？」她說。

很長時間的沉默。「不管這是個什麼噁心遊戲，我不願意攪和。」他最終開口，「這不關我的事。我明白你也不願意說。」

「可是那裡真的很冷。」她說，「外面冷成那樣，能發生什麼？」

他搖搖頭，跟喬治搖頭的樣子一樣，表示她令人無法理解。但是她不愚蠢，她知道有什麼事可能在發生。她剛才說的話沒錯，她在正確的軌道上，但她只能說自己的感受，那就是不會有什麼大事發生，因為他們在樹林裡散步，那裡甚至連個穀倉都沒有。她完全了解他們是在散步。

喬治和那個年輕女人回來的時候，他弄了熱蘋果汁，往裡面滴了點蘭姆酒。莉諾心情愉快，因為她確信有些事沒有發生；而那年輕男人相反，他和她想的不一樣。他待在飯桌旁，用拇指劃過一根豌豆莢，彷彿那是把刀。

這個週末莎拉和朱莉來做客。她們週五晚上抵達。莎拉是喬治的學生——是她發起活動要求校方重新聘用他。她看上去不像搗亂份子；她白皙美麗，臉頰上有雀斑。她說了太多以前的事，讓他心煩，擾亂了他和自己和解以後的平靜。她告訴他他被解雇是因為他跟所有事情都「有牽扯」。他們怕他，因為他牽扯的事太多了。她跟他說的越多，他記起來的就越多，如此一來莎拉又要反覆講述同樣的事情。她提醒他以後，他似乎更需要一種肯定——需要聽到她的聲音，聽到她對終身教職評委會成員的怨恨。到了晚上他們倆都會喝醉。莎拉會有點躁動，又充滿慰藉。莉諾、朱莉和孩子們會上樓睡覺。莉諾猜想，自己將不會是唯一一個醒著並還在聆聽的人。她覺得朱莉雖然樣子略顯呆滯，實際上卻處處留心。前一晚他們都圍坐在壁爐邊談話的時候，莎拉做了個手勢，差點打翻了酒杯，而朱莉伸手過去扶住杯子，杯子沒有倒。喬治和莎拉正說到興頭上，都沒有注意。朱莉的手急伸出去的時候，莉諾與她對視了一眼。莉諾覺得自己很像朱莉：朱莉的臉並不流露情感，甚至在她感興趣的時候，甚至當她深深在意的時候。莉諾也是這樣的人，所以她能夠看出來。

莎拉和朱莉週五晚上來之前，莉諾問喬治，莎拉是不是他的情人。

「別這麼荒唐。」他說，「你以為每個學生都是我的情人？朱莉是我的情人嗎？」

她說：「我可沒這麼說。」

「好，你要是願意裝傻，就繼續說吧。」他說，「你要是這麼想了很久的話，確實還挺有道理的，是不是？」

他就是不回答關於莎拉的問題，總是把朱莉的名字扯進來。有的女人可能就會覺得他反對得太激烈了一點——因此朱莉真的是他情人。她不這麼想。她也不再懷疑莎拉，因為這是他所希望的，而她也一向習慣取悅他。

他比莉諾大二十一歲。上一個生日時他五十五歲。他第一次結婚（唯一一次婚姻；她一再提醒自己他們沒有結婚，因為常常感覺好像結了）生的女兒送他一頂愛爾蘭羊毛呢帽。這份禮物讓他煩惱。他戴上帽子，狠狠往下壓。「她想讓我變成個可笑的老傢伙。」他說，「她想讓我戴著這個像傻瓜似的走來走去。」他整個上午都戴著那頂帽子，一直抱怨，嚇壞孩子們。最終為了讓他平靜下來，她說：「她沒有任何目的。」她說得決斷，語氣非常堅定，他聽了她的話。但是因為失去了抱怨的理由，他又說：「你沒有想法並不意味著別人也沒有。」他是變老了嗎？她不願意想他老了。除了有胃潰瘍，他的身體還很結實。他高大英俊，留著一把濃密的髭鬚和一撮稀疏的山羊鬍子，捲曲的黑髮裡很少見到灰白髮絲。他穿著緊身牛仔褲，冬天是黑色高領毛衣，夏天是舊白襯衫，捲起袖子。他裝作不在意自己的外表，但其實很在意。他仔細地修鬍鬚，沿著山羊鬍的兩邊緩緩往下刮。他從加州一家商店定購軟皮皮鞋。每次散步很久，回來以後——雖然他每天沖兩次澡——他還會再沖一次。他看起來總是神采奕奕，很少承認心中的不安。有那麼幾次，在床上的時候，他問：「我還是你的夢中人嗎？」每次她說是的時候，他總是笑，把問題變成一個笑話，好像他並不在意。她知道他在意。他裝作對衣服無所謂，但其實對他的高領衫，襯衫和鞋子非常挑剔（有幾件是義大利絲綢的），以至於都不要別的衣服。她注意到來做客的年輕女人也總是很虛榮。莎拉來的時候，戴了一條很漂亮的絲巾，顏色像海螺殼一樣潔白。

星期六早上，莉諾坐在地上，注視著她剛剛點燃的爐火。嬰兒蜷縮在喬治椅子上的被窩裡，在睡夢中微笑。莉諾想如果他是個大人，該會是多麼好的同伴。她站起來，去廚房裡撕開一包酵母，用熱水化開，加了鹽和糖。她用手指在其中攪和，打顫，因為廚房裡太冷了。她準備烤晚飯的麵包——他們有客人的時候，傍晚總有一頓大餐。但是這一天其餘時間她幹什麼呢？喬治前一晚跟女孩們說，星期六要去樹林裡散步，但是她不是那麼喜歡步行，而喬治會因為前一晚的爭論而不快，她不想刺激他。「你不願挑戰任何人。」她哥哥幾天前寫了封信給她。他多年來——她和喬治在一起的這些年——一直寫信給她，問她打算什麼時候結束這段關係。她很少回信，因為她知道自己的回答聽起來太簡單。她有一棟舒適的房子。她煮飯。她總有的忙，她愛她的兩個孩子。「說『但是』似乎不大好，」她哥哥寫道，「但是……」是真的，她喜歡簡單的事。她哥哥在劍橋當律師，無法理解這點。

莉諾的手擦拭一側臉，跟下樓來的朱莉和莎拉說早安。莎拉不要橙汁，她看起來很有精神，準備好開始新的一天。莉諾倒了一杯給朱莉。喬治在門廊裡喊：「準備好行動了嗎？」他這麼早就想出門，莉諾很吃驚。她走進客廳。喬治穿著一件牛仔夾克，手插口袋裡。

「早安。」他對莉諾說，「估計你不想步行，是嗎？」

莉諾看著他，但是沒有回答。她站在那裡時，莎拉繞過她，走到門廊跟喬治會合，他握著門把。「咱們走到商店，買幾塊好時巧克力，給咱們的遠足提供能量。」喬治對莎拉說。他們走了。莉諾發現朱莉還在廚房裡，等水燒開。朱莉說她晚上睡得很差，很希望不跟喬治和莎拉出去。莉諾替她們倆泡茶。瑪麗亞坐在她旁邊的沙發上，小口啜著橙汁。小嬰兒喜歡有同伴，而瑪麗亞是個孤僻的孩子；她寧願只有她和媽媽兩個。她已經放棄對爸爸的擁有權。這會兒她拿出一個硬紙盒，把她媽媽收藏的明信片都拿出來，在地板上排成整齊的一隊。每當她抬頭看的時候，朱莉就緊張地對她微笑；瑪麗亞不笑，莉諾也並不敦促她。莉諾去廚房裡揉麵團，瑪麗亞也跟去。瑪麗亞最近剛出完水痘，額頭正中還有一道小小的傷疤。莉諾近來發現自己不再看女兒的藍色眼睛，反倒注意起不完美的地方了。

莉諾把麵團抻長，放在撒了玉米麵粉的烤盤上，這時她聽到雨聲。雨水擊在車庫的房頂上，聲音很響。

幾分鐘後朱莉走進廚房。「他們被這場大雨困住了。」朱莉說，「要是莎拉留下車鑰匙，我可以去接他們。」

「開我的車去接吧。」莉諾說著用胳膊肘指指門邊釘子上掛的鑰匙。

「可是我不知道商店在哪。」

「你昨晚開到我們家的路上肯定經過。出門後往右轉。就在大路邊。」

朱莉拿了她的紫色毛衣，取下鑰匙。「我很快就回來。」她說。莉諾可以感覺到她樂意逃離這裡，落雨了她很高興。

莉諾在起居室裡翻著一本雜誌，瑪麗亞喃喃地重複著「藍色、藍色、深藍色、藍綠色」，每次出現顏色的時候她都注意到。莉諾一口一口地抿著茶。她在喬治的唱機裡放了一張麥克·赫利[2]的唱片。麥克·赫利是很好的雨天音樂。喬治有上百張唱片。他的學生之前喜歡翻找。非常明智，他從不刻意追趕時尚。所有的唱片不是爵士就是其他各類

2 麥克·赫利（Michael Hurley，1941—），美國創作歌手和吉他手。他是二十世紀六七〇年代紐約格林威治村民謠運動的成員之一。

風格：麥克・赫利，凱斯・傑瑞特[3]，雷・庫德[4]。

朱莉回來了。「我找不到他們。」她說。她看起來好像在等待懲罰。

莉諾很驚訝。她正要說「你沒好好找吧，是不是？」這樣的話，但是瞥到朱莉的眼神。她的樣子顯得很小，有些懼怕，甚至有點古怪。

「好吧，我們試過了。」莉諾說。

朱莉站在壁爐前，背對著莉諾。

莉諾知道朱莉在想，她糊塗——她不明白這意味著什麼。

「他們可能穿過樹林，沒有沿著路邊走。」莉諾說，「有這可能。」

「但是雨下起來的時候他們可以到路邊攔車啊，不是嗎？」

也許她誤會朱莉的想法。也許朱莉到這一刻才意識到可能發生的事。

「他們可能迷路了。」朱莉說，「可能出了什麼事。」

「沒事的。」莉諾說。朱莉轉過頭，莉諾又注意到她眼中閃爍的亮點。「他們可能在樹下躲雨。」她說，「可能在亂搞。我怎麼會知道？」

這不是莉諾常用的詞。她平常總是努力讓自己不去想，但是她能感覺到朱莉非常沮喪。

「真的嗎？」朱莉說，「你難道不在乎嗎，安德森太太？」

莉諾被逗樂了。這是個轉折。所有的學生都叫她丈夫喬治，叫她莉諾；而現在其中一個希望這裡有個真正的成人來跟她解釋一切。

「我能做什麼？」莉諾說。她聳聳肩。

朱莉沒有回答。

「我替你倒點茶好嗎？」莉諾問。

「好。」朱莉說，「麻煩了。」

喬治和莎拉是下午過半的時候回來的。喬治說他們一時衝動想去大城市轉轉——他說的其實是個小鎮，但稱之為大城市提供他說風涼話的機會。喬治說，他們坐在一家餐廳吧檯等雨停，然後搭了一輛順風車回家。「但是我完全清醒。」喬治說，第一次把頭轉向莎拉。「你呢？」他滿臉微笑。莎拉讓他失望了，她看起來有些尷尬。她的眼光迅速地投向莉諾，又移開去看朱莉。兩個女孩注視著對方，而莉諾，只剩下喬治給她看了。她看了看爐火，然後起身加了一塊木柴。

3 凱斯・傑瑞特（Keith Jarrett，1945—），美國爵士樂手，鋼琴演奏家，在爵士樂和古典樂領域都非常成功。

4 雷・庫德（Ry Cooder，1947—），美國藍調吉他大師，他的滑弦吉他技法為人稱道。

很快大家就發現，他們都被這場雨困住了。瑪麗亞給她的紙娃娃脫了衣服，又故意從它的帽子上扯下一根羽毛。然後她把一堆碎片拿給莉諾，幾乎快哭了。嬰兒哭了，莉諾把他從沙發上抱起來，之前他在黃色毯子下熟睡。她把他架在兩腿之間的空隙中，雙手托著他，身子後仰去看爐火。那是她的火，她有理由照看。

「我的男孩怎麼樣？」喬治說。嬰兒看他，又看別處。

因為下雨，天黑得早。四點半，喬治開了一瓶薄酒萊，把它拿到客廳，空出的那隻手把四個酒杯攬在胸前。朱莉緊張地站起來，拿過杯子，過分客氣地大聲說感謝。她不看莎拉，把一個酒杯給她。

他們在爐火前圍坐成一個半圓，喝酒。朱莉一頁一頁翻著雜誌——《新時代》，《國家地理》——莎拉手裡拿著一個繪有灰綠色樹葉的白色小碟，是她從咖啡桌上拿的；碟子上有幾枚貝殼，一些橡果，一兩塊磨光的石頭，莎拉在手指間摩挲著這些東西。房子裡有幾個這樣的小碟，都是喬治布置的。他和莉諾很久以前在北卡羅來納的一個海灘上揀到的那些貝殼，那是他們第一次出門旅行。但是橡果，閃亮的綠松石和紫水晶——她知道，它們放在碟子裡是因為喬治喜歡客人看到以後的反應；其實，是一種意料之中的不落俗套。他還買了幾幅鑲框的小畫，有比崇拜他的學生更重要的客人來時，他為他們特意展示——水果的微型油畫、獨角獸圖案花毯的局部細節照片。他裝作喜愛那些精緻優雅的東西。但實際上，他們去紐約參觀美術館的時候，他總是先去看艾爾・葛雷柯[5]和馬克・羅斯科[6]的大幅油畫。她永遠不能讓他承認他有時說的或做的事很虛偽。有一回，很久以前，他問他是否還是她的夢中人，她說：「我們現在合不來了。」「別說這些。」他說——不否認，不反駁。她最多能說出這些話而不被責怪；她永遠不能跟他繼續一段對話。

晚餐桌上點著白色蠟燭，它們在空酒杯裡燃燒。他們用他祖母那有花朵圖案的盤子吃飯。莉諾看著窗外，依稀看到黑暗中他們那棵巨大的橡樹。雨已經停了。幾顆星星出來了，濕樹枝上有點點光亮。橡樹長得離窗戶很近。她哥哥有一次建議應該修剪房前的一些灌木和大樹，讓它們長開一點，房子裡就不會那麼暗。喬治喜歡聽到這個，這給了他機會大讚自然之美，說他永遠不會篡改這種美麗。「這裡天天像待在墳墓裡。」她哥哥說。搬到這以後，喬治幾乎知道了土地裡生長的所有東西的名稱：他可以指出六道木灌木，繡線菊，月桂。他訂了《國家地理》雜誌（雖然她很少見到他在讀）。他終於「建立聯繫」，他說，鄉間生活使他建立聯繫。他現在正對莎拉說話，她放下象牙柄的叉子聽。

5 艾爾・葛雷柯（El Greco，1541 — 1614），西班牙天才畫家，主要作品是肖像畫和宗教畫，所畫人體造型誇張，創意大膽。

6 馬克・羅斯科（Mark Rothko，1903 — 1970），美國抽象派畫家，其代表性作品是以色塊為主的構圖畫面。

他起身去換唱片。泰勒曼[7]的唱片B面音樂輕柔地響起。

莎拉對莉諾還是很戒備。喬治離開房間的時候她對她快速地說些客套話。「你們真了不起。」她說，「我希望我父母能像你們一樣。」

「喬治聽到你這麼說會很高興。」莉諾說著，把一小片通心麵送到嘴邊。

喬治回來就座後，急於取悅的莎拉對他說：「要是我父親像你這樣就好了。」

「你父親。」喬治說，「我不會這麼聯想。」他愉快地說著，但是很難掩藏聽到這種對比後的不快。

「我是說，他除了生意什麼都不關心。」女孩結結巴巴地繼續。相比之下，音樂卻愈發輕快美好。莉諾去廚房裡拿沙拉，聽到喬治說：「我決不能讓你們女孩走的。沒有人在星期六離開的。」

禮貌的反駁，對莉諾廚藝的讚美——說的話真多。莉諾很難專心聽他們說什麼。熱飯熱菜可口。她又倒了些酒，讓他們說下去。

「高達，對，我知道——搖拍那一列大鳴喇叭的汽車，動作那麼慢。那長長的一列汽車永無止境。」

她聽到喬治說的最後一段話。他的手臂在飯桌上方慢慢擺動，標誌著電影裡靜止不動的車列。

子。

「那盆花好看。」朱莉對莉諾說。

「是秘魯常春藤。」莉諾笑著說。她應該微笑，她不會主動替這些女孩拔下幾片葉

泰勒曼那張唱片放完了，莎拉要求放鮑勃・狄倫。白蠟滴在木桌上，喬治等蠟滴輕輕凝住，然後刮掉這些小圓片，用拇指和食指輕輕地彈向莎拉。他解釋（儘管莎拉沒有要求某張特定的狄倫唱片）他在聽電子音樂以前只聽狄倫。還有《行星波動》——「因為太浪漫了。挺傻的，不過是真的。」莎拉對他微笑。朱莉對莉諾笑。朱莉是在表示禮貌，她看到莎拉笑，但並不知道是怎麼了。莉諾沒有笑。她為了讓他們自在，已經做得夠多了。她現在累了，音樂，飽脹的胃，還有外面又下起來的雨。她準備的甜點是自製香草霜淇淋，喬治做的，裡面有黑色小香草豆莢。可是他還在喝酒，又開了一瓶。他小口喝著，用勺子在他的霜淇淋上輕輕地敲，眼睛看著莎拉。莎拉笑了，讓大家都看到她的笑容，然後從勺子上吮下一口霜淇淋。朱莉錯過眼前越來越多的事情。莉諾注視著朱莉茫然地用手摩挲著紙巾。她戴著一條細細的貼頸銀項鍊——莉諾頭一回注意到——她右手的第三個手指上戴著一個細細的銀指環。

7 泰勒曼（George Philipp Telemann，1681—1767），德國作曲家，自學多種樂器，以多產聞名於世。

「安娜的事實在是可怕。」喬治說。他喝著最後一口酒，冰淇淋溶化了。他沒有特別看著某個人，雖然是莎拉前一天晚上提起的安娜。他們當時在屋裡待了很短一段時間——說到安娜死了，被車撞的，幾乎根本不算是事故。安娜也是他其中一位學生。那輛車的司機喝醉了，但是因為某種原因沒有被告上法庭。（莎拉和喬治以前說起過這事，但是莉諾沒放心上。她能做什麼？她見過安娜一次，一個美麗的女孩，像孩子一樣的小手，頭髮薄而捲曲，小心翼翼。長得美的人都小心翼翼。）現在司機精神錯亂了，朱莉說，他打電話給安娜的父母，想跟他們談談，問問為什麼會發生事故。

嬰兒哭了起來。莉諾上樓去幫他拿掉一些蓋被，和他說了幾分鐘話，他就安靜下來。她下樓，酒勁一定比她意識到的更大，要不然她為什麼數起台階？

在點著蠟燭的餐廳裡，朱莉獨自坐在桌旁。這女孩又一個人待著了；喬治和莎拉拿了傘，決定去雨中散步。

八點。朱莉幫莉諾把碗碟放進洗碗機時，說了一句莉諾的房子真美，此後她很少說話。莉諾累了，也不想找話說。她們坐在客廳裡喝酒。

「莎拉是我最好的朋友。」朱莉說。她似乎為此而抱歉。「我回到大學的時候跟這裡的生活非常脫節。我之前和丈夫在義大利，突然回到美國。我交不到朋友。但是莎拉不像其他人，她對我很好。」

「你們做朋友多久了？」

「兩年了。她真的是我有過的最好的朋友。我們明白事理——我們不必非得談論那些事。」

「比如她和喬治的關係。」莉諾說。

太直接了。太過突然。朱莉沒有回答。

「你做得好像該怪罪於你。」莉諾說。

「我覺得很怪，因為你是這麼一位好心的女士。」一位好心的女士！多麼奇特的措辭。她一直在讀亨利·詹姆斯嗎？莉諾從不知道該如何看待自己，但她肯定認為自己比「女士」複雜多了。

「你為什麼是這種表情？」朱莉問，「你很好心。我認為你對我們一直很好。你放棄了自己整個週末。」

「我總是放棄我的週末。週末其實是我們唯一的社交時間。在某種程度上，有事可做挺好的。」

「可是變成這個樣子……」朱莉說，「我猜我覺得奇怪是因為當我自己的婚姻破裂時，我甚至都毫無疑心。我是說，我反正不能像你那樣，但是我——」

「就我所知，什麼事也沒有。」莉諾說，「就我所知，你的朋友是在自作多情，而喬治是想讓我嫉妒。」她往火堆裡添了兩塊木柴。等這些都燒完了，她不是得走到柴棚，不然就是作罷，回去睡覺。「有什麼……大事嗎？」她問。

朱莉在火邊的地毯上坐著，用手指繞著頭髮。「我來這時還不知道。」她說，「莎拉讓我處境尷尬。」

「但是你知道事情到什麼程度了嗎？」莉諾問，她現在是真的好奇。

「不知道。」朱莉說。

無法知道她是否在說真話。朱莉會跟一位女士說真話嗎？也許不會。

「不管怎樣，」莉諾聳聳肩說，「我不願一直想著這些事。」

「我從來沒有勇氣跟一個男人同居而不結婚。」朱莉說，「我是說，我希望我有，希望我們那時沒有結婚，但是我就是沒有那種……我的安全感不夠。」

「你總得有個地方住。」莉諾說。

朱莉看著她，好像不相信這是真心話。是嗎？莉諾心想。她跟喬治一起六年了，有時她覺得她已經找到他的遊戲規則，連帶著也傳染了他的感冒和壞情緒。

「我給你看點東西。」莉諾說。她站起來，朱莉跟上去。莉諾打開喬治書房裡的燈，她們穿過書房，走進他把浴室改造成暗房的房裡。在一張桌子的下一個盒子後面的另一個盒子裡，有一疊照片。莉諾把照片取出來遞給朱莉。這些是莉諾去年夏天在他的暗房裡發現的照片，誤放在外面，毫無疑問。他把照片留在臥室裡，而她是在把這些照片拿進去暗房時發現的。它們是喬治的臉的高反差顯影照片。所有這些照片裡，他看起來非常嚴肅、悲傷；有照片裡他的眼睛好像因痛苦而變得狹長。有一張他的嘴張開，那是一幅關於痛苦中人的出色照片，一個要尖叫的人。

「這是什麼？」朱莉低聲說。

「他替自己拍的照片。」莉諾說。她聳聳肩。「所以我留下來。」她說。

朱莉點點頭。莉諾點點頭，把照片放回去。莉諾到這一刻才想到這也許是她留下來的理由。事實上，這不是唯一的理由。這只是一個非常體面的，令人印象深刻的理由。當她第一次看到這些照片時，她自己的臉也變得像喬治的一樣扭曲。她完全不知道該怎麼做。她害怕，也覺得羞恥。最後她把照片放進一個空盒子，又把盒子放在另一個盒子後面。她甚至不想讓他再看到那些恐怖的照片。她不知道他是否已經發現那塞到牆邊的另一個盒子。就像喬治說的，人跟人之間的溝通不是太少，而是太多。

後來，莎拉和喬治回來了。還在下雨。原來他們帶了一瓶白蘭地出去，兩個人都淋得透濕，還醉醺醺的。他用一隻手握住莎拉的手指。莎拉看到莉諾，鬆開他的手。但他突然轉身——他們進門還沒打招呼呢——抱起她，轉圈，跌跌撞撞進入客廳，他說：「我戀愛了。」

朱莉和莉諾沉默地注視他們。

「非禮勿視。」喬治說，他用空了的白蘭地酒瓶指著朱莉。「非禮勿聽。」喬治說，他指著莉諾。他把莎拉抱得更緊些。「我非禮勿言。我說的是真的。我戀愛了！」

莎拉從他懷中掙脫開，跑出房間，跑上黑暗中的樓梯。

喬治呆呆地看著她的背影，跌坐在地上，笑了。他打算把這事當成一個笑話讓自己下台。朱莉驚恐地看著他，從樓上可以聽到莎拉的抽泣聲。她的哭聲驚醒了嬰兒。

「抱歉我離開一下。」莉諾說。她爬上樓梯，走進兒子的房間，把他抱起來。她對他輕聲細語，用一些謊言來安撫他。他太睏了，受驚的時間不長。幾分鐘後他就又睡著了，她把他放回小床。在另一間屋裡，莎拉哭的聲音小一些了。她哭得如此淒慘，莉諾差點要加入了，但她沒有，只是輕輕拍著兒子。在黑暗中，她站在小床邊，最後終於走出房間，沿著走廊回到臥室。她脫下衣服，鑽到冰冷的床上。她集中精神正常地呼氣吸氣。她的門關著，莎拉的門也關著，她幾乎聽不到她。有人輕輕敲她的門。

「安德森太太。」朱莉低語，「這是你的臥室嗎？」

「是。」莉諾說。她沒有叫她進來。

「我們要走了。我來叫莎拉，然後就走。我不想不打招呼就離開。」

莉諾一時不知道怎麼回答。朱莉能說這話實在是非常好心。她幾乎要流淚了，所以什麼也沒說。

「那好。」朱莉為了讓自己安心，說，「晚安。我們走了。」

不再有哭聲了。有腳步聲。很神奇，嬰兒沒有再被吵醒，瑪麗亞一直睡著。她總是睡得很好。莉諾自己的睡眠越來越差了，她知道喬治大半個夜晚、很多夜晚都在散步。她對此一言不發。如果他認為她頭腦簡單，她簡單的智慧對他有什麼好處？

橡樹在風雨中刮擦著窗戶。二樓這裡，房頂下面，尖細的擊打聲變得很大。如果莎拉和朱莉走前跟喬治說了什麼，她沒有聽到。她聽到汽車發動的聲音，又熄火了。重新發動——她在祈禱汽車開走——引擎又停了，然後車子才慢慢開出去，在沙礫路上發出嘎吱嘎吱的聲音。

床還沒有變暖，她渾身發抖。她想方設法入睡，反而一直清醒。她瞇起眼睛集中心思，卻沒有閉上眼睛。房子裡唯一的聲音是電子鐘，在她床邊嗡鳴。連午夜還沒有到。

她爬起來，沒有開燈，走下樓。喬治還在客廳。火堆只剩下柴灰和一點沒燒完的餘燼。那裡跟床上一樣冰冷。

「那個臭婊子。」喬治說，「我早該知道她是個笨丫頭。」

「你做過頭了。」莉諾說，「我是唯一一個你可以做過頭的人。」
「該死的。」他說著捅了捅火堆。幾顆火星彈出來。「該死的。」他壓著呼吸重複道。
他的毛衣還是濕的。他的鞋子沾滿了泥，被泡壞了。他坐在爐火邊，頭髮貼在頭上，看起來醜陋、衰老、陌生。她回想起有一次，還是天暖和的時候，他們剛認識不久，一起在海灘上散步、揀貝殼。小小的浪花湧上來。太陽在雲彩後面，那一刻彷彿有幻覺，雲彩靜止不動，而太陽在前面快速移動。「來追我。」他說著從她身邊跑開。他們之前在靜靜地說話，揀貝殼。她看他突然跑走非常吃驚，使盡全身力氣去追，真的追到了。她把手伸出去，在他要跑進水裡的時候，抓住他泳褲的鬆緊帶。假如她沒有追到他，他真的會一直跑進深水，直到她無法跟上嗎？他轉過身，就像他跑開的時候那麼突然，抓住她，使勁抱住她，把她舉得很高。她抓住他不放，緊緊地抱著他。他和莎拉散步回來的時候也試了同樣的舉動，沒有奏效。
「就算她們的車撞到路邊我也不在乎。」他惡毒地說。
「別這麼說。」她說。
他們沉默地坐著，聽雨聲。她跟他湊近一點，手放在他的肩膀，頭靠著，就好像他可以保護她，避開那些他希望發生的禍事。

（一九七六年十一月十五日）

星期二晚上

亨利本應六點時把孩子送回家，但他們通常要八點或八點半才能到。瓊安娜累過頭了，她進門後第一分鐘就說不想上床睡覺。亨利教了她表達方式。「進門後的一分鐘」這句話我以前說過一次。他護著孩子，拿這話來笑我。「讓可憐的孩子上床以前擁有一分鐘吧，她的確剛進門。」那可憐的孩子，當然，她瘋狂迷戀亨利。他允許她叫他亨利，而不是「爸爸」。現在他帶她去她喜歡的一家法式餐廳吃飯，那裡五點半才開門。這意味著她回家時快八點了。如果我不許她吃蝸牛，那我簡直是頭畜生。而如果我告訴她她父親給的撫養費起伏很大，法式晚餐卻始終如一，對她也有點殘忍。忘掉錢的事吧——亨利一直是個好父親。他每週二晚上來看她，細心地用削鉛筆機幫她削蠟筆，每隔一週的週末帶她回去。他做的唯一一件對她不好的事——他自己也承認——是把離婚以後馬上跟他同居的那個懶洋洋的女人介紹給她認識。那個可惡的女人，她教瓊安娜唱〈我是一個女人〉。幸好她不記得多少歌詞，可是我知道如果她唱著「達布又—哦—埃姆—哎

—恩」[1]在屋裡走來走去兩個星期之久的話我會瘋掉的。有時那個懶洋洋的女人在瓊安娜的頭髮上插一支鮮花——她說，這就像瑪麗亞・馬爾道[2]。孩子倒有足夠的理智覺得尷尬。

我認識的男人們彼此都友好往來。亨利上星期來家裡的時候，他幫丹——丹跟我同居——把一個書架搬上又陡又窄的樓梯，搬到二樓。亨利和丹談論營養方面的話題——丹當前的興趣。我哥哥鮑比是唯一一個我知道在二十六歲對幻覺劑興趣濃厚的人，他很樂意在亨利面前耍寶，拿出他那個綠色的溜溜球，裡面有兩節奇蹟般的電池讓它發光。丹告訴鮑比如果他打算吸毒，應該在之前和之後用維生素填滿肚子。他們仨替我做聖誕大採購。去年他們在城裡一家義大利餐廳吃晚飯。我問丹他們點了什麼，他說：「哦，我們都吃通心麵。」

我一直靠紅辛格草本茶和西瓜維持生命，企圖減肥。丹，亨利和鮑比都很瘦。瓊安娜的身材像她父親，苗條優雅，彷彿雕刻出的五官讓馬里莎・貝倫森[3]也相形見絀。她十歲了。昨天我在洗衣店取衣服的時候，一個女人從背後看，誤把我當作她的表姊艾迪。

瓊安娜在學校上課，他們討論環境問題。她想把我們種的一棵大酪梨樹帶到學校。我試著跟她耐心解釋這棵酪梨樹跟環境問題沒有一點關係。她說他們也在討論自然。「有什麼壞處？」丹說。結果他去上班了，讓我一個人把那棵高大的酪梨樹塞進奧迪。我還得負責烤餅乾，讓瓊安娜帶到學校去分給同學，以慶祝她的生日。她告訴我按照慣例要把餅乾裝進盒子，盒子用生日主題的包裝紙包裝。我們選了黃色小熊站在同心圓裡的圖案。丹把麥麩灑進巧克力豆餅乾的麵團。他不許我在心形甜餅乾裡用紅色的食用染料。

我最好的朋友黛安娜總是早上過來，她對我的紅辛格草本茶嗤之以鼻。有時她在這裡沖澡，因為她喜歡我們的蓮蓬頭。「你怎麼不一直待在那？」她說。我哥哥對她很溫柔。他覺得她極有魅力。他問我是否注意到沖完澡後她額頭上的細細水珠，就在髮際線那。鮑比借錢給她，因為她丈夫給的總是不夠。我知道黛安娜真的想跟他搞婚外情。

丹星期二晚上需要加班，而我前一陣子做出決定，每星期要把一個晚上留給自己——一個他們不在的晚上。黛安娜說：「我知道你的意思。」但是鮑比很生氣，不論是那天晚上還是別的晚上，他有兩個星期沒來家裡。瓊安娜很開心放學後由黛安娜接，她開著她那輛一九六六年的福特野馬敞篷車。她可以跟黛安娜回家，直到亨利去接她。丹

1 即W—O—M—A—N，女人。
2 瑪麗亞・馬爾道（Maria Muldaur，1943—），美國民謠女歌手，演出時常在發間插一朵大花。
3 馬里莎・貝倫森（Marisa Berenson，1947—），美國女演員，模特兒。

一直說我們的關係出問題了——儘管沒有——我告訴他週二晚上的決定時，他嘟起嘴，點點頭，但什麼也沒說。第一個獨自在家的晚上，我讀了一本已擱置在家多時的黃色雜誌。然後我脫掉所有衣服，照了客廳的鏡子，決定開始節食，便省掉晚飯。我打了長途電話給一個加州的朋友，她剛生孩子。我們說到她大腿上蛛網般的細小靜脈，我一再跟她保證它們會消失的。後來我把家裡有的維生素每種吃了一片。

第二個星期我為閒暇時光做了更好的準備。我提前買了全麥麵粉和苜蓿蜜，然後做了四塊全麥麵包。我做了一塊餡餅皮，把麵團放在水槽裡，在水槽裡揉，這樣其實很合理，但我永遠不會讓別人看到我這麼做。然後我閱讀《時尚》。後來我取出那天下午買的瑜伽書，把它放在我的塑膠食譜架上，把食譜架放在地上，邊看邊做動作。我把餡餅皮烤過頭了，皮烤焦了。我鬱悶起來，喝掉了一瓶杜林標[4]。接下來那個星期，我出門冒險。我去看了一場電影，然後買了一份巧克力奶昔給自己。我坐在藥局的櫃檯邊喝奶昔。我本打算再續一個避孕藥的處方，但又覺得煞風景。

現在，瓊安娜星期二晚上在她爸爸家睡覺。亨利覺得她已經過了睡前讀童話的年齡，他改跟她跳華爾滋。她穿一條長睡裙，還有一雙某個女人留在那的高跟鞋。她說他通常放〈藍色多瑙河〉，不過有時他也瞎鬧，放〈愚蠢的風〉或者〈永遠年輕〉，他們行屈膝禮，隨著音樂旋轉。她暗示我她想上舞蹈課。上星期她踩著她的跳跳樂[5]在客廳裡四處跳舞。跳跳樂是丹給她的，他說現在她有個舞伴了，這樣就省了上跳舞班的錢。他說要是她有什麼問題，可以問他。他說她可以叫他「丹尼爾先生」。她討厭他。如果她是丹的孩子，我肯定他現在還讀童話給她聽呢。

又一個星期二晚上，我出去買花。我用美國運通卡買了七十塊錢的花，以及一些掛鉤。店裡的女人幫我把盒子抬到車上。我回到家，把釘子釘在窗框上，再把花盆掛上去。它們還不需要澆水，但是我把塑膠水壺舉到上面，看看澆起水來會是什麼樣。我擠一擠塑膠壺，盯著壺裡伸出的塑膠彎管看。後來我用蛋白替自己做了個面膜。

有一隻老鼠。我最先在廚房看到的——一隻小灰老鼠，一路溜達，慢慢地從櫥櫃下面走到爐子後面。我讓丹把爐子後面的小老鼠洞封上。後來我又在客廳的斗櫃下面看到老鼠。

「是隻老鼠，是隻小老鼠，」丹說，「由牠去吧。」

「大家都知道有一隻老鼠，就有更多。」我說，「我們必須除掉牠們。」

---

4 杜林標（Drambuie），蘇格蘭威士忌利口酒品牌，利口酒是一種烈性甜酒。

5 跳跳樂（Pogo stick），是一種上端有把手，下端裝有彈簧踏腳的長金屬棒，人可以站在踏腳上跳躍。

人道主義者丹看到老鼠又出現了，有點暗自歡喜——他封了牠的家，沒造成什麼破壞。

「我看是同一隻老鼠。」亨利說。

「牠們看起來都那樣。」我說，「那並不代表——」

「可憐的傢伙。」丹說。

「你們倆有誰能去放老鼠夾嗎？還是得我去做？」

「得你去。」丹說，「我受不了。我不願殺老鼠。」

「我看只有一隻老鼠。」亨利說。

我怒視著他們，去廚房裡把老鼠夾從玻璃紙包裝裡取出來。我眼淚汪汪地瞪著他們。我不知道怎麼安裝。丹和亨利讓我顯得像一個冷血殺手。

「也許牠會走掉。」丹說。

「別傻了，丹。」我說，「要是你不打算幫忙，至少別坐在那裡跟亨利說笑。」

「我們沒說笑。」亨利說。

「你倆還真是好哥們兒。」

「又怎麼了？你想讓我倆討厭對方？」亨利說。

「我不知道怎麼裝老鼠夾。」我說，「我自己做不了。」

「可憐的媽媽。」瓊安娜說。她在外面的門廳裡聽我們說話。我幾乎急得叫她不要諷刺人，但我意識到她是嚴肅的。她為我感到難過。有人與我同一陣線，我有了新的勇氣，走回廚房，搞定老鼠夾。

黛安娜打電話來說她問過她丈夫，能不能每週有一晚出門，她就能跟朋友出去玩或者自己待在家裡。他說不行，但是答應了跟她一起去上彩色玻璃的手藝課。

某個週二下雨了。我待在家裡胡思亂想，回憶過去。我想到高中最後一年約會的那個男孩，他總是週末帶我去鄉下，去他某個堂兄弟住的地方。我好奇他為什麼總是去那，因為我們從來也沒有開到門口。他會在樹林裡沿著長長的私人車道開，途中開上一條窄窄的小路，那是他們開著卡車去樹林裡砍樹時開的路。我們在小路邊停車，擁抱親吻。有時男孩會沿著鄉間路慢慢地開車，尋找野兔。那裡經常能看到兔子——有時甚至一次看到兩三隻。每次看到兔子，他就踩足油門往前開，想撞死兔子。車裡沒有收音機。他有個手提式收音機，只有兩個頻道（靈歌和古典），我把它放在腿上。他喜歡把音量開得很大。

瓊安娜到我的臥室，宣布鮑比舅舅打電話來。

「我買了隻狗。」他說。
「什麼品種？」
「你都不驚訝嗎？」
「驚訝。你在哪買的？」
「我大學裡認識的一個傢伙，要坐牢了，他說服我買下這條狗。」
「他為什麼坐牢？」
「搶劫。」
「瓊安娜。」我說，「我打電話的時候你別站在那盯著我看。」
「他搶了一戶人家。」鮑比說。
「什麼品種的狗？」我問。
「阿拉斯加雪橇犬和德國牧羊犬的混血。它在發情期。」
「嗯，」我說，「你一直想要條狗的。」
「總是我打電話給你，你從不打給我。」鮑比說。
「我從來沒有什麼有趣的新聞。」
「你可以打來告訴我你星期二晚上做了什麼。」
「沒什麼好玩的事。」我說。

「你可以去酒吧喝蘭姆酒，然後大哭。」鮑比說。他咯咯地笑。

「你抽多了嗎？」我問。

「當然。下班後回到家一個半小時了。吃了一塊『天上』披薩，抽了一點大麻。」

「你真的有條狗嗎？」我問。

「如果你是一條公狗，你就不會有絲毫懷疑了。」

「你總是比我聰明得多。跟你在電話裡講話很辛苦，鮑比。」

「我做自己做得很辛苦。」鮑比說。長長的沉默。「我不確定這狗喜歡我。」

「帶過來。瓊安娜肯定會喜歡的。」

「我週二晚上過來。」他說。

「為什麼我每週有晚獨處讓你這麼感興趣？」

「隨便你做什麼吧。」鮑比說，「只要別去搶劫。」

我們掛了電話，我告訴瓊安娜這事。

「你剛才對我大喊。」她說。

「我沒有。我叫你在我打電話的時候不要站在那盯著我。」

「你提高嗓門了。」她說。

很快又將是星期二晚上。

瓊安娜懷疑地問我星期二晚上都做什麼。

「你爸爸說我做什麼？」我問。

「他說他不知道。」

「他看起來好奇嗎？」

「很難講。」她說。

得到我要的答案以後，我忘了她的問題。

「那你都做些什麼？」她說。

「有時候你喜歡在你的帳篷裡玩。」我為自己辯解，「嗯，我也想有時候只做我想做的事，瓊安娜。」

「那可以呀。」她說。聽起來像父母在安慰小孩。

我必須面對這事實，星期二晚上我沒什麼可做的，每週一個晚上的獨處也沒讓我少一點煩躁，或是相處起來更舒服。我把這個告訴丹，說得好像是他的錯。

「我想你從來沒想過跟亨利離婚。」丹說。

「哦，丹，我想的。」

「你們倆看起來處得很好。」

「但是我們吵架。我們處不好。」

他看著我。「哦。」他說。他對我好得過分，因為我在夾子夾住一隻老鼠時發了脾氣。老鼠只被夾住爪子，丹只好拿一把螺絲刀把牠打死。

「也許你更希望我們倆週二晚上一起做點什麼。」他說，「也許我可以改一下我晚上開會的時間。」

「謝謝你。」我說，「也許我應該再堅持一段時間。」

「隨你好了。」他說，「我猜時間還太短，不好判斷。」

好得過分了。恭敬順從。他說有很久一段時間，我們的關係變糟，現在一定是太糟了，他連吵架都不吵。他想要怎樣？

「也許你想要一個晚上——」我開口。

「見鬼。」他說，「如果需要那麼多時間獨處，我看沒有必要住在一起。」

我討厭爭吵。這次吵完以後，我哭了，去了黛安娜家。結果她微妙地暗示讓我去上彩色玻璃工藝課。我們喝了些雪利酒，我就開車回家了。我最不願意的事就是碰到她丈夫，他背地裡叫我「松鼠」。黛安娜說我的電話被他接到時，他會鼓起腮幫子模仿松鼠，以這樣的方式告訴她來電的是我。

今晚我和丹各坐在瓊安娜的有頂篷的床的一側，跟她道晚安。床的頂篷是白色尼龍，有星星狀的褶皺圖案。她一睡著，丹就可以跟我談話。丹關了瓊安娜床邊的燈。我走在他前面，離開臥室，摸索著客廳裡的燈。我記得亨利跟我說過，就在他要離婚前曾說做些鋪墊之際，有一天早上在上班途中，他開過一座山，在山頂上看到一棵葉子金黃的大樹，驚訝不已，頭一回意識到秋天到了。

（一九七七年一月三日）

換檔

女人的名字叫納塔莉，男人的名字叫賴瑞。他們從小青梅竹馬。十歲的時候他在一個滑冰晚會上第一次吻她。她當時在解冰鞋的鞋帶，對這個吻沒有準備。他其實也沒有打算吻她——他是想轉過臉，避開正颳過冰湖的風，然後發現自己的頭向她俯下。親吻她似乎比較自然。他們高中畢業的時候，他在畢業班年刊上被命名為「班級小丑」，但納塔莉並不覺得他特別滑稽。她覺得他沒必要花那麼多時間研究化學。她說笑話的時候他從來不笑。她真的不覺得他有多麼滑稽。他們上了家鄉的同一所大學，但一年後他去了一所更大更有名望的學校。她坐火車去跟他共度週末，或者他坐火車來看她。畢業的時候，他父母送了他一輛車。要是他還在大學時他們就給他車，很多事情都會容易得多。他們一直等到畢業日那天才給他，並強迫他參加畢業典禮。他認為他父母是了不起的人，某種程度上，納塔莉也喜歡他們，但是她討厭他們精明的時機選擇，還有謹慎的微笑。他們害怕他會娶她。最終，他娶了她。他大學畢業以後繼續讀研究生，提前六個月定了婚禮日期，婚禮會在第一學期的期末考試之後舉行，那樣他就可以一心一意準備化學考試。

她嫁給他的時候，他那輛車已經開了八個月了，看起來依然嶄新。車裡從不凌亂，連刮冰器都放在手套箱裡，後座上連一件毛衣或單隻手套也沒有。他每週末在洗車房洗車後，還吸塵。星期五晚上去一家便宜飯館或者一美元電影院的路上，他總是在洗車房停下，她會下車，讓他把車裡整個吸一遍。她總是靠在金屬的車身上，看著他清潔。

他期望她不要懷孕。她沒有。他期望她把他們的公寓收拾乾淨，在他學習時在這麼狹窄的房間裡盡量不礙事。不過公寓很亂。他讀書讀到很晚，她會打斷他，勸他去睡覺。他每週做一次化學課報告，她總是告訴他過分準備跟準備不足同樣有害。她不確定她是否相信，不過這是她喜歡的一句話。有時他聽她的話。

每週二他做報告的時候，她總是開車送他去學校，然後去超市購物。通常她去購物前不會列清單，不過到了停車場她會從包裡拿出一本便箋簿，冷風中坐在車裡寫上幾條。即使只寫了幾樣東西，也讓她可以不必在商店裡沒有目的地亂逛，買下一些她永遠不會用的東西。這之前她買了幾口鍋，一些罐頭食品，她都沒用，或者說她本來也不需要。她有一張購物清單的時候感覺好多了。

每週三她會再開車送他去學校。他有兩門研究生討論課，占據整個下午。如果要買點東西的話，她有時會開車出城，到郊區購物。不然她就會去美術館，雖然離得不遠，但搭公共汽車不太容易。那裡有一件雕塑，她很想用手觸摸，可是警衛總在附近。她經常來，時間一長警衛開始跟她點頭打招呼。她在想有沒有可能求他轉過頭去幾秒種——就那麼長時間，這樣她好觸摸雕塑。當然她永遠也不敢問他。在美術館裡四處晃蕩，至少看了兩次雕塑以後，她便去禮品店買幾張明信片，然後坐在美術館裡的一把長椅上，椅墊是黑色聚乙烯，頭頂上方有一件考爾德[1]的活動雕塑。她坐在那裡寫信給朋友（她從不寫信），然後把明信片塞進包裡，離開美術館時寄出去。不過走前她總會在餐廳裡喝杯咖啡：她看到媽媽和孩子們在那扭打，穿著別致的女人們說話時臉貼得很近，像情人一樣安靜。

每週四他用車。下課以後他總是開車去探望父母和他的朋友安迪，安迪在越戰中受了傷。她大概一個月跟他一起去一次，但那得是她想去的時候。和安迪相處讓她尷尬。她曾告訴他不要去越南——跟他說過可以用其他方式證明自己愛國——最終，在她和賴瑞一起去看他，她在安迪的父母家見到活動床上的他以後，賴瑞答應她不用再去了。安迪向她道歉，這讓她很尷尬。這個被地雷崩到天上，失去一條腿和全部手臂功能的人，

1 考爾德（Alexander Calder，1898—1976），美國雕塑家、畫家，首創活動雕塑，其作品用機器或氣流驅動，形象不斷變化。

給了她一個嘲諷的微笑，說：「你是對的。」她還覺得他好像想聽她現在會怎麼說，而現在他會聽她的話。現在她無話可說。安迪自己站起來，用相對強壯的右臂支撐身體，抓住床邊的欄杆，有時也會握住她的手。他的手臂還很軟弱，但是醫生說假以時日他能恢復右臂的全部功能。他握住她手的時候，她需要克制住自己不去擠他的手，因為她發現自己想要把力量擠回給他。她有種不正常的好奇心，想知道被炸到空中——上升，再掉下來——是什麼感覺。去看安迪的路上，賴瑞表演班級小丑的把戲給她看，講滑稽的笑話，笑得很大聲。

有一兩次賴瑞說服安迪坐進輪椅，然後把輪椅搬上車，帶他去酒吧。賴瑞有一次很晚給她電話，喝醉了，說他那一夜不回家，會回父母家睡。「老天，」她說，「你喝醉了還要開車送安迪回家？」「他還能出什麼事？」他說。

賴瑞的父母把賴瑞的不快樂歸咎於她。他母親對她只能和氣一會兒，然後就把批評偽裝成一個個問題。「我知道吃得有營養最有用。」他母親說，「他學習太辛苦，可能需要些維生素，你不覺得嗎？」賴瑞的父親是那種找一些業餘愛好來回避妻子的人。他的愛好是製作船隻模型，修理鐘錶，還有攝影。他拍下自己製作船模和修理鐘錶的照片，然後給這些照片裝上卡紙相框，作為聖誕和生日禮物送給納塔莉和賴瑞。賴瑞的母親對於怎麼跟兒子維持親密關係相當焦慮，她也知道納塔莉不太喜歡她。有一次她非週末時來看他們，納塔莉不知該怎麼招待她，就帶她去了美術館。她為她指出那尊雕塑，她掃了一眼就置之不理。納塔莉討厭她品味低。她買給賴瑞的運動衫也很難看，但他還是穿著，那讓他看起來像個大學生。整個大學世界都讓她噁心。

納塔莉的叔叔去世的時候，把他那輛一九六五年的 Volvo 給她，他們馬上決定把車賣了，用那筆錢去度假。他們在報紙上登了一個廣告，有幾個人打電話來。星期二賴瑞上課的時候，來了幾通電話，納塔莉發現自己在打消他們的興趣。她告訴一個女人車跑的里程數很多，還提到車身生鏽，其實並沒有。她對另一個打電話來執意要買車的人說，車已經賣了。等賴瑞從學校回來，她對他解釋電話線被她拔了，因為太多人打電話來問，她最終決定不賣了。如果他願意，他們可以從儲蓄帳戶裡取一點錢去旅行。但是她不想賣車了。「那輛車不是自排車。」他說，「你不知道怎麼開。」她對他說她可以學。「上保險還要花錢。」他說，「車很舊了，可能都不太可靠。」她想把車留下。「我明白，」他說，「可是沒道理。要是我們錢多一點，你就能有輛車了。你可以買一輛更新更好的車。」

第二天她去看車，車停在隔壁一個老太太的車道上。是拉森太太，她不開車，她告訴納塔莉可以把第二輛車停在那裡。納塔莉打開車門，坐到方向盤後面，把手放上去。方向盤上裹著一層薄薄的塑膠包裝。她輕輕剝掉它，有幾片泡沫塑膠還黏在上面，她把它們拆下。包裝下的方向盤是暗紅色的。她的手指在方向盤上摸了一圈又一圈。她堂弟伯特把車送過來的——一個年輕的機會主義者，十六歲，他說有二十美元和一張回家的汽車車票，他就願意把車從一百英里外他家開過來。她甚至沒有留他吃晚飯，賴瑞開車送他去車站。她在想菸灰缸裡的菸頭是伯特的還是她死去的叔叔的。她甚至不記得叔叔是否抽菸。她很驚訝他把車留給她。這輛車比賴瑞的舒服多了，裡面有種好聞的味道，有點像一場春雨後田野的味道。她頭的一側在車窗上蹭來蹭去，然後下車，去拉森太太家看她。前一天晚上她突然想到那個每晚給老太太送晚報的男孩；他看上去到開車的年齡了，也許他知道怎麼換檔。拉森太太同意她的看法——她確信他能教她。「當然，一切都有個價錢。」老太太說。

「我知道。我打算付錢給他的。」納塔莉說，她聽到自己的聲音很吃驚，聽起來也很蒼老。

她列了一份清單，把家裡的東西都列在上面。有天晚上，賴瑞在體育館打籃球的時候，遇到一個賣保險的，那人說他們應該把財產列份清單，萬一失竊可作參考。「有什麼值錢的呢？」他告訴她的時候她說。那是他們近一年來的第一次爭吵——不管怎樣，一年中第一次，他們的嗓門提高了。他跟她說他們結婚時祖父母給的家具裡有幾件是古董，賣保險的人說如果他們不打算每年給家具估價，至少可以拍下照片，把照片放在貴重物品保管箱。賴瑞讓她拍櫥櫃（她用來放亞麻織品），樂譜架上鑲有螺鈿裝飾的鋼琴（他倆都不會彈），還有有手刻木柄和大理石面的餐桌。他在藥妝店買了一架傻瓜相機給她，還有膠捲和閃光燈。「為什麼你不拍？」她說，爭吵又開始了。他說她不尊重他的事業，不理解拿一個化學碩士要付出多少時間學習。

那天晚上他出門了，去體育館跟兩個朋友打籃球。她在相機上裝上小閃光燈，放進膠捲，蓋上後蓋。她先去拍鋼琴。她湊過去，距離夠近，能夠清楚地看到鑲嵌，但是她離得太近，鏡頭無法拍下整架鋼琴。她決定拍兩張照片。然後她拍了櫥櫃，半扇門開著，露出裡面的毛巾和床單。她打開櫥門沒什麼原因，不過她記得《佩里・梅森》[2]有一集裡偵探們替所有東西拍照時都把門敞開。她拍攝桌子，先把檯燈拿下去。還剩下八張照片。她走到臥室的鏡子那裡，把相機舉在頭頂，擺好某個角度，拍了一張她鏡子裡的形象。她脫掉長褲，坐在地上向後仰，把相機朝下對準雙腿。然後她站起來，彎下腰，鏡頭向下，拍了一張她的腳。她放上一張最心愛的唱片：史蒂夫・旺達唱的〈一生一次〉。她發現自己在模仿眼睛瞎了、用手觸摸才能察覺事物會是什麼感覺。她想到美術館裡的

2 《佩里・梅森》（*Perry Mason*），美國CBS電視台一九五七到一九六六年播出的法庭系列電視劇，主角佩里・梅森是一個虛構的洛杉磯辯護律師。

那件雕塑——兩條細長的東西纏繞在一起，光滑的灰色石頭像海灘的鵝卵石一樣閃亮。她又拍了廚房、浴室、臥室和起居室。還剩一張照片。她把左手放在大腿上，手心向上，相機像小提琴那樣架在頸窩，用右手有些費勁地拍了一張。明天就是她的第一次駕駛課。

他中午抵達她家，按說定的那樣。他戴著一條栗紅色的長圍巾，襯得藍眼睛格外動人。她以前只從窗戶裡看過他，是他給老太太送報紙的時候。他有一點緊張，她希望那只是任何一個青少年面對成人時的不安。她需要讓他喜歡她。她不擅長學習機械方面的技能（賴瑞曾說過他本想買一架「真正的」好相機，只是他沒有時間教她拍照），所以她希望他有耐心。他坐在客廳裡的腳凳上，還穿著大衣戴著圍巾，對她講解變速杆是怎麼運作的。他的手在空中揮動，那動作讓她想起最近在夜間電視節目看的一部科幻電影，外星人向地球人致意。她點著頭。「多少——」她開口，但他打斷了她，說：「你學會以後再定價錢吧。」她很驚訝，心想他是否打算要一大筆錢。如果課程結束以後他開價，那會是她的過錯嗎？她該付錢給他嗎？可是他有張誠實的臉。也許他只是不好意思談錢。

他開了幾個街區，讓她看他的手按在變速杆上。「感覺到車怎麼走的嗎？」他說，「現在換檔。」他換了檔。車子顛簸了一下，發出嗡嗡的聲音，然後換成新的檔。她一直前傾坐著，結果他換檔時，她身子重重地撞在座位靠背上——可以不必撞得那麼狠。

她幾乎不自覺地想要向他證明他是一個多麼好的老師。輪到她開的時候，車子熄火了。「別著急。」他說，「慢慢鬆開離合器。不要像那樣把腳抬起來。」她又試了一下。「就是這樣。」他說。她看看他，現在車子為第三檔。他坐在座位上，看著窗外。預報有雪。這天是星期四。儘管賴瑞要去看他父母，週五傍晚才回來，她還是決定等到下週二再上第二次課。如果他提早回來，就會發現她在上駕駛課，而她不願意讓他知道。她問了這個叫麥克的男孩，自己是否會忘掉所有他教的東西。「你會記住的。」他說。

他們開回老太太的車道，車子爬坡的時候熄火了。她換檔有困難。男孩把手按在她的手上，使勁往前推。「恐怕你要對這輛車粗魯一點。」他說。他走後的那個下午，她做義大利麵醬汁，把青椒、洋蔥和蘑菇剁碎。醬汁燒好以後，她去叫拉森太太，說她會把晚飯帶去。通常她每星期跟老太太吃一次飯。老太太總在她的飯裡撒一小撮肉桂粉，說它比鹽更能提味。因為她正在失去味覺，飯菜的味道重一些，她才能嘗到。這一次她們吃飯的時候，納塔莉問老太太她付多少錢讓男孩送報紙。

「我一週給他一美元。」老太太說。

「是他定價錢，還是你定？」

「他定的價錢。他告訴我不會收太多錢，因為他反正要走這條路回家。」

「他今天教了我很多開車的技術。」納塔莉說。

「他很英俊，是不是？」老太太說。

她問賴瑞：「你爸媽好嗎？」

「挺好的。」他說，「不過我幾乎所有時間都在陪安迪。就快到他的生日了，他很消沉。我們去看摩斯・艾立森[3]的演出了。」

「我覺得基本上沒有別人去看安迪，真是糟糕。」她說。

「他並不容易相處。他怎麼想就怎麼說，你又不能假裝他的遭遇沒什麼大不了。你只能坐在那裡點頭。」

她記得安迪的房間像個健身房。地板上到處是握力器和啞鈴。甚至還有一個螢光粉的呼拉圈，他打算套在肘部，用手臂掄大圈，好讓呼拉圈轉起來。他做不到。他躺在床上，把呼拉圈擱在脖子後面，握住兩邊，把頭從枕頭上抬起來。他的手臂還不夠強壯，但是他可以不費力地抬起脖子，所以他假裝是握住呼拉圈的雙臂在抬。他父母以為這是他掌握的一項特殊練習。

「你今天做什麼了？」賴瑞問。

「我做了義大利肉醬麵。」她說。她是前一天做的，但是她想既然他對不在她身邊的時候做的事保持神祕（「實驗室裡」和「體育館裡」可以互換），她也不欠他一個誠實的回答。那天她電影看到一半就走了，後來坐在藥局櫃檯旁喝了杯咖啡。她買了些菸，高中以後她就再也沒有抽過菸了。她抽了一根有薄荷醇的菸，然後把包裝扔在藥局外的一個垃圾筒裡。她感覺嘴裡還很清涼。

他問她週末有什麼安排。

「沒有。」她說。

「那咱們做點你喜歡的事吧。我現在實驗室裡的事比計畫提前完成了些。」

那天晚上他們吃義大利麵，計畫活動。第二天他們開車去鄉下一個做木頭玩具的工廠。在陳列室裡，他把一個牽線木偶熊搖來晃去，她仔細看一個小木馬，有節奏地用手指按壓木馬的背部，讓牠一起一伏地搖擺。他們走的時候拿了一份可以訂購的商品目錄。她知道他們再也不會看目錄一眼。去美術館的路上，他停下洗車。因為是週末，前面有好幾輛車排隊準備進洗車房。他們在一輛藍色的凱迪拉克後面，那車似乎沒有司機，一點一點自動向前開。凱迪拉克開進洗車區，一個小矮個男人跳下來。他踮起腳尖去夠投幣箱，好啟動洗車系統。她猜測不知他有沒有五英尺高。

「看那個倒楣的狗娘養的。」他說。

---

3 摩斯・艾立森（Mose Allison，1927—），美國鋼琴家、歌手、作曲家。

小矮個洗著他的車。

「要是安迪能多出來走走，」賴瑞說，「要是他能擺脫那種他是唯一一個怪物的感覺……我想要是讓他跟我們住一星期對他會不會好點。」

「你打算讓他坐輪椅跟你一起去實驗室嗎？」她說，「我不可能天天照顧安迪。」

他臉上的表情變了。「我只是想一星期。」他說。

「我不要。」她說。她想到男孩和車。她差一點就學會開那輛車了。

「也許等天暖和的時候，」她說，「我們可以去公園什麼的。」

他什麼也沒說。小矮個沖洗他的車。輪到他們的時候，她坐在車裡。她覺得賴瑞沒有權力叫她照顧安迪。水從水管裡噴出來，沖刷著汽車。她想到安迪，那個夜晚他在叢林踩到地雷，被炸上天空。她想知道他被炸飛的軌跡是不是一條弧線，這樣落下來的地點會偏離他之前走路的地點；或者只是把他筆直向上地炸到空中，像一把傘綻開那樣飛上去。安迪以前滑冰滑得很漂亮。他們都嫉妒他轉出長長的大彎，雙腿不知怎麼能並得很齊，身體角度完美。她從未見過他在冰面上摔倒。一次也沒有。在他當兵以前，她跟他認識、在派克湖一起滑冰，已經八年了。

前一天晚上，賴瑞和她快吃完晚飯的時候，他問她總統選舉打算給尼克森還是麥高文投票。「麥高文。」她說。他怎麼會不知道？在那一刻她認識到他們倆之間的距離比她想像的還大。她希望選舉日那天她能自己開車去投票站——不跟他一起去，也不走路去。她不打算問老太太是否一起去，那樣她就可以使尼克森少得一票。

美術館裡，她經過那件雕塑時遲疑了一下，但還是沒有指給他看。他沒有看。他站在一幅法蘭西斯・培根的畫前，盯著畫的旁邊、上方。他只要稍稍轉移一下目光，就可以看到那件雕塑，還有站在那裡、盯著雕塑的她。

再上三次課她就能開車了。上兩次課都在午後稍晚時，比第一次更晚。他們停在藥局，幫老太太拿報紙，省得他還得步行回來走同一段路。最後一次課，他拿著報紙從藥局出來的時候，她問他是否願意喝杯啤酒慶祝。

「好啊。」他說。

他們沿街走到一個酒吧，裡面擠滿了大學生。她不知道賴瑞是否來過這家酒吧。他從來沒說他去過。

她和麥克聊天。她問他為什麼沒上高中，他說他退學了。他跟哥哥一起住，哥哥教他木匠手藝，是他一直都感興趣的。他在紙巾上畫了櫥櫃和書架的圖樣，是他和哥哥最近一週在兩個有錢的姊姊家打造並安裝的家具。他和著音樂的節拍用拇指一側在桌邊輕輕敲打。他們倆都喝著以厚重的玻璃馬克杯裝著的啤酒。

「拉森太太說你丈夫在上學。」男孩說，「他學什麼？」

她抬起頭，很驚訝。麥克以前從沒提過她丈夫。「化學。」她說。

「我還挺喜歡化學的。」他說，「某些部分。」

「我丈夫不知道你在教我開車。我正打算告訴他我能開手排車，要給他一個驚喜。」

「是嗎？」男孩說，「他會怎麼想？」

「我不知道。」她說，「我不知道他會不會高興。」

「為什麼？」男孩說。

他的問題讓她記起他才十六歲。她剛才說的話決不會在一個成人那裡引發另一個問題。成人會點頭或說：「我了解。」

她聳聳肩。男孩喝下一大口啤酒。「拉森太太告訴我你結婚了的時候，我覺得你丈夫自己不教你挺好笑的。」

他們談論過她。她不明白拉森太太為什麼不告訴她，因為一起吃晚飯的那次她還對拉森太太說起麥克是一個超級耐心的老師。拉森太太跟他說過自己談到他嗎？

走回去汽車那的路上，她記起了照片，就回到藥局取洗好的照片。她從錢包裡取錢的時候，想起今天是付他報酬的日子。她四處張望，看到他在店門口翻弄雜誌。他個子高，穿一件很舊的黑夾克。那條栗紅色長圍巾的一端垂在背後。

「你拍的什麼照片？」他們回到車裡以後他問。
「家具。我丈夫要家具的照片，以防被盜。」
「為什麼？」他說。
「他們說如果你有貴重物品的證明，保險公司賠償的時候就不會糾纏了。」
「你們有很多貴重物品嗎？」他說。
「我丈夫這麼想。」她說。
離私人車道還有一個街區的時候，她說：「我該給你多少錢？」
「四美元。」他說。
「那怎麼能夠。」她說著轉頭看他。在她開車的時候，他打開放照片的信封。他瞪著她的腿的照片。「這是什麼？」他說。
她開上車道，關掉引擎。她看著那張照片。她不知道該告訴他那是什麼。她的雙手和心臟感覺沉重。
「哇。」男孩說。他笑了：「不要緊。對不起。我不再看了。」
他把那疊照片放回信封，把信封丟在他倆之間的位子上。
她試著想說點什麼，怎麼樣能把照片的事變成一個笑話。她想下車跑掉。她又想留下，不給他錢，這樣他就可以跟她坐著。她把手伸進包裡，取出錢包，拿了四美元。

「你結婚幾年了？」他問。

「一年。」她把錢遞給他。他說「謝謝你」，然後從座位上靠過來，用右臂環住她的肩頭，吻了她。她感覺到他的圍巾甩過來，掃過他們的臉頰。她吃驚於冷風中他的嘴唇多麼溫暖。

他把頭轉開，說：「我想你不會介意我這麼做。」她搖搖頭表示不會。他打開門，下車。

「我可以開車送你到你哥哥家。」她說。她的聲音聽起來很空洞。她尷尬極了，但是她不能讓他走。

他回到車上。「你可以送我回去，進來喝一杯。」他說，「我哥哥在上班。」

兩個小時後，她回到車上，看到擋風玻璃雨刷下夾著一張白色罰單，它在風中飄動。她打開車門，跌進座位，看到他把錢留下，疊得很整齊，放在他那邊的地墊上。她沒有把錢拿起來。過了一會兒，她發動汽車。回家的路上她熄了兩次火。開進車道的時候她對著錢看了很久，然後把它留在那。她沒鎖車，希望錢會被偷走。如果它消失，她就能告訴自己已付過錢了。否則她不知道該怎麼應付這種情況。

她進屋的時候，電話響了。「我在體育館打籃球。」賴瑞說，「一小時以後到家。」

「我去藥局。」她說，「一會兒見。」

她細細看一遍照片。她坐在沙發上，把照片擺開，共十二張，在身旁的靠墊上排成三列。鋼琴那張放在她的腳和她的鏡中自拍照之間。她拿起四張家具的照片放到桌上，又拿起其他幾張照片仔細端詳。她開始明白為什麼拍下這些了。她拍她身體的部分，不完整的部分，來研究它們。她這麼做可能是因為她總是想到安迪的身體和他失去的部分——腿，膝蓋以下，身體的左側。她在男孩家喝了兩杯波本威士忌加水，喝酒總是讓她消沉。她看著那些照片，情緒非常低落，便放下照片進了臥室。她脫掉衣服。她看著鏡子裡自己的身體——是完整的，身材不錯。她赤裸的時候，本能的反應是去拉窗簾，於是她飛快轉身，到窗戶那拉上窗簾。她回到鏡子前，屋裡現在更暗了，她的身體看起來更美。她雙手滑過身體兩側，心想自己的皮膚摸起來是不是會像雕塑。她很肯定雕塑更光滑——她的雙手會比她所想的更快地劃過雕塑的曲線——感覺會很冰冷，不知怎麼她還能感覺到那種灰色。那些感覺更讓她中意，比起雙手在自己的身體上遊移，比起她皮膚的不完美，和暖氣過足的房間。如果她是那件雕塑，如果她能夠感知，她會喜歡那種孤獨。

這是一九七二年，在費城。

（一九七七年二月二十一日）

遙遠的音樂

星期五她總是坐在公園裡，等他到來。一點半，他抵達這張公園長椅（如果別人已經坐了，他就在旁邊徘徊一會兒），然後他們就肩並肩坐在一起，低聲交談，就像《美人計》裡的英格麗·褒曼和卡萊·葛倫。兩個人都相信飛碟和健康食品，都討厭洗衣店，生日和耶誕節時不給親友禮物都會覺得內疚，還共有一隻狗——一半威瑪獵犬，一半德國牧羊犬——名叫山姆。

她二十歲，在一家事務所工作；她很漂亮，因為她花很多時間化妝，像一個真正用心的主婦用拇指和食指在餡餅皮邊緣捏褶子那樣。他二十四歲，中途退學的研究生（戲劇專業），跟他的朋友格斯·格里利一起寫歌；他渴望，並且強烈渴望成為一個著名的流行歌曲作家。他的母親有希臘和法國血統，他的父親是美國人。這個女孩雪倫，不是第一個因為傑克的英俊而愛上他的人。她坐地鐵到華盛頓廣場的這張長椅；他從他住的公寓樓地下室走過來。那天誰負責山姆（他們每人帶一星期），誰就把牠帶來。他們能這麼安排是因為她的工作只需要從八點做到一點，而他在家工作。他們買下那條狗是因為害怕牠活不了。有個男人抱著一個紙箱在西十街走近他們，笑著說：「年輕的女士，想要一隻小貓咪嗎？」他們往紙箱裡看。「是小狗。」傑克說。「哼，有什麼關係啊！」男人說著放下紙箱，沉下臉，表情扭曲。雪倫和傑克盯著男人看，他挑釁地回瞪著。他倆都不太明白事情怎麼突然變得兇險。她想趕緊離開那裡，趕在那個男人給傑克來一拳之前，但是令她驚奇的是，傑克對男人笑了，手伸進紙箱去摸狗。他費力地掏出骨瘦如柴，滿身寄生蟲的山姆。她先帶著狗，因為她家附近有一家獸醫診所。狗的寄生蟲病一治好，她就把他交給傑克訓練。在傑克家，小狗會專心地盯著上午有時投在木地板上的平行四邊形的光影，牠聞聞，後退幾步，然後緩緩挪動到光影的邊緣。在她家，小狗著迷的物件是一個朋友搬走時留下的小號。小狗充滿敬意地望著它。她觀察狗有沒有適應不良的跡象，琢磨著牠是否太小，不該在兩個家之間搬來搬去。（她自己是被母親帶大的，但是她和姐妹每個夏天都會飛到西雅圖去跟父親待兩個月。）小狗似乎挺開心的。

晚上，在傑克的單人套房裡，他們有時會躺在床腳，注視著雕飾華麗的橡木床頭板和上面裝的老式床燈，燈罩上還有一個小標籤，寫著：「阿斯特夫人家。四美元。」他們在維吉尼亞州的拉克斯威爾發現了這盞燈，那是他們僅有的一次出城的長途旅行。床上常常放著樂譜——他正在編寫的曲子。她總會看那些上面列印了歌詞的譜，以品評的態度慢慢讀給自己聽，像在讀詩般。

週末，他們白天和晚上都在一起。他屋裡有一個小而深的壁爐。到了九月，他們會在傍晚點燃爐火，雖然還不太冷。有時他們點燃一炷檀香，靠在彼此身上，或是肩並肩坐在一起聽維瓦第。她剛認識他的時候，對這類音樂所知甚少，一個月過去以後，她已經知道不少了。沒有一樣東西是她了解很多的——像他對音樂的了解那麼多——所以真的沒有什麼是她能教給他的。

「一九七四年你在哪？」他問過她一次。

「在上學。在安娜堡（Ann Arbor）。」

「一九七五年呢？」

「在波士頓。在一家畫廊上班。」

「你現在在哪？」他說。

她皺起眉頭看著他。「在紐約。」她說。

他轉身對著她，吻了吻她的手臂。「我知道。」他說，「可是為什麼那麼嚴肅？」

她知道自己是個嚴肅的人，她喜歡自己被他逗笑。可是有時她不太理解他，所以她現在笑不是出於共鳴，而是因為她覺得一個微笑能解決所有問題。

她最親密的朋友卡羅，問她為什麼不搬過去跟他同住。她不想告訴卡羅那是因為他還沒有提出，於是她說他的房間很小，白天他喜歡獨處，這樣才好工作。她也不確定如果他真的叫她搬去，她會不會那麼做。他給她的印象是有時他，而不是她，才是那個嚴肅的人。也許「嚴肅」這個詞並不恰當，他更像是沮喪。他會鬧情緒，而且擺脫不了；他會喝著紅酒，聽比莉‧哈樂黛，搖著頭說要是他現在還沒有成為著名的作曲家，可能永遠也成不了了。他放比莉‧哈樂黛的唱片給她聽之前，她並不熟悉她的歌。他會放一首比莉演唱生涯早期錄製的歌，再放同一首歌卻是她後來唱的版本。他說他更喜歡她嘶啞的聲音。有兩首歌她尤其難忘。一首是〈孤獨〉。她第一次聽到比莉‧哈樂黛唱出前幾個詞「在我的孤獨中」的時候，身體上都有了反應，好像有人在她的心上輕輕地劃下銳利的一筆。另外一首她常想起的歌是〈黑色的星期天〉。他告訴她那首歌曾經在電台被禁，因為據說它導致了自殺行為。

那年耶誕節，他送她的禮物是一枚小小的珍珠戒指，是他母親之前曾戴的，他母親戴戒指的時候她還是小女孩。戒指完全合適，她只需輕輕扭動，就可以把它套上手指關節；戴上以後，她覺得那裡好像根本沒有戒指。珍珠用八爪固定。她總是愛數數：一扇窗戶有幾個窗框，一把長椅背後有幾根橫條。後來，一月份她過生日，他送她一條有藍寶石墜子銀色手鍊。她欣喜不已，不願他幫忙別上鉤子。

「你喜歡嗎？」他說，「我只有這個。」

她看著他，有些吃驚。他母親是在她遇到他的前一年去世，他現在這句話的意思是他把母親留下的最後一點東西送給她。書架上有一張他母親的照片——小小的銀質相框裡一張黑白照，上面是一個微笑的年輕女人，頭髮的顏色比她的皮膚深不了多少。因為他保留著照片，她猜他崇拜他母親。有天晚上他糾正她這印象，說他母親年輕的時候總想唱歌，可是嗓子不好，唱起來讓所有人都很尷尬。

他說她是一個沉默的人。最後還說，只能說她這一生做的和說的都很少。他告訴雪倫，他母親去世幾天後，他和父親一起收拾她的東西，在其中一個抽屜裡，他們發現了一個心形小木匣，裡面有兩件首飾——戒指和帶藍寶石的手鍊。「那麼她還是留了些信物。」他父親說，盯著小木匣裡面。「你送她的禮物嗎？」他問他父親。「不。」他父親慚愧地說，「不是我送的。」然後他們站在那裡望著對方，兩人都完全明白了。

她說：「那你們最後說了什麼打破沉默？」

「一些毫無意義的話，我肯定。」他說。

她心中暗想，這也許能解釋為什麼那天在第十街上，那個賣狗的男人擺出要打人的架式時，他沒有退縮。傑克習慣聽到壞事——那些讓他大吃一驚的事。他學會冷靜地反應。晚冬時節她跟他說她愛他，他臉上表情空白的時間有一點太長，隨後他緩緩綻開笑容，給了她一個吻。

狗長大了。牠很快習慣訓練，行走時跟在人的腳邊。她很高興他們救了牠。她帶牠去看獸醫，詢問為什麼牠這麼瘦。獸醫告訴她，是因為狗長得很快，最終會胖起來的。她沒有告訴傑克帶狗去看獸醫，因為他覺得她過分寵愛狗。她不知道他會不會有點嫉妒狗。

漸漸的，他的音樂事業有了起色。西岸一支樂隊演奏了他和格斯寫的一首歌，名聲大震，他們一直在演出曲目裡留著這首歌。二月他接到那支樂隊的經紀人的電話，想要更多曲子。他和格斯把自己關在公寓地下室裡。她和山姆，那隻狗，一起去散步。她常去公園，直到太多次碰見那個瘸腿男人。他是個年輕的男人，相當英俊，用兩根金屬枴杖走路，脖子上有一條帶子，繫著一個收音機，掛在胸前，聲音放得很響。那個男人似乎總跟她往同一個方向走，她只好笨拙地跟他保持同步，以便交談。她其實跟他沒什麼可說的，他也不太健談，而狗被枴杖弄糊塗了，朝男人小步跳躍著，他們仨好像在玩某種遊戲。她有段時間不再去公園，再去的時候，他已不在那。三月的一天，公園比往常擁擠，因為那是個過於溫暖的春天般的下午。她和山姆一起散步，半夢半醒，經過一個濃妝的女人，她坐在長椅上，戴著圓點花紋的包頭巾，腿前支著一塊手寫牌子，上面寫她是雪梨小姐，一個算命師。雪梨小姐旁邊坐著一個年輕的男孩，他對她叫道：「快點開始吧！」她淡淡地笑，搖頭說不。她看男孩是義大利人，但很難看出女人從哪裡來。「雪梨小姐能告訴你關於大火、饑荒和早死的事。」男孩說。他笑了，而她趕緊往前走了，心裡覺得奇怪，男孩竟然知道「饑荒」這個詞。

大多數週末，她還是單獨跟傑克在一起，但他現在談的多是寫譜時遇到的問題，她理解起來有困難。有一次他大為光火，說她對他的事業毫不關心。他這麼說是因為他想搬到洛杉磯，而她說要留在紐約。她說的時候馬上猜測到他不管怎樣都會去。當他明確表示只有她答應去他才會去的時候，她哭了，對他的話滿懷感激。他以為她哭是因為他朝她大喊，說她不關心他的事業。他收回說的話；他告訴她她很包容，總給出好建議。她有一副好耳朵，雖然她不用複雜的術語表達看法。她又哭了，這次她開始也不知道為什麼。後來她明白那是因為他從來沒有一次對她說過這麼多溫暖的話。事實上，她生命中很少有人曾不怕麻煩對她表示善意，這次她實在有點受不了。她開始懷疑是否她變得太神經質。有一回她夜裡醒來，茫然無措，滿身是汗，她夢見自己暴露在太陽下，一點力氣也沒有了。高溫令人窒息，她無法動彈。「太陽是好東西。」她告訴他講這個夢時他說，「想想洛杉磯明媚的陽光。想想在風和日麗下舒展腿腳。」她渾身顫抖，從他身邊走開，去廚房倒水。他不知道的是如果他真的出發去加州，她也會跟隨。

六月，空氣汙染變得非常嚴重，空氣裡有種人行道每天曝曬後散發的味道，他開始抱怨他們還在紐約而不是加州，是她的錯。「可是我不喜歡那種生活。」她說，「如果我去了那裡，我不會開心。」

「這種緊張焦慮的紐約生活有什麼吸引人的？」他說，「你夜裡醒來時一身大汗。你甚至都不去華盛頓廣場公園散步了。」

「那是因為那個拄枴杖的男人。」她說，「像那樣的人。我告訴過你只是因為他。」

「所以讓我們離開這一切，去別的地方。」

「你覺得加州沒有那樣的人嗎？」她說。

「如果我不去加州，我對它怎麼看沒什麼意義。」他把耳機掛在頭上。

同一個月，有一天她跟傑克和格斯一起吃起司火鍋的時候，她發現傑克有妻子。他們當時在格斯的公寓，格斯無意中提到關於邁拉的什麼事。「邁拉是誰？」她問，然後他說：「你知道，是傑克的妻子，邁拉。」她覺得很不真實——格斯的公寓是如此奇怪，讓這一刻顯得更不真實。那天晚上格斯把一盞有問題的檯燈電源插在插座裡，燒壞了一根保險絲。然後他又把自己僅剩的另一盞燈插上，那是一盞強光燈。它的光太耀眼了，他只好把帶著網罩的燈朝牆放著。他們坐在地上吃飯的時候，三個人的影子投在對面的牆上。她一直在看影子——有種置身事外感，像是你退後欣賞一幅畫那般——就在那時她加入談話，聽到他們講一個叫邁拉的人。

「你不知道？」格斯對她說，「那好，我要你們倆都走。我不想你們在我這大鬧。我受不了。快點，我說真的。我要你們離開。別在這說這個。」

在街上，走在傑克旁邊，她意識到格斯的爆發非常奇怪，簡直跟傑克對她隱瞞有妻子的事實一樣奇怪。「我看不出跟你說有什麼好處。」傑克說。

他們穿過街道。他們走過里維艾拉咖啡館。她有一次數過里維艾拉正面有多少窗格。

「你考慮過咱倆結婚的事嗎？」他說，「我考慮過。我想如果你不願意跟我去加州，肯定是不想跟我結婚。」

「你已經結婚了。」她說。她覺得自己剛才說了一句很理性的話。「你認為就應該——」

他走到她前面。她加快腳步跟上他。她想在他身後喊一聲：「我可能會去的！」她氣喘吁吁。

「聽我說。」他說，「我和格斯一樣，不想聽。」

「你是說我們連談一談都不行？你不覺得我有權利聽到事實嗎？」

「我愛你，我不愛邁拉。」他說。

「她在哪裡？」她問。

「在艾爾帕索（El Paso）。」

「如果你不愛她，你們為什麼不離婚？」

「你以為每個不愛他老婆的人都離婚嗎？要知道，我不是唯一一個不按邏輯做事的人。你住在這個陰溝裡都做噩夢了，卻不願離開。」

「那不一樣。」她說。他到底在說什麼？

「直到我遇見你，我都沒有想過離婚。她在艾爾帕索，她走了——句號。」

「你打算提出離婚嗎？」

「你打算跟我結婚嗎？」

他們穿過第七大道。他們倆走到一半，都停下腳步，幾乎被一輛計程車撞到。他們趕緊走過去，在街道的另一邊又停下來。她看著他，覺得驚訝，但又突然確定了什麼，就像當時他和他父親在心形的木匣裡發現珠寶時的感覺般。她說不，她不打算跟他結婚。

又拖了一個月。那期間，她並不知道他寫了那首將會啟動他事業的歌。他離開紐約幾個月後，有天早上她在收音機裡聽到那首歌，她知道那是他的歌，雖然他從來沒有跟她提過。她幫狗繫上皮帶，出門，走到第六大道上的唱片店——走的路線跟她發現他有妻子那晚的路線幾乎一樣。她帶著狗進去，表情如此奇怪，收銀機後的人破例讓她帶著狗進去，因為他那天不想再有什麼爭吵。她找到有那首歌的那支樂隊的專輯，翻過去找到他的名字，字很小。她盯著歌名看，然後把唱片放回原位，走出去，弓著背，彷彿是在冬天般。

他離開前的那個月，也是她聽到那首歌以前，他倆有天晚上坐在他公寓的樓頂上吵架。他們有一瓶湯姆柯林斯酒，這是前一晚一個音樂家帶來、卻留下的酒。她從來沒有喝過湯姆柯林斯，覺得味道苦得正好。她把戒指和手鍊遞給他，他說如果要他收回，就把它們拋過欄杆。她信了，把首飾放回口袋。他說，她也同意——她發現他有妻子之前，兩人的關係已經不大理想了。邁拉會彈吉他，而她不會；邁拉熱愛旅遊，她害怕離開紐約。她一邊聽他說這些，一邊數著椿子——黑鐵的，箭頭似的——是屋頂周圍的欄杆。天幾乎全黑，她抬頭看有沒有星星。她渴望在鄉下，那裡總能看到。她說想叫他走之前借一輛車，他們就可以開到新澤西的森林裡。兩天後的晚上，他開著一輛紅色 Volvo 到她家接她，山姆在後座喘氣，他們在城中迂迴前進，開到林肯隧道。就在他們準備進去的時候，答錄機座開始播放下一首歌。是林格•史達在唱〈章魚的花園〉。傑克笑了。「在我們進隧道前放這首歌可真見鬼。」隧道裡，狗在後座上放平身體。「你想留下山姆，對吧？」他說。她大驚，因為她甚至從沒想過會失去山姆。「我當然想。」她說，下意識地從他身邊挪開些。他一直沒說車是誰的。她毫無理由地認為那輛車一定屬於某個女人。

「我喜歡藍儂和麥卡尼那段糖水一樣甜的合唱『啊』，」他說，「他們的幽默感好極了。」

「那是一首好玩的歌嗎？」她說。她從來沒有那麼想過。

他們在威霍肯了，林蔭大道，她望著窗外在水一方的燈火。他看到她在看，就放慢速度。

「對你來說這跟星星一樣美嗎？」他說。

「太美了。」

「都是你的了。」他說著一隻手鬆開方向盤，假裝優雅地在空中劃下。

他走以後，她想起這一幕時才覺得是他那些小小的諷刺之一——他說過的不那麼善意的話語。不過那天晚上，她被城市的美景打動，沒有計較。事實上，她後來努力說服自己把他說過的很多話重新詮釋為惡意，那樣才比較容易應付他的離開。她會把其他記憶排除在外：他停下車來吻她，他倆下車，山姆走在他們中間。

她最後幾次見他，其中一次是某個晚上她去他家，那裡有另外五個人，而她從來沒見過。他的父親幫他運來一些八厘米的家庭影片，還有一台投影機，人們都坐在地板上，抽著大麻，交談，笑那些孩子時期影片（傑克在他的四歲生日晚會上；傑克在學校的萬聖節遊行隊伍中；傑克在復活節撿彩蛋）。地板上有個人說：「喂，別讓你的狗擋路。」她怒視他，為他不喜歡狗而討厭他。就算他的影子偶爾遮住螢幕又怎樣？她憤怒得直想尖叫，真想說這條狗是在這間屋裡長大，牠有權四處走動。她在看家庭影片，試圖專注於傑克犯的錯誤：掉了一個復活節蛋，跑下山坡追蛋，跑得太快，跌進一片模糊的東西，也許是他母親的臂彎。但她心裡想得最多的是：他是一個多麼美麗的孩子，一個多麼開心的小男孩。她沒有理由留在那裡多愁善感，於是告辭，早早離開。在外面，她看見了那輛紅色 Volvo，好像剛刷了新漆，閃閃發亮。她確定那車屬於一個穿藍色紗麗的印度女人，她在屋裡，靠著傑克坐。雪倫很高興自己離開了，山姆豎起背上的毛，還朝那的一個人咆哮。她責備牠，但是現在在街上，她安撫牠，心裡暗自高興。傑克再也沒有求她一起去加州。她告訴自己，就算他求她，她也未必會改變心意。她眼裡湧出淚水。她告訴自己，哭是因為一個計程車司機看到她帶著狗，拒絕停車。那天晚上，她最終一個街區一個街區走回家，這讓她比以往更肯定自己愛狗，不愛傑克。

等她收到傑克的第一張明信片時，山姆的身體開始出問題。她怕牠得了犬瘟熱，就帶牠去看獸醫。輪到她時她告訴醫生，狗對著人咆哮，而她不知道為什麼。他安慰她，狗身體沒問題，把原因歸咎為天氣。過了一個月天沒那麼熱了，她又去找獸醫。「是血統。」他嘆口氣說，「雜交的不好。威瑪犬脾氣壞，雜交品種不好。牠一半是德國牧羊犬，是吧？」

「是。」她說。

「嗯，恐怕那就是問題所在。」

「沒有什麼藥嗎？」

「是血統。」他說，「相信我的話。我以前見過。」

「會怎麼樣？」她說。

「狗會怎麼樣嗎？」

「是。」

「這個嘛——好好觀察，看看會怎麼發展。牠沒咬過人吧？」

「沒有。」她說，「當然沒有。」

「嗯——先別說當然沒有。小心一點。」

「我對牠很小心。」她說。她說得很生氣。但是她想聽到點別的，還不想走。

她走路回家，想著能做點什麼。也許她可以把山姆放到她姊姊在莫里斯城的家。她不去想已經是九月，天氣涼快多了，但狗咆哮得更多，而不是更少。牠還對著她雇來幫忙把食品雜貨搬上樓的那個男孩咆哮。不過，男孩的劇烈反應使山姆的行為更惡劣。狗凶的時候你得保持鎮定，而那個男孩卻驚慌失措。

她說服姊姊收留山姆，她姊夫禮拜天開車來紐約，把他們接到新澤西。山姆用鎖鍊拴著，鎖鍊繫在她姊夫綁在後院兩棵樹之間的一根繩子上。讓她驚訝的是山姆似乎並不介意。牠沒有叫，也沒有想掙脫鎖鍊，直到後來下午她開車離開。她姊姊開車，她和外甥女坐在後排，她回頭，看到牠使勁往前衝。

後來的事情是可以預料的，連她都能料到。他們驅車離開的時候，她幾乎就已經知道了。狗會咬那孩子。當然，孩子不應該惹狗，可是她惹了，狗咬了她，然後就是她姊姊歇斯底里的一聲尖叫，她姊夫又叫了一聲，說她必須立刻回去把狗帶走——說他會來接她，這樣她就能把狗帶走——還責怪她一開始把狗送過去。姊姊從來沒有真正喜歡過她，狗的小事故可能正是她一直等待的理由，以此斷絕關係。

山姆回到城裡以後，情況沒有好轉。牠對每個人都有敵意，就連遛狗也很難，因為牠變得非常好鬥。有時一天過去，什麼事也沒有，她告訴自己沒事了——一段糟糕的時期結束了——然後第二天早上狗又對著經過的某個人齜牙。也開始有些跡象顯示狗對她的敵意，這種時候她就把自己的臥室讓給牠。她把床墊拖到客廳，讓狗睡自己的房間。她留了道縫，這樣狗就不會覺得是在受罰。但她知道，狗也知道，牠最好留在屋裡。除了那些問題，牠是隻無比聰明的狗。

她一年多以後才有傑克的消息——斷斷續續的，但有時一個星期有兩張明信片。他很好，在一支樂隊裡演奏，也寫歌。她不再有他消息的時候——也是形勢變得明確，得對狗做點什麼的時候，然後對狗做了——那年她二十一歲。她跟一個喜歡的朋友約會的時候，建議去紐澤西，並來到林蔭大道。那個男人初來紐約。他們到了那裡，城市的景致比從RCA大樓頂層看到的還讓他動心。「都是我們的了。」她說著用手示意，他微笑，為她的話而興奮。她的手劃完圈落下來的時候，他握住，吻她的手。他繼續滿懷驚嘆地凝視水邊的燈火。那個夏天，她在收銀機裡聽到傑克的另一首歌，像他很多歌一樣，間接提到她記得很清楚的紐約時光。在這首歌裡，有一個對句寫到街上一個人要賣裝在盒子裡的貓，盒子裡其實有條叫山姆的狗。在那首歌的語境中，這是個有趣的插曲——另一個「天不從人願」的例子。她能想像在加州的傑克。他不知道山姆的事。總能欣賞歌詞裡的小笑話的他，微笑著。

（一九七七年七月四日）

一輛老式雷鳥[1]

尼克和凱倫從維吉尼亞州開車回紐約，花了不到六小時。他們時間掌握得很好，一路都趕在下雨之前，所以現在人已經坐在餐廳裡，雨才落下來。他們和史蒂芬妮與薩米這對朋友在鄉下度過了一個愉快的夏日週末，但尼克擔心凱倫只是出於同情才答應和他一起去。她最近在和另一個男人交往，尼克提議共度週末時，她有些猶豫。後來她說願意，他覺得她是看在老交情的分上才讓步的。

他們開的是她的車——一輛白色雷鳥敞篷車。他每開一次，就多一分羨慕。她有很多東西是他羨慕的：一件黑色塔夫塔綢的松鼠毛大衣、一對皂石雕刻的書擋，用來夾放在床頭櫃上的幾本詩集、她收集的路易·阿姆斯壯[2]的黑膠唱片。他喜歡去她的公寓看這些東西，它們讓他興奮。他就像一個探索同學家遊戲房的孩子，著迷不已。

幾年前他認識了凱倫，當時他剛來紐約不久。她的兄弟和他住在同一棟公寓裡，三個人是在公寓旁的排球場上認識的。幾個月後她兄弟搬到城市另一端，不過那時尼克已經知道凱倫的電話號碼。在她的提議下，他們開始每週日去中央公園跑步，這是尼克整個星期最渴望的事。每次他們離開公園時，他歡欣鼓舞，卻又總是為自己在街上氣喘吁吁大汗淋漓而難為情。可是她毫不自覺，既不在乎襯衫貼在身上，也不在乎頭髮濕亂有礙觀瞻。也許是因為她知道自己在眾人眼裡永遠不會失去魅力，而男人們總會注意她。一次在四十二街，下著小雨，尼克停下來讀一個電影廣告字幕。當他回頭去看凱倫的時候，她正和一個男人說笑，聲明自己不能要他送的傘。尼克走到凱倫身邊，男人才不再堅持。那是一個穿著精緻的男人，他只是想把他的大黑傘送給凱倫，沒有企圖讓她上車。尼克很難接受這一類事，但是凱倫並不輕佻，他也能看出男人們注意她且蠢蠢欲動並非是凱倫的錯。

週日慢跑或打籃球漸漸成了常規。有一回她因為不會勾手投籃而沮喪不已——整個早上她都沒成功。他把她舉到自己肩膀上，向籃板發動猛攻，可是速度太快，凱倫也幾乎錯失。打完籃球以後他們就回她家，她做晚飯。他累得幾乎癱倒，而她精力充沛，邊

1 雷鳥敞篷車（Thunder Convertible）是美國福特汽車公司自一九五五年起生產的一款經典車型，市場定位是私人豪華轎車。早期製造的老式雷鳥車已成為藏家珍品。

2 路易・阿姆斯壯（Louis Armstrong，1901 — 1971），美國著名爵士音樂家，被譽為「爵士樂之父」。

研究烹飪書邊取笑他。她目不轉睛地看著書，讓自己記住足夠多的食譜內容，好開始準備。他的兩本烹飪書已捲邊，還有醬汁殘漬，而凱倫的書整潔乾淨。她看食譜，但從不完全照做。他很欣賞這點——她的創造力，還有精力。他花了很長一段時間才能接受凱倫認為他很特別的事實，後來凱倫開始和別的男人約會，他又花了很長一段時間才意識到她並不想因他而將自己的生活完全封閉。她第一次和別的男人共度週末時——那是他們認識一年之後——在去賓州的路上，她到他家稍作停留，把自己的雷鳥鑰匙給了他。她急匆匆地走了——那個男人在樓下車裡等著——尼克目送她遠去，他還能感覺到鑰匙上的餘溫。

尼克只是最近才見到她正在約會的男人：一個乾瘦的心理學教授，頭戴一頂黑白粗花呢帽，留著濃密的小鬍子，看上去像個嘴角上揚的哀傷小丑。尼克到她的公寓，不太確定那個人是否會在——實際上那是週五晚上，週末的開始，他去的時候預感到最終會見到那個人——他喝到那個男人為他調製的伏特加柯林斯酒[3]。他記得那個男人絮絮叨叨的，抱怨保羅・麥卡特尼在《艾比路》那張專輯裡有首歌盜用了湯瑪斯・德克[4]的詞，還說自己吃甲殼食物而起蕁麻疹。

此刻在餐廳裡，尼克看著桌子對面的凱倫，說：「你交往的那個男人無聊得很。他是——學者嗎？」

他摸菸，隨即想起自己不抽菸了。他是一年前戒掉的，當時他去紐黑文探視前女友。情況很糟糕，他倆吵了一架，然後他離開她去了酒吧。走出酒吧的時候，一個高個圓臉的黑人少年逼上前來，叫他交出錢包，他默默把手伸進大衣，抽出錢包遞給男孩。這時從酒吧裡走出來幾個人，目睹了這一幕，卻裝作沒有看見，迅速走開。男孩手裡有把小折刀。「還有你的菸。」他說。尼克把手伸進夾克內袋，掏出香菸遞給他。男孩把菸放進口袋。然後他微笑著抬頭，舉起錢包，好像催眠師搖晃著一塊懷錶般。尼克呆呆地盯著自己的錢包。接著，還沒等他意識到怎麼回事，男孩一連串的動作讓他視線模糊：他抓住他的手臂，像柔道選手那樣使勁一拽，把他摔在人行道上。尼克落在人行道邊停著的一輛車上，恐懼得腿都軟了。他落下來，男孩看著他落下來，然後點點頭，走上人行道，走過酒吧。等男孩消失在視線之外，尼克才爬起來，走進酒吧去訴說他的遭遇。他讓酒保給他一杯啤酒，又打電話給員警。他拒絕了酒保給他的香菸，從此再也沒有抽過菸。

他思緒漫無邊際，凱倫還是沒有回答他那個問題。他知道這一天他已經激怒過她一次了，這會兒不該又提起那個男人。大約一個小時以前他們開回城裡時，他提到她的朋

3 柯林斯酒（Collins）是用琴酒或蘭姆酒等加果汁、糖、冰、蘇打水配製而成的。

4 湯瑪斯・德克（Thomas Dekker，1572 — 1632），英國伊莉莎白時期的劇作家，政論作家。

友科比，言語唐突。她把車停在科比的車庫裡，而為了回報科比，每次他出城時，她就搬到他的褐砂大樓[5]裡，照顧六隻被剪掉腳爪的巧克力色點暹羅貓。而科比的心理治療師，凱洛格醫生，就住在同一棟樓裡，可是他明確表示自己住在那不是為了照顧貓。

尼克在自己的座位上可以看到餐廳的牌子掛在前窗外：「擲海星者[6]咖啡館」，淡紫色的霓虹標誌。他想到凱倫對這個教授越來越認真了（和他交往的時間比以前幾位都要長），心中不快。以後他只有到擲海星者這種地方假裝偶遇才能見到她了。他也開始設想這是最後一次駕駛雷鳥。兩週前有一次他在第六大道刮到前面的車，車子左前燈上方留下一道凹痕，之後她差點不讓他再開車。而她很久以前就不讓他拿松鼠皮大衣當毯子了。以前秋天的時候，他喜歡赤身躺在她公寓的小陽台上，用《紐約時報》的周日版墊在身下，把大衣展開蓋在身上。現在他開始倒數日子，得到的數字是：他和凱倫已經相識七年了。

「你想什麼呢？」他對她說。

「我在想我很高興自己不是三十八歲，沒有男人催我生孩子的壓力。」她說的是史蒂芬妮和薩米。

她的手放在桌上。他伸手過去握住，這時侍者端著盤子過來。

「你想什麼呢？」她問，縮回自己的手。

「至少史蒂芬妮很確定她不要生。」他說。他拿起叉子又放下。

「你真的愛那個人?」

「如果我真愛他,我猜現在我應該在自己家,而他在那已經等了一個多小時了,如果他決定等下去的話。」

飯後她點了濃縮咖啡,他也點了同樣的。他幾乎在等她說出這趟旅程就是他們關係的終點。他覺得她會開口。部分問題在於她有錢而他沒有。她二十一歲以後就很有錢了,因為拿到祖父留給她的五萬美元的託管基金。他記得五年前她買雷鳥的那一天,是她生日後的第二天。那晚他們嘻嘻哈哈地開車穿過林肯隧道,又開上紐澤西州的鄉間小路,收音機天線上的一條橙色折紙在風中飄蕩,直到被風吹掉。

「我還能見你嗎?」尼克說。

「應該可以,」凱倫說,「不過咱們倆的關係和從前不同了。」

「我認識你七年了。你是我最老的朋友。」

5 褐砂石樓房是一種用褐砂石作外牆的房屋,在紐約一般為富有階層居住。

6 擲海星者(Star Thrower),這家咖啡館的名字取自一九六九年《意外的宇宙》(*The Unexpected Universe*)雜誌上發表的一篇同名長篇中的小故事。

她對此沒有反應，但好久以後，大概午夜時分，她打電話到他家：「你在擲海星者那說的話是存心讓我難受嗎？」她說，「你說我是你最老的朋友。」

「不是啊，」他說，「你是我認識最久的朋友。」

「你肯定認識什麼人比我時間還長。」

「你是唯一一個我七年來定期見面的朋友。」

她嘆口氣。

「教授回家了？」他說。

「沒，他在這呢。」

「你當著他的面說這些？」

「我不覺得這是什麼祕密。」

「你還不如登報聲明，」尼克說，「旁邊再印上我的一張小照片。」

「你幹嘛諷刺我？」

「這讓人多尷尬。你當著那個男人說這些，太尷尬了。」

他在黑暗中坐著，坐在電話旁的椅子上。從餐廳回來他就一直想打電話給她。開了一整天車，他累壞了，肩膀也疼。他又感覺到那個黑人男孩的手在抓他的手臂，覺得自己的身體被舉起來，覺得自己被摔出去。那一晚他損失了六十五美元。她買雷鳥的那一天，他開車穿過隧道，到了紐澤西州。他先開，再換她開，然後又是他開。中途他開進一個商場的停車場，讓她等著，自己去買了一卷橙色折紙回來。多年以後他曾經找過那一晚他們開的路線，可總也找不到。

尼克再次接到她的電話是在維吉尼亞之行後大約三個星期。因為他沒有勇氣打給她，也根本沒指望她會打來，所以他拿起電話聽到她聲音的時候很意外。佩特拉在他家——辦公室裡他一直想約會的一個女人，她剛剛取消了一個惱人的婚約。他把電話夾在耳朵和肩膀之間，讚賞地注視著佩特拉的側影。

「有什麼事？」他對凱倫說，儘量讓自己的語氣讓佩特拉聽來很冷淡。

「趕緊收拾，」凱倫說，「史蒂芬妮打電話來說她要生了。」

「你說什麼？我以為她在維吉尼亞跟你說過，她覺得薩米想要小孩的想法非常可笑。」

「是意外。我們走了以後她發現月經沒來。」

佩特拉在沙發上動了動，開始翻看《新聞周刊》。

「我等等打給你好嗎？」他說。

「把在你那的女人趕走，你現在就得跟我講，」凱倫說，「我馬上要出門。」

他看了一眼佩特拉，她正在抿酒。「不行。」他說。

「那你方便的時候打給我，但必須是今晚。」

他放下電話，去拿佩特拉的酒杯，卻發現威士忌喝完了。他提議一起去西十街的一個酒吧。

幾乎是剛到酒吧，他就藉口暫時離席。凱倫聽起來很不高興。在確保一切無恙之前，他無法和佩特拉共度良辰。他一聽到凱倫的聲音，就明白自己更想和她在一起。他告訴她等喝完一杯酒他就會過去，她說要嘛立刻過去要嘛乾脆別去，因為她就要去教授那。她聽起來那麼粗魯，以致他懷疑她在吃醋。

他回到酒吧，坐在佩特拉旁邊的凳子上，拿起加水的威士忌喝了一大口。酒冰得他牙疼。佩特拉穿著藍色寬鬆長褲，白色襯衫。

他的手在她背上肩膀以下的地方摸來摸去。她沒戴胸罩。

「我得走了。」他說。

「你要走？還回來嗎？」

他正要開口，她伸出手。「算了，」她說，「你別回來了。」她啜一口瑪格麗特。「不管你剛才打給哪個女人，祝你倆愉快。」

佩特拉狠狠瞪他一眼，他明白她是真的要他走。他盯著她的臉——下唇有一小粒鹽，然後她轉過身。

他只猶豫了一下，就離開酒吧。他在外面走了大概十步，突然有人從背後襲擊他。他驚恐又慌亂，還以為自己被車撞了。他不知道身在何處，雖然只是悶悶的一擊，他也以為是一輛車撞到他。他躺在人行道上，仰頭看到他們——兩個比他年輕的男子，正像兀鷲一樣撕扯著他，推著他，翻弄著他的夾克和口袋。最古怪的是在西十街，街上本該有其他人，可是現在沒有。他的衣服破了，右手有血，濕黏的。他們捅傷了他的手臂，鮮血染紅了襯衫。他看到自己的血流成小小的一攤。他盯著那攤血，不敢把手挪開去。後來那些傢伙走了，他半坐著，靠在一棟房子的牆邊，是他們把他拖到那裡去的。他好不容易支起身子，但是那個他要對他訴說遭遇的人，一個過路的人，在他眼前忽隱忽現。那個人戴一頂寬邊牛仔帽，他拽起尼克，可是用力過猛。他的腿無力支撐身體——他的腿一定出狀況了——所以那人鬆開手的時候，他跪了下去。他使勁眨眼想保持清醒。再次站起來之前他暈過去了。

那一夜晚些時候他回到家裡，一條手臂打了石膏。他心中混亂，又覺得羞恥——為自己對待佩特拉的方式而羞恥，也為自己被搶劫而羞恥。他想打電話給凱倫，但是實在難為情。他坐在電話旁的椅子上，暗自希望她打過來。午夜時分電話響了，他馬上拿起來，以為肯定是自己的心靈感應見效了。電話是史蒂芬妮打來的，她人在拉瓜迪亞機場。

她一直在聯繫凱倫，但聯繫不上。她問能不能來他家。

「我可不要生這個孩子。」史蒂芬妮說，聲音發顫。「我都三十八了，這該死的意外。」

「冷靜點。」他說，「可以去做人工流產的。」

「我不知道該不該結束一條生命。」她說著哭了起來。

「史蒂芬妮？」他說，「你沒事吧？你能叫計程車嗎？」

哭得更凶，沒有回答。

「要是我再叫一輛車從這過去接你不太現實。你能順利找到我這的，是不是，史蒂芬[7]？」

載他去拉瓜迪亞機場的計程車司機叫亞瑟・施爾斯。計程車儀錶板上黏著一隻粉紅色小嬰兒鞋。亞瑟・施爾斯一根接一根地抽著皮卡尤恩牌香菸（Picayune Cigarettes）。「今天我車上有個要去班德爾[8]的女人，弄得我到現在還糊塗。」他說，「我在第五街路口載她，開到班德爾，剛停在門口，她就說：『哦，見鬼去吧班德爾。』我又把車開回原地。」

過橋的時候，尼克告訴亞瑟・施爾斯，要接的這個女人情緒會非常不安。

「不安？我才不管呢。只要你倆不拿槍指著我的頭，我什麼都受得了。你是我今晚最後一樁生意了。把你帶回你來的地方，我自己也要回家了。」

他們快到機場出口的時候，亞瑟・施爾斯哼了一聲，說：「我家在一個義大利雜貨店旁邊。老闆蓋今天早上六點鐘就把我吵醒了，他跟供應商大叫：『這些還能叫番茄？』他說，『我能拿到網球場上打。』蓋每次都揪住番茄不放，嫌太生了。」

史蒂芬妮站在走道上，就是她所說的地方。她看起來很憔悴，尼克不確定自己是否能應付得了。他伸手去襯衣口袋裡掏菸，又一次忘記他早已戒菸。他也忘了自己不能用右手抓東西，因為手臂上打了石膏。

「你知道那天我車裡坐了誰？」亞瑟・施爾斯把車輕鬆地停在終點，說，「簡直無法相信，是艾爾・帕西諾。」

一個多星期以來，尼克和史蒂芬妮一直在聯繫凱倫。史蒂芬妮開始懷疑凱倫死了。雖然尼克責怪她打給凱倫的頻率太高，但自己也開始憂慮。有一次他在午餐時間去她家，聽門裡有沒有聲音。他什麼也沒聽見，但還是把嘴湊近房門，說要是在家就請開門吧，

7 史蒂夫（Steph）是史帝芬妮（Stephanie）的暱稱。

8 班德爾，即亨利・班德爾（Henri Bendel），是紐約曼哈頓第五大道上的高級百貨商場。

因為史蒂芬妮有麻煩了。他離開大樓的時候不得不嘲笑自己，剛才的樣子要是被人看到會怎樣？一個穿著體面的男士，雙手擱在嘴兩邊，靠在一扇門上對著門說話。一隻手還打了石膏。

一個星期以來他下了班就直接回家，陪伴史蒂芬妮。他又問佩特拉是否願意跟他共進晚餐。她說不。他離開辦公室的時候目不斜視地經過她的桌子，她站起來跟他到了大廳，說：「我下班以後跟人約了喝酒，不過七點左右我可以跟你去喝一杯。」

他回家看史蒂芬妮是否安好。她說她早上有點噁心，但看到信箱裡的明信片後就好多了，她把明信片拿出來遞給他。卡片是寄給他的，發信人是凱倫，她在百慕達。她說她在帆船上度過那個下午。沒有任何解釋。他讀了好幾遍，心裡一片釋然。他問史蒂芬妮是否願意跟他和佩特拉出去喝一杯。她說不用，他也猜到她不會去。

七點時，他獨自坐在「藍色酒吧」的一張桌子旁邊，衣服口袋裡揣著那張明信片。他坐的小圓桌上有份折起來的報紙，他受傷的右腕放在上面。他抿了一口啤酒。七點半鐘他起身離開。他步行到第五大道，準備走到市中心。街邊一個商店櫥窗裡掛著百慕達旅遊的宣傳海報。一個身穿螢光藍泳衣的女人從藍色海浪裡躍起，嘴角咧開一個大大的不自然的笑容。她看上去對身邊那個正把皮球拋向空中的小男孩渾然不覺。站在那看著海報，尼克開始玩起一個他上大學時會玩的想像力遊戲。他在腦海中描繪一幅關於百慕達的漫畫：是一幅分格漫畫。畫面的一半是百慕達的粉色沙灘上，一個美麗的女郎在她情人的臂彎，說明文字是：「來百慕達享受無上美妙。」另一半畫面是一個疲憊的高個子男人在看旅行社櫥窗裡一幅女郎和她情人的海報。他沒有台詞，但在頭上方的氣球形圓圈裡，他思考著回家後如何勸說搬到他家的一個朋友去墮胎，時機是否合適。

他回到家裡，史蒂芬妮不在。她之前說過如果覺得舒服一點了，就出去吃飯。他坐下來，脫掉鞋襪，彎下身，頭幾乎碰到膝蓋，像一個軟塌塌的玩偶般。然後他拿著鞋襪走進臥室，脫掉衣服，換上牛仔褲。電話響起，他接起的同時聽到史蒂芬妮拿鑰匙在開門。

「我很抱歉，」佩特拉說，「我這輩子還沒有爽約過。」

「沒關係，」他說，「我沒生氣。」

「實在對不起。」她說。

「我在那喝了杯啤酒，讀了份報紙。我不怪你，畢竟那天晚上是我對不起你。」

「我之所以沒去，」她說，「是因為我喜歡你。因為我知道我說不出想說的話。我都走到四十八街了，又轉頭回去了。」

「你想跟我說什麼？」

「說我喜歡你。說我喜歡你但這是個錯誤，因為我總是讓自己陷入這種境地，和那種不珍惜我的男人交往。那天晚上我挺沒面子的。」

「我明白。我向你道歉。那現在咱們還是去酒吧見面吧，這一次我不會走掉了。好嗎？」

「不。」她的聲音變了，「我打電話不是為了這個。我打電話是為了道歉，但是我知道自己做得沒錯。我要掛電話了。」

他放好電話，繼續盯著地上看。他知道，史蒂芬妮甚至不會假裝自己沒聽到電話。他上前一步，扯下牆上的電話。這個戲劇化的動作沒有成功，電話只是從基座上彈起，而他站在那，沒受傷的手抓著電話。

「如果我說願意跟你上床，你會反感嗎？」史蒂芬妮問。

「不。」他說，「我覺得很好。」

兩天後的下午，他提前下班去了科比的家。凱洛格醫生開門，並指著房屋後面說：「你再找的那人正在看書。」他穿著寬大的白色褲子和日本浴衣。

因為心理醫生一腳擋著他的貓，尼克幾乎擠進那半開的門。科比的確在廚房裡看書——他正在看一本百慕達旅遊手冊，一邊聽著凱倫講話。

她看到他的時候有點不安。她曬黑，深邃的美麗雙眼是如此美麗，藍得讓她的臉看起來更暗。她那副紫色鑲邊的太陽眼鏡被推到額頭上方。在這棟雅緻的冷氣房裡，她和柯比看起來快樂又愜意。

「何時回來的？」尼克問。

「前幾天。」她說。「上回我晚上掛了你電話後，就去了教授家，第二天早上我們就去了百慕達。」

尼克來找科比是想拿車鑰匙借雷鳥——他想開車出去兜兜——現在他想，不管怎樣，都要跟凱倫借車。他坐了下來。

「史蒂芬妮在這裡呢，」他說，「咱們應該出去喝杯咖啡，一起聊聊。」

她的鑰匙圈在桌上。要是能拿到鑰匙，他就開去林肯隧道。多年前，相愛著的他們，會手牽手走到汽車旁。那天會是她的生日。車子的里程數還只有五英里。

科比的一隻貓跳上桌子，輕嗅放奶油的小碟子。

「你想走到擲海星者去喝杯咖啡嗎？」尼克問。

她緩緩地站起來。

「不用管我。」科比說。

「你要一起來嗎，科比？」她問。

「哦，不，我不去。」

她拍拍科比的肩，然後他們離開。

「出什麼事了？」她指著他的手問。

「受傷了。」

「怎麼傷的？」

「不用緊張，」他說，「到那後我再告訴你。」

他們到那時還不到四點，擲海星者已經關門了。

「哎，快告訴我史蒂芬妮是怎麼回事，」凱倫有點不耐煩，「我還沒卸行李呢，不想就這麼坐著聊天。」

「她在我家。她懷孕了，還不願跟人提薩米。」

她難過地搖頭。「你的手怎麼受傷的？」她問。

「我被搶劫了，就在咱們上一次的愉快通話後，就是你叫我要嘛趕緊去要嘛別去的那次。我沒去成，我在急診室。」

「天哪！」她說，「你為什麼不打電話給我？」

「我不好意思打。」

「為什麼？你為什麼不打？」

「反正你也不會在那。」他握住她的手臂。「咱們去找個地方。」他說。

有兩個年輕男孩走到擲海星者門口。一個說：「這是大衛吃到美式大餐的地方嗎？」

「我跟你說不是。」另一個說，他在看貼在門右邊的菜單。

「我也覺得不是。是你說在這條街上的。」

尼克和凱倫走開的時候他倆還在爭辯。

「你覺得史蒂芬妮為什麼來紐約？」凱倫說。

「因為我們是她的朋友。」尼克說。

「可是她有很多朋友。」

「也許她認為我們更可靠。」

「你幹嘛用這種口吻說話？我又不用向你報告我每一個行動。在百慕達我們玩得非常好，他差點誘惑我去倫敦。」

「這樣吧，」他說，「我們去找個你能打電話給她的地方好嗎？」

他望著她，心裡震驚不已。她竟然不明白史蒂芬妮是來找她，而不是他。很久以前他已經意識到這點，她並不在乎她在他心中的重要地位，可是他沒想到她也不了解自己對史蒂芬妮有多重要。她無法了解別人。他早在發現她有了別的男人的時候就應該徹底退出她的生活。她不配擁有美貌、豪華汽車和所有那些財富。走在街上，他轉過身面對著她，準備告訴她這些想法。

「你知道我在那怎麼回事嗎？」她說，「我曬傷了，玩得糟透了。他沒帶我，一個人去了倫敦。」

他又牽住她的手臂，兩人並肩而立，望著倒數計時折扣店櫥窗裡掛著的毛衣。

「所以他倆去維吉尼亞州並沒解決問題。」她說，「你記得薩米和史蒂芬妮走的時候，咱們倆還告訴彼此生孩子的想法有多蠢——永遠也不可行。是我們把厄運帶給他們的嗎？」

他們沿著街又往回走，不發一語。

「要是跟你說話總得我變得健談，那我就慘了。」她最後來了一句。「你是唯一一個我可以喋喋不休講話的人。」她停下腳步，靠在他身上。「我在百慕達糟透了，」她說，「除了沙蚤，沒人應該去海灘。」

「你用不著跟我講這些俏皮話。」他說。

「我明白，」她說，「可事情就那麼發生了。」

史蒂芬妮做流產手術的那天下午，尼克晚些時候用家附近的公用電話打給薩米。凱倫和史蒂芬妮在房間裡，可是他必須得出門一會兒。史蒂芬妮看起來還算振作，但也許是要為了讓他安心。他出去以後，也許她會跟凱倫多說一些。她只告訴他感覺好像腹部被冰錐紮了一下。

「薩米嗎？」尼克對著話筒說，「你好嗎？我剛想到我該打個電話給你，讓你知道史蒂芬妮一切順利。」

「她自己給我電話了，打過幾次，」薩米說，「對方付費，用你的電話打的。不過謝謝你關心，尼克。」聲音聽起來有點生硬。

「哦，」尼克吃了一驚，說，「我就是想你該知道她在哪裡。」

「你知道嗎？我會提名你為我離婚案中的通訊員的。」

「你為什麼要這麼做？」尼克說。

「我不會的。我只是想讓你知道我做得到。」

「薩米我不明白。你知道這些麻煩又不是我招來的。」

「可憐的尼克。我老婆懷孕了，一聲不吭離家出走，然後從紐約打電話，告訴我你的手怎麼受了傷，你怎麼在別的女人那走霉運，所以她跟你上了床。結果兩星期後你打電話給我，好像特別關心，想讓我知道史蒂芬妮在哪裡。」

尼克等著薩米先掛斷電話。

「你知道你幹了什麼好事嗎？」薩米說：「你被紐約困住了。」

「你這說的什麼蠢話？」尼克說，「你要報復？還是？」

「我要是想報復，就會跟你說你有一口爛牙。我還會說史蒂芬妮說你做愛差勁極了。不過我不想說那些，我想跟你說點更重要的。我跟史蒂芬妮這麼說的時候她就出走了，我要是跟你也這麼說，你說不定會掛我電話。可我要說：你能幸福。比如你可以離開紐約，離開凱倫。史蒂芬妮本可以把孩子生下來，好好過。」

「薩米，這真不像是你，你竟然在提建議。」

他等著薩米的回答。

「你覺得我應該離開紐約？」尼克說。

「兩者都有，凱倫和紐約。你知道你臉上的表情老是寫著痛苦嗎？你知道你來玩的那個週末喝了多少威士忌嗎？」

尼克呆呆地盯著電話亭骯髒的塑膠窗。

「你剛才說我會掛你電話，」尼克說，「我還在想你會先掛我電話。我跟人打電話時，都是別人先掛斷。談話總是以此結束。」

「那你還沒有想明白你結交的那類人有問題嗎？」

「我只認識這些人。」

「那就是忍受人家對你粗魯的理由嗎？」

「應該不是吧。」

「還有，」薩米接著說下去，「你有沒有發現我之所以跟你說這些，是因為你打來的時候我喝醉了？我跟你說這些，因為我知道你被你的爛生活搞得如此麻木，你估計都沒發現我現在腦子不清醒。」

接線員的聲音插入，提醒加硬幣。尼克把二十五分硬幣哐啷一聲投進去。他意識到自己不會掛薩米的電話了，而薩米也不會掛斷他的電話。他得找點別的話題。

「你放自己一馬好不好，」薩米說，「把他們趕走，也包括史蒂芬妮。她最終會清醒過來，回到農場去。」

「我要告訴她你會來嗎？我不知道是不是……」

「我跟她說要是她打電話我就來。不管她什麼時候打來。我只是說我不會主動過來接她。我再跟你說件事。我打賭——我打賭她剛到的時候是從機場打電話給你，讓你去接她，是不是？」

「薩米，」尼克四處張望，恨不得趕緊結束，「我想謝謝你說出真實的想法。我要掛了。」

「忘了我說的那些吧，」薩米說，「我腦子亂著呢。再見。」

「再見。」尼克說。

他掛了電話，走回家。他才意識到自己沒跟薩米說史蒂芬妮已經做了人工流產。在街上他和一個小男孩打了個招呼——那是他認識的鄰家的小孩。

他走上樓梯，走到自己的樓層。樓下某人正在聽貝多芬。他在走廊裡徘徊，不想回到史蒂芬妮和凱倫那。他深吸了一口氣，打開門。兩人看起來都還好。她們一人舉起一隻手，無聲地打招呼。

那是疲憊的一天。史蒂芬妮在診所預約早上八點進行人工流產手術。凱倫前一晚也在他家睡，她睡沙發。史蒂芬妮睡他的床，他睡地板。沒有一個人好好休息。早上他們一起去診所。尼克本打算下午去上班，但他們回到家的時候，覺得不應該離開史蒂芬妮。她進入臥室，他在沙發上躺下來，睡著了。入睡以前，凱倫在沙發上陪他坐了一會兒，他跟她講了第二次被搶劫的遭遇。醒來的時候四點了，他打電話到辦公室，請病假。後來他們一起看電視新聞。之後他主動提出去買點吃的，可是大家都不餓。他就是在那時打給薩米。

現在史蒂芬妮進臥室了。她說她有點累，打算上床玩拼字遊戲。電話響了，是佩特拉。她和尼克聊了一會兒她想要搬的新公寓。

「我為那天晚上我的冷酷道歉。」她說，「我現在打電話給你是想能不能過來喝一杯，要是你方便的話。」

「我現在不方便，」他說，「不好意思，家裡有些人。」

「明白了，」她說，「沒事，我再也不會打攪你了。」

「你不明白。」他說。他知道自己沒把事情解釋清楚，但是他想到家裡再多一個佩特拉的情景，實在無法應付，他還是說得太生硬了。

她冷冷地說了再見。他坐回椅子上，整個人陷了進去，精疲力竭。

「一個女孩？」凱倫問。

他點點頭。

「不是你希望接到的？」

他搖搖頭說不是。他站起身，拉開百葉窗，往街上望去。他之前打過招呼的那個小男孩正在玩呼拉圈。呼拉圈在暮色中顯得藍瑩瑩的。小孩扭動臀部，讓呼拉圈完美地旋轉著。凱倫走到窗邊，和他站在一起。他轉向她，想說他們應該出門，開著雷鳥。晚風漸有涼意，他們可以開出城，聞一聞野地裡忍冬花的香氣，感覺風吹在身上。

可是雷鳥賣掉了。他們在診所的等候室裡坐著的時候，她告訴他這個消息。車子需要換汽門，她在百慕達遇到一個汽車百事通，那人建議她把車賣了。正巧，有個人——一個紐約建築師——想要買下它。凱倫跟他說的時候他就知道她中計了。如果她能小心一點，他們現在本可以坐在車裡，鑰匙插在點火器上，收音機裡放著樂曲。他在窗前站了很久。她被騙了，他無法跟她說他有多惱火。她一點概念也沒有——她好像從來也不明白——那個年份的雷鳥，車況又好，日後可是價值不菲。她是這麼告訴他的：「別太難過了，我相信我的決定沒錯。我從百慕達一回來就把車賣了。現在我要買輛新的。」

他那一刻在診所的椅子上坐立不安。他有種衝動想站起來打她。他想起紐黑文那個酒吧外的一幕，突然明白了事情就是如此簡單：他有錢，那個黑人男孩想要他的錢。

街上那個男孩拿起呼拉圈，消失在街角。

「告訴我你說賣車是開玩笑的。」尼克說。

「你能不能別再小題大做了？」凱倫說。

「那個瘋子騙了你。車子沒有毛病，他卻說服你賣了它。」

「別說了，」她說，「憑什麼你的判斷總是對的，我的總是錯的？」

「我沒想跟你吵，」他說，「對不起我剛才說了那些。」

「沒事。」她說，把頭靠在他身上。他右臂環過她的肩，從石膏模裡伸出的手指觸在她胸部上方一點的位置。

「我只想問一件事，」他說，「然後再也不提了。你確定交易已經無法更改了嗎？」

凱倫把他的手從肩上推開，走開。但這是他家，她不能在他家摔門而去。她坐在沙發上拿起一份報紙。他注視著她。很快她又放下報紙，望著屋裡，望進黑暗的臥室。史蒂芬妮已經關掉臥室的燈。他悲哀地看了她很久，直到她滿眼是淚地抬頭看他。

「你覺得要是我們給他比售價更多的錢，還能買回來嗎？」她說，「可能你認為這主意不明智，但至少這樣我們能把車買回來。」

（一九七八年二月二十七日）

LINK 17

紐約客故事集 I— 一輛老式雷鳥

The New Yorker Stories

作　　者　安・比蒂（Ann Beattie）
譯　　者　周　瑋
總 編 輯　初安民
責任編輯　宋敏菁
美術編輯　陳淑美
校　　對　林若瑜　宋敏菁
發 行 人　張書銘
出　　版　INK 印刻文學生活雜誌出版有限公司
新北市中和區建一路 249 號 8 樓
電話：02-22281626
傳真：02-22281598
e-mail : ink.book@msa.hinet.net
網　　址　舒讀網 http://www.sudu.cc
法律顧問　巨鼎博達法律事務所
施竣中律師
總 代 理　成陽出版股份有限公司
電話：03-2717085（代表號）
傳真：03-3556521
郵政劃撥　19000691　成陽出版股份有限公司
印　　刷　海王印刷事業股份有限公司
港澳總經銷　泛華發行代理有限公司
地　　址　香港新界將軍澳工業邨駿昌街 7 號 2 樓
電　　話　(852) 2798 2220
傳　　真　(852) 2796 5471
網　　址　www.gccd.com.hk
出版日期　2016 年 10 月　初版
ISBN　978-986-387-126-2

定價　360 元

國家圖書館出版品預行編目資料

紐約客故事集 I：一輛老式雷鳥
／安・比蒂（Ann Beattie）著．
周瑋 譯 -- 初版．－新北市中和區：INK 印刻文學，
2016. 10 面；14.8 × 21 公分 . --（Link；17）
譯自：The New Yorker Stories
ISBN　978-986-387-126-2　（平裝）

874.57　　105017353